心理师

第②季

罪案直播

老甄 著

ZUIAN ZHIBO

1

南方出版传媒

花城出版社

中国·广州

图书在版编目（ＣＩＰ）数据

心理师. 第二季. 罪案直播. 1 / 老甄著. -- 广州：
花城出版社，2022.1
ISBN 978-7-5360-9156-6

Ⅰ．①心… Ⅱ．①老… Ⅲ．①长篇小说－中国－当代
Ⅳ．①I247.5

中国版本图书馆CIP数据核字(2021)第017976号

出 版 人：肖延兵
责任编辑：陈宾杰　杨淳子
技术编辑：薛伟民　凌春梅
封面设计 / 插画：

书　　名　心理师　第二季·罪案直播 1
　　　　　XINLISHI　DI'ER JI·ZUIAN ZHIBO 1
出版发行　花城出版社
　　　　　（广州市环市东路水荫路 11 号）
经　　销　全国新华书店
印　　刷　佛山市浩文彩色印刷有限公司
　　　　　（广东省佛山市南海区狮山科技工业园 A 区）
开　　本　880 毫米 ×1230 毫米　32 开
印　　张　10.5　1 插页
字　　数　220,000 字
版　　次　2022 年 1 月第 1 版　2022 年 1 月第 1 次印刷
定　　价　49.80 元

如发现印装质量问题，请直接与印刷厂联系调换。
购书热线：020-37604658　37602954
花城出版社网站：http://www.fcph.com.cn

目 录

楔　子

如果对恶意估计不足，最有可能的是被恶吞噬，或者成就更大的恶。

无能力的善良，本质上叫作弱小；有能力的善良，才是真的善良。

善有顶，恶无边。

魔鬼噬人，恶人诛心。

对孩子的教育，绝不能只是善良教育，这样长大的孩子，在面对恶的时候，会如同体内没有抗体一样，一出场就被人绝杀了。

我可以不害你，但我也绝不会允许你害我。

第一章 | 跳楼女孩

　　我和老周循着蛛丝马迹找到了钻石小区，我拿起手机，开始直播我们的寻人现场。粉丝在直播间里面热火朝天地讨论着，我和老周的心思都在寻找蛛丝马迹上，有一搭没一搭附和着群里的疑问。

　　大热的天，我们在太阳底下寻找着女孩所在的民宿的楼宇，刚刚锁定一号楼，就看到一个穿着白裙的女孩儿从25层的楼顶摔了下来。

　　我和老周对视了一下，心中有了不祥的预感，快速跑了过去。女孩摔下来的时候，好像是被什么东西遮挡了一下，因此是后脑着地。血一点点地从女孩的后脑下面涌出，不一会儿，女孩就躺在了血泊当中，鲜血好像一朵朵红色蔷薇花在白色的连衣裙上绽放。女孩的眼睛半睁着，嘴巴微微张开，仿佛还有什么话没有来得及说出口。我和老周看着女孩的脸，发现这女孩正是我们直播寻找的马小瑶。

老周打电话报警，我则把直播关掉了，在直播关掉的一瞬间，我看到我直播间的人数超过了房间容纳总数。

马小瑶的家人两天前委托老周寻找她，女孩子19岁，刚上大二，是父母的独生女，按照父母的描述，马小瑶在上大学前一直是家里的乖乖女，与父母没有一点点秘密，典型的学校家里两点一线，但是最近却变了一个样子，尤其是被问到在学校的情况的时候支支吾吾的，父母的原话说是"交往了一个莫名其妙的男朋友就变了样子"。马小瑶和父母大吵一架之后，离家出走，断了联系。

老周接受委托，采用了自己的手段去寻找马小瑶，但是却发现，手机定位还有监控追踪都无法找到女孩，于是老周找到了我，他需要我通过心理追踪，来推测女孩的下落。

虽然心理追踪这概念很扯，但眼下确实也没有更好的办法了。心理追踪，需要我通过模拟被追踪者的心理状况，去找出他最有可能的行动方向。

就如同破案一样，一种是利用物证线索还原整个案件；另外一种则是通过犯罪心理推测找出线索和证据。当然大部分时候，这两种手法都需要配合使用，相互验证。这两个方向，也存在不同的高手，一种就是在罪案中，可以异常灵敏地找出疑犯的犯罪动机，揣测疑犯的犯罪心理，寻找犯罪线索，甚至找出疑犯的下一步行动；另外一种，则可以通过案发现场的蛛丝马迹，在脑海中还原出整个犯罪场景。

老周多年的侦察兵和刑警生涯，早就把自己锤炼成了物证线索高手，这也是老周在调查领域的成名手法，不管什么样的人，只要稍微留下线索，老周都能通过各种手段掘地三尺把人挖出来。但是这次，老周发现自己擅长的手法无效，就来找我帮忙了。

而对我来说，毒刺事件过去之后，我的直播间人气一时间回落了不少，群里的粉丝如同被吊高了胃口的食客，在围观过我破获真实的案件之后，就再也不肯听我讲自己的原创故事了。有好长一阵子，直播间的粉丝纷纷劝我直接开一家侦探事务所，或者去找老周，把他的商务调查事务所的真实事件拿出来讲。老周找上门来，我正好利用此事直播心理追踪术，一下子整个直播间粉丝量猛增。我通过对马小瑶的心理分析，确定了她是和她父母所说的莫名其妙的男朋友离家出走的，而之所以老周使出所有追踪术都没法找到马小瑶，是因为马小瑶关掉了手机，在监控死角上了那个莫名其妙男友的车，就此踪迹全无，而我则通过马小瑶的心理找到了她最喜欢的小吃店，结果我们在那家店铺找到了马小瑶的线索。剩下的事就简单了，老周拉着我一路跟着踪迹，找到了马小瑶出入的钻石小区，但是我们刚刚找到马小瑶，就在现场目睹了马小瑶跳楼自杀。

出了人命案子，而我和老周又是目击证人，所以警方把我和老周详细地询问了一番，而我们也把自己掌握的情况一五一十地和警方说了。

警方怀疑马小瑶的自杀和她的那个莫名其妙的男友韩镭有关系。警方进一步对马小瑶调查，发现马小瑶前后一共网贷了50余万元，全部转给了韩镭，而马小瑶和韩镭的聊天记录被曝光在网上，在他们的对话中很明显地发现了PUA操控的痕迹。

但是警方却没有足够的证据证明马小瑶的自杀与韩镭有直接关系，因此虽然明明知道韩镭与马小瑶的死亡有说不清道不明的关系，但就是不能对韩镭采取刑事措施，无奈之下只能将其释放。而马小瑶的父母也只能针对这50多万元的债务对韩镭提起了民事诉讼。

这个案子一时间被各路媒体炒得沸沸扬扬，而我恰好在直播的过程中也拍到了马小瑶跳楼的瞬间，我直播间的粉丝除了要求我把寻找马小瑶的案子反复讲述之外，还因为媒体上对PUA的讨论，而提出希望我讲述PUA两性心理控制的话题。

要说玩直播这件事，还真得是90后玩得溜，章玫看到PUA这个话题，让我的直播间人气爆棚，而且直播间的粉丝也对老周很感兴趣，就给我提出了一个方案，那就是要我请老周一起直播，由我讲述PUA的心理控制原理，而由老周讲述在自己调查案件过程中遇到过的PUA案件。

老周对我这个直播也很有兴趣，但是他为人低调，低调到特别害怕自己那张放在人堆里都看不出来的脸被直播间的粉丝截图扩散，包括我在和老周一起寻找马小瑶时所做的直播，老周都坚决要求我不能拍到他的脸。所以，老周为了避免自己的形象被扩散出去，在和我一起做访谈直播的时候，给自己戴了个银行劫匪一样的面罩。

老周这个面罩造型一出场，我的直播间围观人数直线上升，甚至在开始出现卡顿的时候，就听见直播间进人的提醒铃声一直响个不停，过了好一会儿才恢复正常。

我的粉丝们纷纷留言："这就是一直和老甄一起的搭档吧！一直期待中！"

"这个造型好酷啊！"

"不知道面罩里是一个怎样的脸庞，让我们看看……"

当我问起老周调查过的类似PUA的案子，老周却好像不在状态一样，不知道是因为第一次直播感到紧张还是不感兴趣，甚至有些破坏气氛地回答道："大部分都是婚外情调查，因为涉及客户隐私，所以不方便讲出来。"

老周的话音刚落，我直播间的人气就又唰唰地迅速降低了，直播现场的气氛变得尴尬起来，观众的热情也迅速降至冰点。老周还很不识趣地打起了他的商务调查公司的广告，说要是有婚外情抓小三事宜，可以找他，并且号称找出过二三百个小三的他，只要一看照片，就能看出哪个女人是客户老公身边的狐狸精了。

我看着老周认真给自己打广告的样子，一口老血差点喷出来，心想难怪不少看起来现场访谈的节目也都得是有脚本、排练过的。我本来对这套手法还嗤之以鼻，打算在我的直播间访谈老周的时候，就这么毫无准备地裸奔着上场，然而老周这个举动无疑是对我幼稚想法的当头棒喝。

我已经看到了直播弹幕上，一堆粉丝发过来的臭鸡蛋了。章玫也在一旁目瞪口呆，万没想到前期推广宣传的著名私家侦探、我的探案伙伴老周，和我一起做访谈直播时却变成这个样子。

|第二章| 美女高管

　　面对这样尴尬的局面，章玫率先在弹幕中留言要让我讲故事，一大波粉丝随着章玫的留言附和，我也就不指望老周讲述具体的PUA案例来触发我讲述PUA原理了。老周此时还如同一个镜头前的白痴一样，刚对着我的直播手机展示完名片，完全不理睬粉丝的弹幕。我准备找机会接过话题，打算开始对粉丝讲述PUA实现心理控制的原理的时候，老周又跳了出来，打断我道："其实老甄，这次来参加你的直播访谈，也是有一个客户，希望把她的事情讲出来，她自己感觉遇到了PUA，但是她判断不清楚，所以她想在你的直播间里，问问你的看法。这位客户是某上市公司的董事长助理，一个美女高管。"

　　我心想老周怎么也玩这套了，这不符合他的人设啊。老周继续对我说道："这位美女高管，她给自己起的化名叫作多多。她真的是美女，而且是很冷艳的那种，只是我嘴笨只能想出这么个形容词。根据她本人的授权委托，我在直播间里向你提出这个要求。"

我对老周回应道："一个冷艳强干的美女高管，却给自己起了这么一个很可爱的化名，说明这个名字要么是她命中很重要的人给她起的昵称，要么就是她的内心世界有着与自己气场相反的需求。"

就在这时，我的直播间突然出现了一个叫多多的粉丝，她发来了语音留言。我心头一动，悄悄给章玫打了个手势，章玫会意地先把其他粉丝的弹幕清屏了，然后点开了这个多多的留言，一个清冷高贵的女声传了过来："甄老师，还真不是浪得虚名，单从我的一个化名就能推测出这些。没错，这个名字是曾经给我的生命打下烙印的一个男人给我起的，多多，拉布拉多的多，在他面前，我宁愿是在他腿边匍匐的那条拉布拉多。"

粉丝一下子活跃起来，评论纷纷而起：

"一听这声音，就是个大美女。"

"何止是大美女，应该是个冰山美人。"

"那个男人是谁？好厉害，能让这样一名女子愿意做他的拉布拉多。"

"美女，我能做你脚下的小柯基不？我超可爱，超暖的。Mua！"

"老甄，你的直播间能不能把这位神仙姐姐请来，让我们一睹真颜啊？"

"老甄，你是不是可以考虑下台，然后请这位姐姐开直播，我们肯定舔屏。"

"你看看你们一个个的，这网上各种小视频软件，直播间有的是，看老甄的直播不是为了看破案吗？一看有美女一个个都出来了，刚才干吗去了？你们这群假粉丝！"

此时老周说道："我应多多委托，去调查了她现在的男友，就称为艾文吧。我在调查的过程中，发现了艾文不少的隐秘，这些隐秘，我感觉也是PUA，但是又比PUA更骇人听闻，所以，当我和多多女士，说起你在心理学方面造诣的时候，多多就提出来，要来你的直播间里讲述自己的故事，而且多多为了避免自己遭受可能的危险，她已经从艾文那里搬了出来。她也需要老甄提供自己的专业意见，参与调查。"

我对老周还有直播间里的多多说道："这件事情，我完全不知情，也没有准备，既然老周还有他的委托人多多女士，想请我参与调查，那么就请二位，把整个事情的情况，原原本本地给我讲述一下吧。"

老周说道："根据案件的时间顺序，那么就先由我的委托人多多女士，讲述她为什么要委托我去调查，她讲完之后，我再把我的调查情况讲出来。"

直播间增加了一个新功能，类似电话连线那种，就是只要播主允许接入，粉丝可以长时间和播主在直播间通话，而整个语音通话都会直播出去。

这功能我虽然不太会用，但是章玫却玩得很溜，所以章玫很快就通过直播间的管理员私信，把多多的场外音频连线到了直播间。

测试连线之后，弹幕上又闪烁出了粉丝的评论，而多多的声音，也很清晰地在直播间场内飘了出来。

"甄老师，您好，我是多多，感谢周先生能够同意我用这种方式，来接触甄老师，因为我的性格，我不太容易相信别人，而我从事管理工作多年，所以，在我确定一个人的专业能力之前，我不会相信任何人对他的推荐性评价。所以，我才和周先生提出，要用这种方式，观察一下甄老师的专业水平。还好，甄老师没有让我失望，我也相信，我这次找对了人。不过这次应该说是我最后的选择，因为我从未体会过这么强烈的绝望，如果甄老师这样的厉害角色，都不能把真相找出来，解救我的话，那么我可能会因为强烈的绝望，而选择离开这个世界了。"

多多清冷凄凉的声音，很能感染人心，甚至能让喧闹的直播间一下子安静下来，我有那么一瞬，想看看这个绝望的美女高管的庐山真面目，究竟是什么人能叫这么一个女人对这个世界如此绝望。我甚至有一种冲动，那就是我要尽我最大努力，把她从绝望的深渊中拉回来，绝望而美丽的女子，对我来说，简直是这个世界上最具有诱惑力的彼岸之花，她在对岸招手，我明知道要过去可能会深陷冥河，但我还是想游过去拯救。

我也没有想到，我的这个性格死穴，会在多年之后，被这样一个女子轻轻巧巧地戳中，那么，让这个多多绝望的人，又是个什么样的人呢？

多多的声音继续传来："甄老师，我在周先生那里听到了对你的介绍，我也用了两天一夜的时间，拜读了你所有的作品，所发的帖子，所有的小视频。我确认甄老师深谙心理学，而且擅长推理分析，所以我确信，这世上要是还有一个人能帮到我，那就必然是甄老师了。"

平时给我戴高帽的人不少，听得多了也就没有什么感觉了，可是多多送给我的这顶高帽，我听起来还真是受用。我真的被别人哄开心的时候，嘴角都会不自觉地上扬，露出笑容，然后下意识地把眼神瞥到别处。

这一次，我的眼神刚好瞥到了章玫那里，章玫正在我的直播手机对面，用笔记本电脑控制直播间的一切内容。我从章玫的眼神中读到了这样一句话："甄老师，你居然被这个'绿茶'牵着鼻子走了，我鄙视你。"

虽然我确信女人这种生物，只有女人能够看懂，而且女人的比较是一种先天本能，也就是说，女人总是擅长把对自己具有威胁的女人的一切心机和缺点靠第六感找到。当章玫看到我被多多几句话撩拨得心花怒放又强忍住的样子，对我的表情迅速充满了鄙夷，不过，正好是章玫的这种无意识表情，让我猛然收回了心神。

这个多多身为某企业高管，管理能力和沟通能力肯定要远强于常人，身居上位，就算是不懂心理学，那么在日常沟通中也会深谙心理之法，懂得怎么调动他人的工作积极性。对于管理者来说，这种沟通技巧要养成习惯，甚至要习惯到梦话里。按照老周的说法，多多美艳绝伦、智慧无双、事业有成、心思缜密，简直是集合了老周所有能想到的褒义词来形容的美人儿，能通过一次委托就让老周这么一个木讷的人付出十二分的努力调查，那么充分说明，多多成功地驱使了老周，而现在，这个多多也在用同样的手法来调动我的工作情绪。

| 第三章 | 多多讲述

多多充分利用了自身的女性优势，用凄婉柔弱来获取男人的保护欲和怜惜心，随后又用专一的肯定，来满足男人需要的崇拜感，特别是多多又是这样一个优秀的美人，美人将自己唯一的希望都寄托在一个男人身上的时候，那么身为男人，还真是有那么一刻，感觉自己是个超人并且可以为之赴汤蹈火在所不惜。

我很快就验证了多多的沟通技巧的威力，老周正坐在我对面，当我们都听到多多说的那句"所以我确信，这世上要是还有一个人能帮到我，那就必然是甄老师了"的时候，我明显感觉到从戴着面罩的老周的眼神中，流露出来一种挫败感。而多多的下一句话，很快就传了过来："甄老师善于推理、布局，是位很好的帅才，但再好的统帅没有将才的帮助也是纸上谈兵。俗话说巧妇难为无米之炊，而周先生善于行动、落实，正是一位出色的将才。所以我相信，如果甄老师和周先生联手，那么我面对的问题，一定就能很快地解决了。两位这样具有实力的男子，能够保护我、帮助我，那真是多多的福气，小女子先说声谢谢。"

这女人真是厉害，只不过这么厉害的女人，会遇到什么事情，或者有什么企图，需要我和老周出马去解决呢？我观察老周的眼神，确认木讷寡言的老周定是扛不住这美人青睐的，估计只要我和老周共同调查出来的所有细节，他都会迅速地汇报给这个多多。而我直播间里的弹幕也一时间清静下来，似乎所有粉丝都被多多的风采折服，这还是只闻其声，未见其人。

多多继续说道："我连续遇到了人生中两次比较大的打击，一个是我22岁时遇到的男人，我们非常相爱，但是他却遭遇不幸去世了，我刚从这个噩耗中缓过来的时候，我唯一的亲人母亲去世了，我的好闺密陪我办理了我妈的后事，伴我度过了那一段没有阳光的日子。但是即使如此我心中依旧死意不绝，直到我遇到了那个人，就是我要周先生帮我调查的那个人，他告诉我的名字就叫作艾文。

"人生命运真是玄妙，我以为爱我的人害了我，我没抱希望的人救了我，而我以为再次抓住的救命稻草，却可能是致命陷阱。而这一切，我现在回想起来，还会心有余悸，我从没想到过，人心可以可怕成这个样子，真是人心可怖，比鬼当诛。"

多多的声音中传来了恐惧和愤怒，而我注意到老周的眼神中，除了也露出了相应的神色外还有一丝怜惜之情。看来老周知道一些我不知道的经历，引起了他的同理心，同时已经在调查中找到了一些痕迹，既然老周发现了什么，那么为什么还需要找我呢？我带着疑问继续听着多多讲述。

"我委托周先生调查的这个艾文，与我是一年半前认识的。我妈妈刚刚去世半年，我在闺密孙柔的陪伴下，度过了我最为阴暗的那段人生。我之所以认识这个艾文，是因为我在那段时间有了严重的心理问题，而艾文则是我的一个朋友梁太太给我推荐的心理师。

"我也清楚，当时单凭自己的力量，是不可能走出那段人生阴霾的，而我当时抑郁的状态，也已经不能胜任公司工作了。但我在公司中还是有着一定作用的，因此，梁太太给我推荐心理师治疗，我也清楚，这代表着公司高层对我的状态有了担忧，要是我不能通过治疗恢复正常，那么我的职业生涯，大概就要中止了。

"虽然我情绪低落，心态抑郁，但是我这个人，还是有很强的事业心和责任心的，当然更为重要的是，我辛苦打拼起来的职业生涯，也并不想就这么断送在自己手里，毕竟我才33岁，人生的路还很长。"

多多的这句"人生的路还很长"，我悄悄地用笔记录了下来，就在这个时候，章玫拿着我新购置的录音笔对我晃了晃，告诉我她把多多讲的内容都已经录了下来，回头随时可以整理成文档让我反复查阅。我对章玫递了个赞许的眼神，继续认真听多多讲述艾文。

多多讲述起和艾文相识的时候，原本清冷的音调夹杂了一些暖色："人生到底是幸运还是不幸，也不知道是要看开始还是看结尾。也许所谓幸运，就是最后幸运吧。但是平心而论，在我初识艾文的时候，我明确地感觉到我的人生仿佛在冰原上长出了绿色。

"艾文的心理事务所并不挂牌营业，都是靠口碑相传，那位梁太太能够推荐给我，也是因为她们这些阔太太自己圈子里的人相互推荐的。

"当时，我的闺密孙柔也找了心理师行业的朋友，想问问这个艾文究竟是什么水平，可是居然打听不到。我当时也好生怀疑，没法确定这个艾文究竟是什么来路，但是那位梁太太对我打了包票，反复推荐，我碍于情面，也就按照梁太太提供的联系方式，打通了艾文的电话。

"当电话接通那一刻，我相信梁太太没有诓我，我找对了人。艾文的声音低沉温和，像极了他，让我心里莫名地踏实，一下子就把我吸引住了，我甚至认为，是他在天有灵，派艾文来拯救我。

"我到现在还记得，艾文对我说的第一句话就是：'多多女士，我会竭尽我所能，让你快乐起来。'这句话对我来说，

带着致命的诱惑，因为他也曾对我说过类似的话，只不过他对我说的是：'多多，我会用一生让你开心幸福。'

"我本来抱着试试看的心态，碍于情面联系了艾文，但却没想到，艾文一下子抓住了我的心。很快，我和艾文熟悉了起来。艾文尽心尽力地给我做治疗，而他的治疗方式却很特别，并不是心理师常用的交流咨询、移情催眠，而是疯狂地追求我。艾文告诉我，他之所以不能挂牌营业做正式的心理师，是因为他肯定做不到遵守心理师的准则，在五年内不能和病人发生任何纠葛，而他却认为，许多心理病人本质上的病因，是缺乏爱和被爱的能力，而他则打算尝试用自己的爱意，去给这类病人注入新的生命力。

"艾文外形俊朗，身材高大，一看就是那种能吸引女性的男人，特别是当他对你微笑的时候，你甚至能感觉到整个房间都充满了阳光。艾文在听完我的人生不幸之后，对我说道：

'多多，你说人生是不是有趣？我始终在等待一名女子，这女子身世惨淡，命运不幸，但是却美丽坚强，让我一见生怜。没想到我等了35年，终于让我等到了你。我会竭尽我所有的爱意，暖化你心中的冰冷。这就是我的治疗方案。多多，你失去了亲情，失去了依靠，那么就让我用火热的爱情来治好你。'

"从我16岁开始，追求者不计其数，对我各种各样的表白，我都见过，不管是每日送花，还是每日送早饭，甚至是每日对我制造偶遇，我都不屑一顾，但是唯独艾文这么直白的表达，让我怦然心动了。

　　"我很快和艾文进入了甜蜜的热恋期，我不再每天郁郁寡欢，而是拥抱周围人给我的爱。我心态回归正常后，也能正常地工作了，我的上司也十分欣慰。在工作之余，艾文带我去海边赤脚感受沙滩的柔软，带我去蹦极跳伞感受飞一般的刺激，带我去游乐园让我成为一个被宠爱的女孩，我甚至开始对比艾文和去世的男友。"

| 第四章 | 背后原因

"我发现去世的男友更像我的父亲，给我的是浓浓的父爱；而艾文才是真正的恋人，而且艾文看我的时候，也有父亲看着小女孩的慈爱。

"我曾经感谢上苍，也在他的坟前讲述艾文，我真的认为艾文是老天和他安排赐予我的。我甚至开始渴望艾文向我求婚，我要在35岁之前，和他生一个我们的宝宝，实现我妈妈的遗愿，好好地生活下去。

"当我想到和艾文生孩子的时候，我对着镜子都能看到自己的幸福，我知道，我也深深地爱上了艾文。我把我的打算告诉了艾文，看他的反应，虽然我自己有了想法，但女人在这个时候总是会疑神疑鬼，而且特别在乎自己心爱的男人的态度。

"艾文的反应，不但没有让我失望，而且给了我惊喜。艾文对我说：'多多，我知道孩子对人生的重要性，而且我也特别想要个孩子，尤其是你给我生的孩子。'艾文说完这句话之后，紧紧地抱住我，在我的额头上深深地吻了一下，然后他如同变魔术一样，掏出了一枚钻戒，单膝跪下向我求婚了。

"艾文向我求婚的时候，我真的感觉到我的人生再也不是孤苦无依，而是能有温暖的家了。从艾文对我求婚之后，我的生活中充满了爱的味道。甚至连艾文不着急和我领证也都不在意了，我甚至想到，我们可以奉子成婚，所以我就要求艾文，不再采取安全措施了。

"艾文还很高兴地告诉我，要想生一个健康聪明的宝宝，不是我想的那么简单，我要先吃叶酸，而且艾文每天都体贴地把叶酸片和温水递到我的手上，看着我吃下去，才和我亲热。

"只不过奇怪的是，我甚至用倒立的姿势来提高怀孕的概率了，但就是不见肚子有动静。我一开始以为，是我年纪大了，不易受孕，打算去医院检查，但是艾文阻止了我，他认为可能是我紧张造成的，只要放松，总能怀孕的。

"四个月前，艾文和我说要买房子，但是他的钱在一个理财产品里，取不出来。可是那套房子是他认为最适合我们的爱巢。我毫不犹豫拿出所有的积蓄给了艾文，去买了那套房子，甚至连合同都只是签了他一个人的名字。

"可是半年时间都不能正常受孕，让我倍感煎熬，所以，我去医院检查了，结果，医生告诉我，我体内有优思明的成分，既然避孕了，怎么可能怀孕。我清楚自己，根本没吃过避孕药，为了备孕，我连其他任何药物都没吃过，只是每天吃艾文给我提供的叶酸片。我留了个心眼，把艾文的叶酸片拿到了一个从事生物制药行业的朋友那里检测，结果那朋友告诉我，那根本不是叶酸片，就是避孕药。我当时便心生疑惑，但却没法判断艾文到底是怎么回事。

"我当时觉得傻了眼，可是艾文还是每天满脸爱意地对我，但我却再也难以相信这个男人。有一天，艾文回到家，满脸悲伤地和我说，他父亲出了事，需要一大笔钱做手术，但是他刚付了我们房子剩余的尾款，手头没有什么积蓄了，问我借钱，并且保证很快就把这笔钱还给我。

"要是从前，我看到他这个样子，肯定会心疼地紧紧抱住他，然后拿出我所有的钱给他。但是，这次看到他要钱的样子，却只能叫我不由自主地感觉到后背一阵阵发凉。

"所以，我找到了周先生，帮我去调查艾文，却没想到，事情比我想象的更恶心。就在这个时候，我在网上看到了那件PUA案件的报道，而当我问起周先生的时候，周先生和我说起了您。甄老师，今天直播的主题就是PUA，所以，我想请您帮我判断一下，艾文到底是不是PUA？"

在自称钢铁硬汉的老周的眼睛里，也稍微起了一层薄薄的水雾，我也知道，这个多多正不知在什么角落里看着我们的反应，那么我是应该顺着她想调动的情绪表现，还是按照看穿她的手段表现呢？

群里的粉丝们听多多说完，已经开始疯狂地刷弹幕了，就在我回想多多述说的经历的时候，章玫突然从场外递给了我一罐饮料，我注意到饮料的盖子已经被章玫拧开了。我拧开饮料刚喝了一口，就看到直播间弹幕弹了起来：

"甄老师居然还能淡定地喝饮料，我都听哭了。"

"甄老师，是不是学心理学的人都冷血啊？"

"甄老师，这是不是就叫红颜薄命？"

"甄老师，我如果也遇到这样一个人，我也愿意与他同生死。"

"老甄，你快答应多多，一定帮助她啊。"

多多的声音继续传来："对不起，甄老师，周先生，也许这些事在我心里压抑得太久了，今天我就忍不住说出来了，但是我想调查清楚的那件事，也的确和我的经历关联莫大，因此也不得不讲。"

多多说到这里，老周接过话来，继续讲述道："我接了多多女士的委托，去调查这个艾文。这也是我今天要戴着面罩来老甄直播间的原因之一了，因为我采用了最常见的跟踪方式。跟踪蹲守，虽然是侦察中最费力的方式，但却往往是最有效的方式。"

但是现在的粉丝根本不管老周后面说了什么，而是知道老周接了委托后，要我表态。

无奈之下，我回应粉丝："让我梳理一下整个事件，也梳理一下思路，我一定会尽力的，让我们听听老周的调查结果。"

老周又开始炫耀自己的追踪技术了，但是我没搞懂，他为什么不说自己通过各种蛛丝马迹找到被追踪者的踪迹，而非得说这么一个虽然有效但是却完全没有看点的方法呢？

还好，老周这次讲述自己的调查情况，没有引来粉丝的臭鸡蛋。老周继续说道："在我跟踪艾文的两天时间里，我就发现他和至少五名女士关系亲密，而且其中一名女士，还是艾文的推荐者梁太太。并且这几个女人，都给艾文钱用。我通过手段，去调查过艾文名下的资产，发现艾文名下居然有七处房产，总市值6000万元左右，还有存款1000万元左右。所以，他所说的父亲出事，拿不出钱完全是对多多女士的欺骗。"

我还以为老周调查出来了什么耸人听闻的内幕，却没想到，就是个骗财骗色的小白脸的案子，这个艾文只是善于哄骗女人罢了。

我本想接过话来，开始讲述PUA，老周却继续说道："除了这些之外，我又通过关系调查艾文有没有案底，结果发现艾文虽然没有案底，但是被刑事讯问过，因为他的第二任妻子曹洁，全家五口人全部自杀死亡，死者包括曹洁的父亲曹文华、母亲严萍、曹洁本人，还有曹洁的弟弟曹明辉，以及祖父曹耀祖，在半年时间内，纷纷自杀身亡，而曹家的所有财产就被唯一的继承人艾文继承了。"

老周讲完这些，直播间内好一阵沉默，我这时突然反应过来，老周好像在提及受害者名字的时候并没有用化名，但是现在我也没法去提醒老周或者打掩护了，这种事情肯定会越掩饰，越让人重视，现在只希望听故事的粉丝们，注意不到那么多名字的细节，只听到一家人死了就可以了。

第五章 | PUA控制

　　就在这时，有个粉丝留言道："这姓曹的全家自杀，是不是就是发生在滨海市那个案子啊？我和他们在一个小区里住，现在那套房子都被当凶宅，一直卖不出去呢。我知道周先生说的那个艾文是谁了，这还是真事。那老曹家，半年时间内，全家都死绝了，他家的远房亲戚，本来还有打算来分点遗产的，但是听说全家都离奇自杀之后，纷纷吓跑了。当时老曹家那个女婿，我们都见过，挺帅的，挺吸引人那种。"

　　老周这才反应过来，自己刚才讲述案件的时候把案子中的真实人名都说出去了。但为时已晚，只能硬着头皮继续了。

　　直播间的其他粉丝，纷纷问道："哎，哥们儿，再说说那个案子啊，网上能不能查得到啊？还是真事啊，看来这次老甄说的这个案子，又是真事了。"

　　"难怪都说老甄直播间过瘾，原来不是讲故事，而是真破案。老甄，你倒是说说，这个PUA是个啥啊？"

老周见自己出了纰漏，顿时有点慌乱起来，一时间接不上粉丝的留言，这时细心的章玫在摄像头后立起来一张A4纸："周大叔稳住，让老甄接过去。"

我接过话头，说道："PUA是近期很热的一个话题，字面意思是街头搭讪家。早期只是分享男性如何通过技巧和心理学应用，去接近、搭讪自己喜欢的人，但后来演化成骗色、骗财的手段，设立步步陷阱的情感操控术，甚至不惜引导对方自杀来达到情感操控的目的。

"PUA团体教授骗财色技巧，教授以'自杀鼓励''宠物养成''疯狂榨取'为卖点的PUA课程，甚至为达到情感操控的目的，不惜鼓励女生自杀。他们都把自己包装为成功人士，朋友圈里展示豪车、豪宅，而这些都是虚假的，是用来骗取女性信任的手段，利用心理控制技术，对女性骗财骗色，甚至让女性自杀。"

我在直播间讲述关于PUA的一些基本知识，与直播间里的粉丝有条不紊地互动着。而老周作为直播新手，难免有些不适应，见直播间里的粉丝的关注点，已经完全在我身上，而且他戴着个面罩，估计也在脸上箍着难受，索性给我打了个手势，从镜头前离开了。老周刚一离开直播镜头，就站到了章玫旁边，摘下面罩，痛快地长出了口气，掏出香烟，美美地吸了起来。章玫闻到烟味，对老周指指直播镜头，老周吐了吐舌头，做了个鬼脸，转身去阳台吸烟了。

我又继续和粉丝聊了聊周围的故事和最近发生的事情，时间过得也快，眨眼间半个小时过去了，最后耐不住粉丝的请求，答应下次直播的时候说真实的案件。

下直播后的我，赶紧喝了一大杯水。这时候，章玫才说话："老甄啊，以后你们双人直播先定一下说什么话题吧。"

章玫这一句话倒是提醒了我，我走去阳台，找老周聊了聊。

老周说："我就以为直播是在线连线答疑，就答应多多了，也没考虑过直播啥能说啥不能说，我就一下说秃噜嘴了，整得还挺尴尬。不过，多多前面的两段故事，她说如果你答应帮她的话，我可以讲给你听。"

我想了想说："我可以先暂时答应调查，但是能不能解决可说不好。"

老周把一段录音放了出来，传出了多多的声音：

"我父亲早亡，幼年凄苦，和母亲相依为命，我母亲外形秀丽，而我也继承了我母亲的容貌，这样一对母女，自然会招来许多无良男子的骚扰诱惑，而周边邻居，则视我和妈妈为洪水猛兽，时常会说我们的闲话，找我们的麻烦。我的少女时代，就是从这样的磕磕绊绊中过来的。好在我还算聪颖，学习成绩还算不错，也顺利地考入了大学，而我妈妈也早早退休，跟着我到了大学附近生活。大学期间，我本以为又甜又暖的初恋，却是我一生的噩梦。这场噩梦，让我对男人再也不敢相信，而且，我再也不相信爱情了。

"而在我22岁的时候，我遇到了一个我这一生想起来都会心头暖暖的男人。也正是那个男人，弥补了我少女时期对父爱的渴求，还有我初恋时期对于爱情的期待，我曾幸福地以为，我这一生终于得遇良人。但偏偏天意弄人，这个男人却突发车祸身亡。我当时本想随他而去，虽不能在人间比翼齐飞，但在另一个世界也能相守相伴。

"现在想起来，我还感觉如梦如幻，仿佛就发生在昨日。因为那个男人逝去，我再也没有活下去的勇气了，也许在很多人看来，我的生活还不错，但是一切的物质条件，都没法填补我内心的伤痛。现在看来，要是三年前，我30岁的时候，真的就那么死了，也不会招来今日的冤孽了。

"当时，我妈妈整日整夜地守了我大半年，我才从失去他的悲痛中勉强走了出来。我也感谢我的老板，能够体谅我，能够在我休息了大半年的情况下，还让我回到原来的职位工作。可是老天真是不肯放过我，我在这个世界上唯一的亲人——我的母亲也在两年前因病去世了，我妈妈害怕我承受不住打击，在她临走前，叮嘱我，一定要好好地活下去，要找个很爱很爱我的男人，生个孩子，好好地活下去。我的好闺密帮我办了我妈的后事，陪着我度过了那一段没有阳光的日子。但是即使如此我心中依旧死意不绝，直到我遇到了那个人，就是我要周先生帮我调查的那个人，那个人告诉我的名字就叫作艾文。"

老周说："这就是多多让我放给你听的录音，是她遇到那个艾文之前的事情，虽然讲述的这一切，都和案件没什么关系，但是或许能有一些线索，她本想在刚知道你的时候就跟你说，但可能还是有顾虑。"

我倒是能对多多这个行为表示理解，毕竟当时她不能确认我是否接手这个案子，因此借助粉丝劝导。当我答应处理这个案子的时候，再详细说经历，倒是也省了那么多人知道自己的个人私密信息。

剩下的过程就是我和老周一起用各自擅长的方法去调查。

第二天直播的时候，我在镜头前继续说道：

"马小瑶那件案子，就是典型的PUA案件，但是马小瑶死亡，从法律角度来说，难以判断韩镭和这件事具有因果关系，但是我可以断定，这个韩镭肯定对马小瑶采用了PUA手法的心理控制。而最后马小瑶的自杀，就是韩镭心理控制的结果。"

我介绍完概念之后，直播间内的粉丝已经开始起哄：

"老甄，我们不想听概念，也不想听你讲心理学，我们想听破案。"

"虽然破案的过程老甄你也一直在直播，但是你并没有告诉我们，你是怎么推理出来的啊，我们想听这个。"

"对啊，你那个心理追踪法，到底怎么用的啊，我们想听这个。"

"还有，那个什么韩镭是怎么让马小瑶自杀的啊，我们想听这个！"

　　我的粉丝的需求果然提高了，不但不满足于讲故事，而且不满足于讲理论了。他们还想知道运用心理学破案的诀窍。

第六章 | 心理追踪

我对着镜头说道："朋友们，既然对心理追踪术有兴趣，那么我就先讲讲怎么运用心理学来寻找一个人。在说起心理追踪术之前，我先问一下大家，是不是知道心理侧写术，还有什么读心术之类？"

粉丝们留言道："心理侧写知道啊，美国好些个连环杀人案，没头绪，没线索，最后请心理专家做了心理侧写，然后根据这个侧写，找到了凶手。"

我看到这个留言，忍俊不禁，讲述道："要说心理追踪，就必然提起心理侧写，因为在心理学应用中，心理侧写早就名气斐然，而心理追踪，则籍籍无名。

"心理侧写，是建立在行为统计分析基础上，对未知的人做出特征推断的应用，特别是在犯罪心理学运用中，在无特定目标的被害人的连环杀人案件的侦破中，心理侧写发挥了重要作用，这也是心理侧写能够如此有名的原因，甚至不少心理学爱好者，都想用心理侧写来秀一秀自己的知识。

"而心理追踪，则是针对确定对象的特征，来分析他的行为特点，再根据行为特点找到他最有可能出现的时间空间。

"在马小瑶这个案子中，我们有确定的对象，就是马小瑶本人，而我根据马小瑶的父母、闺密的介绍以及我们的分析，基本上摸清了马小瑶的心理特征，这个特征就是单纯，没经历社会，渴望梦幻的爱情，想摆脱父母，从而拥有自由。那么根据之前老周的调查，认为这个马小瑶当时的失踪，和男友韩镭关系重大。那么，我就可以清楚地判断，这个马小瑶离家出走的心理状态，大概率是和男友私奔，而和男友私奔的女孩子，都是因为坠入情网，在自以为是的甜蜜中不愿意被父母管束而离开的。而马小瑶这种20岁的小女孩，基本上都清楚，父母想要找到自己，也不过是通过手机定位这种方式，所以，只要她关掉手机，或者换了号码，那么父母就不可能找到自己了。最多要是父母报警，警察找到自己，那么也就是通过监控查找自己，所以，只要她乔装打扮，绕过监控，那么也就了无踪迹了。

"但是，既然她失踪的根本原因，最大可能是跟男友私奔，那么她就不是如同被绑架一样被控制；或者出现意外被害，难以寻找踪迹。而马小瑶父母也不过是这个城市中的普通人，因此出现马小瑶被绑架的可能性极低。至于意外被害，那我和老周就没有作用，只能等尸体发现确定了。所以，我和老周要想寻找到马小瑶，就是建立在她自己和男友私奔的逻辑基础上的。

　　"而一个恋爱中的小女孩，是必然有属于自己的各种小甜蜜的，比如说和心上人偶遇的街角、和恋人常去的小吃店等。而马小瑶是个漂亮的姑娘，从她父母的介绍来看，为人活泼，日常喜欢暖色系装饰，这类女孩子喜欢去的地方，多半是甜点店、咖啡屋等。而我在确定这个判断之后，就有意识地去找她的同学询问马小瑶和她们提起过的这类店铺。因为一个恋爱中的女孩子，未必会带自己的女同学去这些地方，但是多半会忍不住和她们说起这些地方，来间接炫耀自己享受的爱的甜蜜。

　　"这样一番问下来，我们有了三个店铺地址，都是距离马小瑶所在学校五公里之内，在这之后，我和老周就已经直播过了，通过老周的物证追踪手段，找到了那家甜品店的监控录像，找到了马小瑶的踪迹。这就是心理追踪术。"

　　我话音刚落，直播间的粉丝已经热闹起来，纷纷鼓掌打赏，继续问道："老甄，马小瑶又是怎么被韩镭害得自杀的呢？"

　　直播间的弹幕不断弹出，所问的问题大同小异，都是关于马小瑶的自杀经过。马小瑶一案，虽然警方已经放掉韩镭，因为并没有直接证据表明马小瑶自杀和韩镭有关系，但是这件案子，不少媒体已经将韩镭与马小瑶的微信聊天记录曝光出来，在韩镭与马小瑶的聊天记录中，充斥着大量的诋毁和侮辱的表达，其中有不少对话，诸如：

"马小瑶你这个垃圾，你这么差，也只有我才会看上你。"

"我发现你一点都不爱我，你都不能去给我借钱，在我这么难的时候！"

"你既然说这辈子都是我的人了，为什么我让你拍裸照，你不肯？"

这类对话屡屡出现，被媒体曝光之后，一时间议论纷纷，无数人都难以理解，这样一个渣男会让马小瑶这名在校女大学生为他网贷，甚至自杀。此外，在某著名论坛上，还有热心网友，把韩镭的底细都人肉了出来。

韩镭，本为某县一小混混，家中有一老父，一直病重，后因无钱医治而死，这件事让韩镭对钱有了巨大的渴望，可是无一技之长，名声又臭了的韩镭，在家乡也难以混下去了。后韩镭在叔叔的资助下，去学了一个做西餐的手艺，到了B市从事高档西餐厅的帮厨，只不过两年时间，既没有攒下钱，也没有泡到妞，每天看着顾客动辄各种几千元的消费，形形色色的美女来这里优雅地吃饭，他很羡慕那些有钱人的生活。

韩镭无论如何都想不到，就连在出租屋附近的女同乡，都对自己不理不睬，还把自己咬牙攒钱买的礼物，扔了出来。这件事在当年流传很广。而韩镭也是因为这件事恼羞成怒，离开那片出租屋。韩镭的这个事迹在他曾经的熟人眼里，就是个笑话。

这之后他越发想要过奢侈的生活，看着西餐厅和自己吃饭居住的地方，气不打一处来。他希望从伺候人变成被人伺候，感觉有钱人的小费就是一种侮辱，而他还要赔笑脸。

但是在两年前，韩镭却好像突然发财了一样，不但专门回到了曾经的那片出租屋，还请留下的熟人去饭店吃饭，在吃饭的当晚，韩镭带来了一名女大学生，女孩子还很漂亮。参与当晚饭局的人都很清楚，韩镭这么做是为了给拒绝自己的那个普通的女孩子看的。这件事之后，韩镭的旧日熟人，对韩镭的印象就完全改观了。那次饭局之后，韩镭的虚荣心得到了极大满足，之后就再也没出现了。

随后，韩镭在马小瑶之前的两名女朋友也被人肉了出来，某直播播主还找到了这两名女孩子，请她们讲述与韩镭交往的情况，这两名女孩子都拒绝回忆和韩镭交往的经历，但是细心的直播播主却将两名女孩子的表情偷录下来，这两名女孩子的表情中都充满了后悔和畏惧。

这些情况，我的直播间粉丝，也基本上都清楚，毕竟早就在网上传播甚广。

而韩镭与马小瑶几乎所有的微信聊天记录，也被马小瑶的父母公之于众，丧女之痛令这两位中年人再也不愿意顾及许多，他们的目的十分明确，那就是要将这件事搞大，希望通过舆论对司法机关的压力，能够将韩镭治罪。

而我在与马小瑶父母的交流中，也很清楚马小瑶为什么能够被韩镭刺激到崩溃自杀。但我要确定这是韩镭刻意所做的，还需要一个关键的证据，而这个证据，还需要老周发挥重要作用。老周虽然在直播的时候，表现很是糟糕，但是搞证据的能力，真是无人能比，这份关键的证据，老周已经找到了。这也是我安排老周和我一起直播的重要原因。

| 第七章 | 关键证据

　　我对着麦克风说道："严格来说，我们每一个人的内心都是丰富的，也是复杂的。我们既有快乐的情感，也有难过的心结。这些都是正常情况，也无须介意。特别是那些负面情绪，都是正常的心理现象。也只有这些情绪严重到影响了我们的正常生活的时候，才是病态的开始。

　　"但是，有一种情况，需要我们心生警惕，那就是，我们内心的负面情绪被他人刻意地放大。今天在直播间的各位朋友，我也可以通过这种形式给大家加强一下防范意识，那就是不管什么人，知道了你内心深处的负面情绪，而且试图扩大的时候，都要注意起来。"

　　我话音未落，弹幕又起："老甄，什么叫故意放大？""老甄，什么是防范意识？""老甄，这和案子有什么关系？"

我继续说道："马小瑶的父母为人严苛，对马小瑶要求极高，因此马小瑶从小到大，不管怎么努力，听到最多的就是父母对她的不满意、对她的批评，还有拿她和别人家孩子对比。马小瑶在父母的高压政策下，虽然的确考上了重点大学，但是却从没有开心过。而马小瑶内心深处，最为渴望的其实就是亲近之人的认可，而最容易让她崩溃的，就是应该认可她的人，对她的责骂和失望。

"各位朋友，要记住马小瑶的这个心理特点。而马小瑶的父母还根本意识不到自己管教孩子的方式，等于给马小瑶开了一扇死门，无非是要看马小瑶的人生命运，是遇到能够救她的人，还是可能害她的人。如果她遇到天性善良的人，能够给她足够的认可支持，也许马小瑶从此以后，就可以逐步摆脱她父母给她造成的内心伤害。但是如果遇到害她的人，那么这个心结早晚都会爆发出来，只不过到自杀这种极端的程度，那么就是有人居心叵测，刻意施为了。

"马小瑶与韩镭的微信聊天记录，在网上都已经完全传播，我知道许多朋友都原原本本地看过了。没看过的朋友，也可以现在去搜索一下，快速地翻看一遍。我直接说这些聊天记录的特点，那就是，在韩镭与马小瑶交往的初期，韩镭对马小瑶是时刻表示着对她的认可的。但从这个阶段的聊天记录来看，也不能判断韩镭想做什么，因为在正常的男女恋爱之中，男孩子通过不断地夸奖女孩子，认可女孩子，来获得女孩子的接受，都是正常现象。

"但是在他们交往三个月之后，韩镭就很快地循序渐进地利用马小瑶对他的认可依赖，要马小瑶证明自己也是爱他的了。包括要马小瑶给他钱，这个钱甚至是网贷而来，还有，韩镭要马小瑶给他发自拍的裸照。而马小瑶在韩镭的压力之下，不断屈从韩镭的要求之后，韩镭并没有满足，而是选择依然对马小瑶强烈地表示否定、抛弃、不在乎。正是这些，让马小瑶最终崩溃，选择了自杀。而朋友们也很清楚，让马小瑶自杀的最后一句话是：'你要是爱我，你就应该和×××上床，反正被谁上不是上，他上了你，能给2000元呢。你要是不听，我就把你的裸照发给你父母。'

"事后警方对韩镭的调查中，这句话成了关键点，可是韩镭则表示，他没有强迫马小瑶卖淫的意思，那只是他故意吓唬马小瑶，因为没有关键证据，所以最终警方只能放了韩镭。

"韩镭的这句话的确是故意吓唬，并不真的存在那个情况。然而韩镭这句话的意思，对于马小瑶来说，则代表着对自己的抛弃和利用，而被自己亲近之人抛弃，是马小瑶内心崩溃的根本点，因为马小瑶从小到大，听到父母说得最多的话就是，'你要是成绩不好，我们就不要你了'。

"剩下的事情就是怎么证明，韩镭是有意这样放大马小瑶的负面情绪的。而这个证据，就由周先生给朋友们展示。"

还好这次老周早在一旁准备好了，我话音刚落，老周已经出现在了直播镜头里。老周对着镜头说道："这份证据就是，我们在警方破获的一起PUA非法课程的案子中，找到了韩镭曾经付款学习PUA的证据。而韩镭为了学习这个PUA课程，分三次给被捕的开展PUA培训的犯罪分子汇去了28000元。"

老周说完，拿出自己的手机，把存储的警方公布的PUA培训班组织者的收款微信号截图、韩镭转账记录截图，以及韩镭的微信号截图，一一展示。这个证据展示之后，直播间的弹幕再一次飞起："这个韩镭真是禽兽不如。""我就说嘛，就凭韩镭那副尊容，怎么可能交到马小瑶那么漂亮的女朋友，原来是学习了PUA……"

我继续说道："PUA的操作手法，本质上是心理控制，通过摸清被掌控目标的心理状态，对被控制对象藏在深处的心理需求以及心理问题满足和放大，达到对他人心理控制的目的。所以我说，要是有人有意识地刺探我们内心的隐秘，特别是我们内心畏惧的某些问题，都要小心注意，避免被人设计陷害。"

我做完总结，结束直播。老周也长嘘了口气，他连续跟我做了两天直播，最初的新鲜感早已过去，面对直播镜头的紧张感却起来了。老周本想和我一起吸根烟放松一下，但是手机铃声响起，老周转到一旁接电话去了。章玫走到我跟前，对我祝贺道："甄老师，您这个主题的直播真是太棒了，咱们光这两天的打赏，就收到了11万元，咱们可以去吃大餐了。"

老周接完电话，走到我和章玫跟前，对我说道："老甄，那个韩镭再次被捕了，这次批捕的罪名是故意杀人罪，因为已经有了确切证据，证明韩镭是出于故意诱使马小瑶自杀的目的，采用了言语逼迫的方式，实施了犯罪行为。估计明天一早，韩镭再次被捕的新闻，就会刷爆全网。"

老周这一句话，使我瞬间感觉自己心中的恶气消失了，我原本也因为韩镭作恶，却没有得到应有的惩处，心中郁闷不已，我也清楚我骨子里疾恶如仇，甚至多少还有点替天行道、惩治恶人的情怀。老周告诉我们韩镭被再次批捕，而且是以故意杀人罪的罪名批捕的，那么也就是警方已经掌握了关键证据，并且请示了上级领导，这才再次将韩镭抓捕归案。这次韩镭进去，基本上就大概率等着审判之后，去刑场了。

章玫则拿起手机，在手机上发了个消息。章玫发完消息后，对我和老周说道："太好了，二位大叔，我已经把刚才那个消息发到了粉丝微信群里，群里一下子就爆炸了。大家拍手称快，认为老甄、老周两位大叔真是有本事。而且他们还认为，是因为老甄的直播，造成了马小瑶这个案子的高度曝光率，这才触发了舆论压力，警方才再次将韩镭抓捕归案的。"

我和老周听着章玫这天真烂漫的话，相视一笑，心想社会对体制内的工作，有时候会有幻想，有时候却会误会。要么认为体制内的人，应该都是铁血神探，要么认为体制内都是腐败分子。其实体制内的人，也都是普通人，有责任心，也有懒惰心。

老周递给我一根烟，对我说道："多多女士打算明天登门拜访，要委托你和我一起查明艾文的事情。"

| 第八章 | 多多来访

老周和我提起多多要来委托的事情，我深深地吸了口烟，未置可否。老周见我没有表态，稍微流露出了一丝讶异，看表情是想问我来着，但也只是又吸了口烟，并没有把话说出来。

老周离开之后，章玫开始收拾，她一边擦着地板，一边对我说道："甄老师，要不咱们还是把办公和起居分开吧，咱们去租个好歹有办公室的写字楼，至少也得像周叔叔那个调查事务所似的，看起来也比较正规。"

我看着章玫忙碌的样子，不好意思起来，嘿嘿笑了几声，然后说道："第一，去租套房子，额外增加了成本；第二，我的主要工作也不过是直播和写作，并不需要接待来客，所以我就没考虑这个。"

章玫直起腰，转过身来，对我说道："哎呀，甄老师。其实我有一种预感，这位多多女士的来访，将只是个开始，以后还会有你的粉丝来找你的。那么甄老师，你总不能老是在这个住宅的客厅里接见啊，虽然你还有卧室。"

我忍不住笑出来道："卧室里什么鬼？还可以去咖啡馆什么的公共场所见面啊，不就是聊个事，还能去老周那里，不复杂啊。"

章玫开始手舞足蹈地给我演示起来，她模拟客户，从进门开始，证明我的客厅用来接案子是多么让人没有安全感。最后章玫总结道："甄老师，你要知道，虽然直播收入不少，但是这笔账要这么算，并不是所有委托人的案子都能够直播的，只有委托人允许你直播出去，你才可以直播破案或者在直播间讲述案件。但是，随着你知名度的提高，肯定有更多的人是来找你私密地解决问题的。大头的收入会是这些，所以，我们需要一个正经的办公室。经费问题的话，这段时间，甄老师的直播和网文收入已经足够了。要是能做到不是非得在这个大城市的话，你去周边一个舒服的城市去买一套办公室，都没有问题的。"

去别的城市买一套办公室，这倒是个好主意。的确，我手里的积蓄虽然在B市买套房子，还需要再多赚些钱，但是去其他城市，经济压力就小很多了，但是去其他城市的话，那来找我的委托人是不是会减少呢？我把这个问题抛给了章玫。

章玫掰着手指头给我算道："甄老师，你的委托人肯定是你的粉丝或者是你粉丝认识的人，不是在大街上看周叔叔那种小广告来的，那么你在什么城市、在什么地方，只要交通方便，通高铁，开车能找到，就没有问题的。"

我点点头，同意道："章玫，你这么一说，我还真觉得这套我本来住起来很舒服的房子，都越看越不顺眼了。我本来对这位多多女士，还犹豫是不是接她的委托，但是现在这么看来，这个委托还真是要接了，不然怎么赚钱呢。"

章玫奇怪地问我道："甄老师，那位多多女士的遭遇多可怜啊。刚才周叔叔和你提出多多女士明天要来拜访面谈的时候，你没有直接表态，我就觉得奇怪了。甄老师，你是出于什么考虑，不那么痛快地接多多女士的案子呢？"

我做出认真思考的样子，对章玫说道："可能是最近地球公转的速度有了细微的变化，所以让我不太愿意接这个案子。"

章玫露出一副完全不理解的样子，问我道："甄老师，地球公转？这和你不太想接案子，有什么关系啊？"

我哈哈大笑道："就是我也说不出来，到底是为什么不想接案子，所以胡扯的。"

章玫一下子被我逗笑，随后对我嗔道："甄老师，你什么时候，也这么不严肃了，我都不适应了。"

我解释道："我要是说，这是男人的第六感，你会不会觉得更好笑？"

我刚一说完，章玫直接笑得蹲在了地上，一边笑一边说：

"男人也有第六感的吗？这理由还不如地球公转那个，你还不如说，你是对美女有戒备心，之前吃过美女的亏吗？"

我没有继续这个话题，和章玫闲聊了几句之后，就继续在餐桌上完成我每天的码字任务，章玫则在一旁努力地把客厅收拾成适合会客的样子，她甚至还把沙发摆来摆去。我的心中涌起了一阵暖意，但是，我随即把我的那一点点心思压了下去。我这样的大叔还配得上有爱情吗？

第二天上午9点，我接到了老周的电话，老周在电话里问我这个夜猫子有没有起床，多多女士已经到了他的事务所，等我方便时就过来拜访。我本想趁机和老周说，我去他的事务所和多多女士会面就好，但是老周没接茬，而是在和我确认我已经准备好之后，告诉我他带着多多半个小时后到达。

我心中一阵狐疑，心想多多为什么一定要来我的住处见我呢？而且老周好像已经被多多俘虏了一样，在多多这件事上，完全不顾及我的考虑。

章玫倒是有点兴奋，在一旁模拟了很久她作为我的女助理该怎么表现，直到门铃声响起，章玫打开门，老周领着多多走了进来。其实我应该说，在多多这样的盛世容颜的光彩下，老周几乎没有存在感。

|第九章| 绝代佳人

南国有佳人，容华若桃李；

北方有佳人，绝世而独立；

一见倾人城，再见倾人国。

我虽然从小喜欢读书，但是喜读政治经济历史军事，唯有言情看不下去。对唐诗宋词，也有涉猎，唯独对情爱绵绵的诗句毫无反应。只不过中学时为了追求女孩子，强迫自己背诵了不少这方面的诗句。我还记得当时看到"佳人倾国"这样的诗句时，心里头想的是，古人真是能夸张，一个女子长得再怎么漂亮，也不可能让一城人甚至一国人倾心啊。虽然现在的各路明星网红美女很多，看起来也都赏心悦目，但是看过之后，也就没什么感觉了。工作之后，也有过一个阶段，被经营企业的朋友带着去见世面，和所谓的上流社会人士喝酒游玩，和七八线女明星同桌吃饭，和小嫩模在KTV唱过歌，整体的感觉就是，这些美女还不如在屏幕里的样子。因为真人的感觉是立体的，是丰富的，远不如在视频中剪辑出来的饱满状态吸引人。

但是这个多多一走进来，瞬间一句文言文冲到了脑子里："古人诚不我欺。"我这个房子的装修风格本来就是冷色调，毕竟我一个独身大男人的居所，总不可能暖洋洋、粉嫩嫩的。章玫刚过来的时候，还和我提出过，说我的客厅门口色调太冷太阴暗，进来的感觉就冷飕飕的。那时候我工作丢了，婚姻散了，看整个世界都是灰暗的，因此这套房子的整体风格就是冷峻的基调。

平日里老周、梁欣什么的来，我也感觉不出什么不同，顶多就是章玫过来之后，屋子里人气旺了，感觉暖意多了些。但是多多一进来，我感觉整个屋子就如同冰雪覆盖的荒原开始长满花草，一股盎然春意扑面而来。尽管多多脸上还带着掩藏不住的疑虑纠结。

多多的穿着打扮得体大方——一件鹅黄色碎花连衣长裙，长发披肩，淡妆素裹。多多身材高挑，站在老周身后，看起来比老周还要高一点，老周虽然不高，但也有一米七多。女人高起来，单是那亭亭玉立的样子，就吸引眼球了。而多多最为吸引人的，还是那张酷似雅典娜女神的脸庞，白皙的脸庞十分立体，眼波流转时让人忍不住想去追随那眼光。

尽管我对女色免疫力强大，多多进来时，我也忍不住多打量几眼，老周看出我的神色，脸上居然露出了得意的微笑，不过这微笑稍纵即逝。老周侧转身体，对我和章玟郑重介绍道：

"老甄，这就是昨天在直播间和你打过招呼的多多女士，她的真名叫作邵明婕。"

我悄悄地吸了口气，正色对多多招呼道："邵女士，您好，没想到您还专程来寒舍造访，真是斯人所至，蓬荜生辉。"

多多对我微微一笑，把脸上的愁容先收了起来，这一瞬的表情变化，居然让我心中产生了疼惜的情绪。她开口对我说道："甄老师为人通透、能力超凡，我想我的事情，也只有甄老师和周先生才能帮我解决。甄老师还是称呼我为多多吧，我听到这个名字，心中才会安定。"

我心想难怪老周对多多言听计从，这样一个美女，可以说是风华绝代，从内而外地散发着一股魅力。这力量要是在战争年代，不知能让多少热血男儿为她出生入死。老周和多多打过一阵子交道，还帮多多查清楚了艾文的不少隐秘，我总以为老周除了自己天生的敬业精神之外，多多的原因应该占大头。

我思虑转过，对多多说道："多多女士，先坐吧，然后咱们详细商量这个案子。"

我们分别坐下，多多的眼神注视着我，朱唇轻启，皓齿微露，简直就如同给这个客厅增加了一个美丽的气场，一瞬间，把青春靓丽的章玟比成了村花。按说章玟放在人群里，也是个美女无疑，怎么在这个30岁出头的多多旁边，就失去了光彩呢？

多多柔声说道："甄老师，您还是称呼我为多多吧，加上女士二字，就生分了。刚才听甄老师的语气，是已经愿意接受我的委托了吗？"

我点头道："对，这个案子，我接下了。"

多多的脸色这才舒缓下来，却突然站起身来，对我鞠了一躬，这才说道："我先多谢甄老师了。这件事就要靠甄老师和周先生费心费力了。艾文从我这里，前后要去的钱，一共有2800万元左右，我希望甄老师能够帮我，一是从艾文那里，不管用什么手段，把我的钱追回来；二是能够帮我查清我对艾文的疑惑，他到底是不是杀人凶手。如果甄老师能够帮我完成这两个委托，那么我愿意支付给甄老师300万元的酬劳，周先生那边，也同样有300万元的总酬劳。就算甄老师和周先生，最后没有完成委托，那么我也愿意支付二位50万元的辛苦费。"

300万元，好大的手笔，我毕竟只是个小有名气的直播播主、网络写手而已。虽然我破获了毒刺一案，但是毕竟我还没正式接受过调查委托。但是我很快想到，要追回这2800万元来，可能除了我和老周之外，还要请律师和警察帮忙，警察好说，只要艾文涉嫌刑事犯罪，就可以报警抓他，那么他从多多手里骗走的那2800万元，就都可以作为赃款发还。但如果证明不了艾文是有意诈骗，甚至教唆受害人自杀，那就是民事纠纷，要证明多多的钱是借给艾文，而不是赠予艾文，这就是律师的工作了。

我能想到这些，估计以多多的智慧、人脉也都能想得到，那么为什么她不去找法律圈的朋友帮忙，而是找我来做这个事情呢？

在多多给我鞠躬的时候，我起身扶了多多一下，这时候我俩还都站着，老周和章玫在一旁，坐也不是，站也不是。我忙说道："多多，既然你要我直呼你多多，那么你也和老周一样，叫我老甄就好了。咱们坐下详谈。"

我和多多再次坐定之后，我问多多道："涉及财产问题，应该是两个方向，一个是刑事方向，只要证明艾文对你是诈骗行为，那么就可以通过警方侦破案件，将他骗走的款项追回；如果是交往中的不当得利，那么就需要一个好的民事律师，打官司要回了。你只要找到靠谱的律师朋友，估计费用在100万元之内，就可以解决上述事情，那么多多你为什么要找我来解决这个事情呢，而且还要支付更高的报酬？我还不清楚需要付出什么努力，可以因为查清一个人、一个案子，值得300万元这个数字。"

老周除了说案子的时候，平日本就沉默寡言，因此，虽然他见我问出这个问题，脸色凝重了一下，但是却并没有替多多解释什么，也没有附和我问些什么，我判断这个问题老周多半也已经问过了，因此他知道答案，所以只不过是等多多给我当面解答。章玫本来看到我对多多的眼神，脸上浮现出了女生常有的醋意，但她听到我问这个问题的时候，对我投来了赞许的目光。

多多认真听我说完，稍微往前倾了倾身子，这才对我回答道："甄老师，真是聪慧，一般人听到这300万元的报酬，早就摩拳擦掌地要往前冲去，要把这钱赚到手里，而甄老师却能看到事情的本质。其实，律师朋友和警察朋友，我也是有几个的，但是，他们都不是这个艾文的对手。所以，我才找到了甄老师。我今天带来了一本日记，是艾文的前妻曹洁所写，被我无意间发现。我想，等甄老师看过这本日记之后就清楚，我为什么愿意出这个价格委托甄老师帮忙了。"

| 第十章 | 死亡日记

　　我奇怪地问道："艾文前妻曹洁所写的日记，你是怎么找到的？怎么确认就是曹洁亲手所写？"

　　多多对我露出一个赞许的表情，把那本日记递给我后，对我解释道："这本日记，还是周先生和我一起去银行的保险柜里取出来的。"

　　老周对我点了下头，确认道："这本日记的确是四天前我和多多一起去银行的保险柜里取出来的，这之前，银行那个保险柜从曹洁第一次开启放入东西后，就再也没有开启记录了。而这个保险柜是曹洁本人在五年前申请租用的，这一点，我已经通过内部渠道确认了。保险柜是通过钥匙和密码两项开启的，只要有钥匙和密码，任何人都可以来银行开启这个保险柜，但是银行出于安全管理，所有来开启保险柜的人，都会登记身份。而银行内部没有任何保险柜再次开启的记录，那就说明的确没有人在这五年之内开启过这个保险柜。"

我是信得过老周的，老周这个人在对待案子时，会自动进入真相追寻模式，不管是金钱还是强权、女色还是威胁，都挡不住他去寻找真相的决心，也正是因为老周这个眼里不能揉进半粒沙子的性格，让老周失去了公职，而且混到快40岁了，还孑然一身，没有女朋友。至于老周没有女朋友这个情况，一个很重要的因素就是，他总会忍不住把可能成为他女友的人的过往经历、背景资料查个底掉。

老周做证一样地说完，多多继续对我解说道："银行保险柜的钥匙和密码，在一个信封里，而这个信封则一直在曹洁送给他的一个乐高拼装的城堡里。

"我之所以会无意间发现信封，是因为当我知道艾文还在自己的办公室里一直保存他前妻送给他的礼物的时候，出于女人的天性，我一定要把那个东西替换掉。那个时候，艾文是我的一切，当然，我也希望我是艾文的一切，我知道了艾文之前有过一段婚姻，但我并不知道是谁，我也是看到这本日记，才知道曹洁这个名字，周先生也是根据这一切，查出了曹家自杀灭门案的旧事。

"但是当时，我就是出于女人的心思，想要艾文身上穿戴的一切、办公室里摆放的一切，都是我给他精挑细选、搭配布置的。我不希望他之前任何一个其他女人的痕迹还存在于他的身边，特别是他的办公室这种地方，他在那里停留的时间比和我在一起的时间都长，我绝不允许那里居然还摆放着他前妻给他的礼物。虽然艾文告诉我的时候，说那个乐高城堡是他和他前妻恋爱的时候，用了整整三天时间一起拼成的，那是他曾经的纪念。男人总是以为，自己说起自己深情的往事，可以让自己的现任也包容这一切，但现任的想法基本上都是把男人的这段往事抹掉。

"所以我趁艾文出差的时候，带着一个我给他挑选的差不多体积的摆件去替换那座城堡，那座纪念旧情的城堡。我本想直接把那座城堡整体搬出去丢掉，但那座城堡实在是太大了，我估计当初能摆在这里，也是艾文和他前妻两个人一起搬进来的。我想到这个，就越发想把它毁掉。所以，既然我一个人搬不动，那么我就把它拆开，分成一部分一部分地扔掉就好了。随后我就从房顶开始拆这座城堡，我原本以为很难拆，没想到，我很轻松地就把城堡的房顶拆开了，这个城堡是拼装而成，内部也照样有各种结构，我在拆的时候就发现，有的地方很结实很难拆，但是有的地方却很好拆，我感觉有些奇怪，虽然城堡已经拆得七零八落，我都可以把这些零部件分批装到垃圾袋里，但是这城堡拆起来的感觉，就好像被人拆开过一样，我顺着手感一路拆下去，最终在城堡的地下室内，找到了一封信，信封着口。信封上没有任何内容，我撕开信封，就发现了保险柜的钥匙和密码单。

"我本来还以为这是艾文自己的秘密，只不过他从来没告诉过我。我想了个好办法，验证这个信封到底是不是艾文的秘密，我把那个乐高城堡，全部拆了开来，再没发现别的了，而且这个时候，我也不可能把它再安装回原样了，我索性把城堡的各部件都装在垃圾袋里，丢掉了，随后把我选购的摆件放到原位去。

"过了两天，艾文出差回来，他居然没发现那座城堡不见了，又过了两天，他才发现城堡换成了雕塑，他问我是不是我给他换了摆件，我故意撒着娇和他说，我不希望他身边还有以前的记忆，然后等着看艾文的反应。但是艾文只是笑眯眯地摸了摸我的头发，亲昵地称呼我为小醋坛子，连那座城堡的去向都没再问。

"从这一点上，我确认这个保险柜的秘密，不是属于艾文的，既然不是艾文的，那就是他前妻的了。我一开始本来并没有拿这些当一回事。直到后来，艾文让我起了疑心，我突然想知道艾文的一切了，包括他过去的一切。那么他前妻的秘密，没准就能让我发现什么了。刚好我通过朋友介绍，找到了周先生，我就请周先生和我一起去银行打开了这个保险柜，保险柜里就只有这本日记。"

老周接过话头，继续说道："至于这本日记究竟是不是曹洁本人所写，这件事我通过原来的一些老朋友，从曹家自杀灭门案中，找到了曹洁当年的一些签名等文件资料，又找到了笔迹鉴定专家，确认这本日记的确是曹洁本人所写。"

心理师

我拿起这本日记，打开先翻看了一番，发现日记内容并不多，不到十页，凭我的阅读速度，几分钟就能读完。既然多多说，我只要看完这本日记，就能清楚她为什么愿意出300万元的价格，来委托我查清真相，那我就索性先看起日记来了。

章玫见我认真地看起日记来，乖巧地去给老周和多多倒起茶来。

我翻开日记本，日记本的扉页上写着一段话，字体娟秀，的确是女子所写："我也不知道到底发生了什么，会让厄运降临我的家庭。也许是因为，我们都是有罪的。"

第一篇日记写着："上个月妈妈吃安眠药自杀了，她在决定自杀之前，拉着我的手说，如果她的死能够赎罪，那么她的死就是值得的，她希望我能放下所有。因为当年那件事情，和我没有任何关系。这么多年过去，她和我爸爸、爷爷，几乎每日都在惊恐中度过，本以为事经多年，当年的人和事早就灰飞烟灭，但是冥冥之中，真是因果轮回，报应不爽。该来的早晚都会来，她决定用死来洗刷当年的罪孽。我曾想阻止妈妈吃药，但是却发现，我居然没有勇气阻止妈妈去死，因为，我确信我也是个罪人，我们都欠他的，我们整个曹家都欠他的。这是报应。虽然，我对当年的事情并不是很清楚。可是妈妈不肯告诉我，她想的却是让我能够放下这一切，还能心无负担地生活下去，她认为她的死，能够让他原谅我们，能够让他放过我们，甚至能够让他和我继续下半生的日子。

"妈妈死了之后，我跪在他的脚下，给他揉捏着腿，他刚才因为我弟弟的反抗，狠狠地教训了我弟弟明辉，他踢明辉踢累了，所以我给他揉腿。明辉真是不懂事，不知道爸爸妈妈曾经欠他的吗，妈妈为了那件事都已经自杀了，明辉居然还想着反抗，不肯认命，直到他把明辉绑起来，电击明辉，明辉才服气。

　　"爸爸也决定自杀了，因为爸爸从他的眼神里看得出来，自己不死的话，他是不肯原谅我们曹家的罪孽的。"

| 第十一章 | 家族宿怨

曹洁的第一篇日记就是母亲严萍自杀的记录。从这篇日记中目前看出来的是艾文和曹洁的家族曾经有什么恩怨。这本日记是曹洁五年前写的，五年前也正是曹家自杀灭门案发生的那一年，当年艾文31岁，曹洁25岁，曹父曹文华60岁，曹母严萍57岁，曹洁弟弟曹明辉23岁，祖父曹耀祖85岁。要说艾文和曹家人有什么仇怨，那只能是曹家人和艾文家人的纠葛，毕竟艾文和曹家父母相差二十多岁，怎么都不可能有什么不死不休的仇怨啊。

我继续翻看下去。

第二篇日记："爸爸也熬不住了，他决定割脉，要用流干鲜血来赎罪。我已经失去了妈妈，我不想再失去爸爸了，我想阻止爸爸，但是他那个严厉的眼神，让我放弃了，我们曹家的确都该死，他能看在和我的感情的分上，留下我服侍他，就已经是大恩大德了。爸爸死了，血流满了整个浴缸。警察来的时候，把我们都询问了一轮，我们都很明确地告诉警察，是爸爸年轻时候做了错事，这几十年来，一直心中不安，所以他打算流干鲜血来消除罪孽。在爸爸临死之前，我想要爸爸告诉我，当年到底发生了什么事情，让他们不得不用这种惨烈的死亡方式来结束生命。但是爸爸在鲜血流干之前，都不肯告诉我当年到底发生了什么事情。"

第三篇日记："爸爸死了两周之后，弟弟明辉再也不能忍受他的电击惩罚，弟弟和我说，他决定去另一个世界找爸爸妈妈，要我好好活下去。我当时有一种很奇怪的麻木感觉，因为弟弟说这样的话，已经很多次，但是我没想到，等到第二天，我去他的房间找他的时候，弟弟已经用电线把自己的脖子缠死，然后插上电源，触电自杀了。这个时候，周边的邻居已经开始对我家指指点点，好像都说着我家当年造的孽，报应终于来了。"

第四篇日记："爷爷是从战争年代滚过来的人，我小的时候，爷爷还给我讲过他曾经的故事，那就是有一年旱灾，爷爷的爸爸妈妈、哥哥妹妹，在一个月之内，都先后饿死了。他身边的亲人一个一个离去，即使这样，他都一个人挺了过来。1949年后，分了土地，娶了我奶奶，生了我爸爸，这才感觉自己又有了家人亲人。但是这次，爷爷也不想继续活下去了。爷爷选择绝食。他已经三天不吃不喝了。妈妈死了，爸爸死了，弟弟也死了。我看着躺在床上干瘪的爷爷，心里知道，这世上只有爷爷这么一个亲人了。我不想他死，但是更不想他被爸爸妈妈说的那件事折磨。

"我进了爷爷的房间，爷爷已经虚弱得连靠在床上都做不到了，爷爷突然和我说：'丫头啊，我想了想，我不能绝食死，这样，会给你们带来麻烦。你扶我起来，我要自己去江边，跳下去，就和当年的付子昂一样，我欠他的。遗书我已经写好了，就放在书桌上，警察问起来，就可以确定我是自杀的，不会连累你们了。'

"我的眼泪哗哗地流了下来，但是我却不知道我该说什么，我只能默默地给爷爷穿好衣服，扶着他从床上起来，我没想到爷爷站起来的那一瞬间，脸上还浮现起了红晕，难道这就是传说中的回光返照？

"爷爷拿起他常用的拐杖，但还是虚弱，刚站起一会儿，就坐在床上喘息了。爷爷要我给他拿一杯热牛奶喝下，这才有了些体力，对我说道：'丫头，这几天我想明白了，虽然说当年那件事和你没关系，但是既然老付家的后人找上来了，我还是前前后后都讲给你听吧，我看付清，也未必会放过你。这件事还牵扯着一个大秘密，要是我们死了，付清能够放过你，你就把这个秘密告诉他，也算是彻底赎清我们的罪孽；要是他连你也不肯放过，那么这个秘密就和咱们一家都去另一个世界吧。'"

我看到这里，抬头问老周道："这本日记里所说的付清，是不是就是艾文？"

老周点点头，对我说道："在直播间里，不能说出艾文的真名，艾文的真名就是付清，这个艾文是他的英文名字音译。"

我点点头，继续看曹洁的这本日记。

"不知为什么，虽然我明知爷爷要去投江自杀，我最后的亲人也要离我而去了，但是我听到爷爷要告诉我爸爸妈妈他们压在心头很久的那件事，我反而有些激动和兴奋。这段日子以来，我都感觉不到自己活着了，但是爷爷要告诉我的这件事，让我似乎对这人世有了感觉。

"爷爷对我说，那件事虽然已经过去了40年啊，但是对他来说，就好像是昨天发生的一样，老付家那么一晚上就全没了。爷爷说这是他一时把持不住，起了邪念。

"那是1973年，正是'文革'批斗最疯狂的时候，几乎所有曾经的地主资本家，还有大量的文化人都被群众批斗，甚至还有老干部、老革命。有多少人，都熬不过这一关，用各种方式结束自己的生命，但饶是如此，这些人即使死了，也还会被说成自绝于人民而死。

"付清就是付子昂的外孙，是付子昂的小女儿付馨香的孩子，当年付子昂一家五口，就只活下了这个远走他乡的付馨香。付子昂和爷爷还是半主半仆的发小。人这一辈子啊，有时候都是命啊。

"爷爷小时候有一年闹饥荒，因为旱灾，一个月内，爷爷的爹娘兄妹都饿死了，那时候死的人多得啊，埋都埋不过来，死了就扔到逃荒的路边水沟里，连死人的衣裳都会被扒干净，免得自己在野外被冻死，死人也很快就被不知道从哪儿冒出来的野狗、野猪啃食干净。爷爷当时就跟着人群走啊走啊，一路讨饭，可是大灾之年，谁家都缺粮食，除了那些豪门大户。就这样，爷爷也不知道走了多久，走到了一个叫作付家庄的地方。这地方还能看得见炊烟，闻得见粮食香，爷爷知道这里肯定有吃的，就撑着最后的一股劲儿，走到了这个村寨门口，随后，就饿得昏了过去。

"等他醒过来的时候，爷爷发现自己好像在一个柴房里，旁边有个砍柴的大叔，后来爷爷被付家庄的付老爷发话救了，付老爷见爷爷还算伶俐，就命他陪着付家小少爷付子昂读书玩耍，付子昂比爷爷年长两岁。就这样，爷爷活了下来。付家家教很严，家风很好，付子昂也从来没把爷爷当成过下人仆人，而是真心把他当成弟弟一样，自己有什么好吃的点心，都分给爷爷一半。

"就这样，没几年就解放了，付家是远近闻名的大地主，很快，土地就分了，宅院的房子也分了，付子昂和爷爷都成了普通农民。但是付子昂念书好，识文断字，而且他在上高小的时候，就已经成了地下党，当年还掩护过一个大领导来着。老付家的田地宅院被分，还是付子昂主动分配的，当时他还受到了县委的通报表扬，说他觉悟高，虽然出身地主阶级，但心却是无产阶级。就这样，付子昂从村里去了城里，在'文革'前还当了市教育局局长。"

第十二章 | 一夕灭门

　　"但是'文革'来了，付子昂因为是大地主家庭出身，很快就被揪出来打倒了，还被树成了混进革命队伍的坏分子典型，后来造反派抄家的时候，从付子昂家里抄出了付子昂收藏的历朝历代的铜钱，这样就更有了证据，说明付子昂意图'复辟'，好让他能继续做大地主，继续剥削农民，继续欺压群众，随之而来的就是无休止的批斗和游街。连他的两个女儿付馨玉、付馨香还有他的小儿子付留德都成了'黑五类'的'狗崽子'，被造反派抓起来严刑拷问，要他们说出付家私藏的金条大洋。因为造反派和革命群众认为，付子昂之所以主动在解放初的时候把自家在付家村的田地房产都分了出去，就是为了保住付家世代留存的金条元宝、各朝铜钱。而在付子昂家里查抄出来的那些古铜钱，只不过是九牛一毛、冰山一角。

　　"自从造反派决心从付子昂身上找出付家财宝，就更加对付子昂一家人酷刑逼供，要求他们说出付家暗藏的财宝来。付子昂的妻子也是书香门第出身的大家闺秀，叫司小莲，这时候最先熬不住这种酷刑折磨，发疯了，疯了之后，就赤身裸体地在街头乱跑，结果被不少半大小子欺负，没多久就在街头活活冻死了。

"这个时候，上级来了命令，叫停了这种批斗，付子昂带着一子两女，再也不敢在城里居住，而是悄悄地跑回了付家庄，找到了爷爷。爷爷说，付子昂对村子里的血亲都没信过，就信得过他这个一起长大的书童，但是，爷爷当时鬼迷心窍了。

"爷爷和我说起这些的时候，眼角都流出了眼泪。爷爷抹了抹眼泪，对我继续说，付子昂其实是兄弟三人，大哥付子正、二哥付子塘，和付子昂不是一母所生，付子正和付子塘比付子昂要年长十多岁，他们二人早在抗战时期，就已经参加了国民革命军，在正面战场上打日本鬼子。付子塘阵亡，付子正则在国民党军中当上了旅长，这也是付子昂被批斗的时候，说他勾结国民党反动派的根源。1949年，国民党败逃台湾，付子正花了钱，没有跟着去台湾，而是在香港扎下了根。刚解放的时候，付子正还给过付子昂自己在香港的地址和联系方式。付子昂找到爷爷，说他在内地估计没有了活路，妻子司小莲已经被迫害发疯而死，自己和这一子两女估计也跑不了了。所以付子昂索性想从海上游到香港，爷爷知道付子昂有个表哥，在广东当干部，不知道有没有受到牵连，所以他要去香港，就必然要先去投奔他这个表哥。

"付子昂也想到自己一家四口随时可能死在路上，因此他决定自己先行出走，把他的一子两女都托付给爷爷寄养，为了让爷爷安心，付子昂还告诉了他一个秘密，那就是在付家庄附近的山中有一处地方，埋藏了他们付家的金银财宝。这些财宝的埋藏之处要靠一首诗才能找到，但是当时那个年代找到了也没办法用，所以他就把那首诗告诉了爷爷。那首诗就是：山阴饿虎石，渴饮溪水旁，百年大杨树，北走足三丈。

"付子昂把付留德、付馨玉、付馨香都托付给了爷爷，就打算趁半夜从村子后山小路逃出去。爷爷说自己当时鬼迷心窍，想到一方面收留了付子昂的子女，还帮助付子昂逃跑，那么爷爷就是知情不报，还有包庇'反革命'的罪行；另一方面，付子昂告诉了爷爷付家财宝的埋藏之地，于是他对那财宝起了觊觎之心。爷爷决定在付子昂逃跑的半路把他杀了，就地埋在山里。

"我听到爷爷说起杀人，心中一阵害怕，我没想到慈祥可亲的爷爷，居然也是杀人凶手，那为什么我爸爸妈妈也参与了这件事呢？

"爷爷还说，杀掉付子昂很顺利，付子昂正在山路上悄悄地走着，完全没想到送他出山的爷爷，会抡起棍子，狠狠地打碎了他的头，他吭都没吭一声就死在了山路上。爷爷找到附近的一个挺深的土坑，把他的尸体扔进去，随即挖土填平。这样一来，就再也不可能找到他的踪迹了。

"爷爷杀了人之后，虽然心中有愧，一开始还想着把他的子女养大。付子昂的两个女儿都眉清目秀，漂亮喜人，但是那时候爸爸20岁，妈妈17岁，他们已经举办了婚礼，住在了一起，只是因为还没到领证的年龄，因此没领结婚证罢了。爷爷就这一个儿子，已经结婚了，付子昂的几个孩子，早晚会被村子里的人发现，那时候，爷爷还是说不清楚。

"爷爷当时心一狠，就想着反正杀一个也是杀，杀几个也是杀，索性把这几个半大孩子都杀了得了。爷爷说，奶奶胆子小，这三个孩子用刀杀动静太大，于是和爸爸商量杀掉付家那三姐弟，爸爸本来也吓了一跳，但是爷爷告诉爸爸，那几人被村民发现，我们一家也难逃麻烦，最后说服了爸爸，商量了用耗子药把这三个孩子毒死。妈妈去公社买来了耗子药，爷爷让奶奶熬了粥，然后把耗子药放进去，之后爸爸给藏在地窖里的三个孩子送了过去，看着他们吃完。

"那一夜，他们听着地窖里的呻吟声，无法入眠。第二天夜里，爷爷和爸爸去地窖里查看，三个孩子都口吐白沫，死在那里了，他们用小推车把三具尸体推到山上，打算埋掉。但是没想到，三具尸体推起来并不容易，等他们到了山上，天就已经快亮了，爷爷和爸爸只好把尸体先藏在一个无人的林子里，用树叶掩盖，打算等第二天晚上再来挖坑深埋。但是等第二天他们过去埋尸的时候，却发现少了一具尸体，正是付家小女儿付馨香。"

| 第十三章 | 曹家灭门

这本日记多多和老周早就看过了，所以在我看到曹洁记录的祖父杀人的细节的时候，虽然我的眉头皱起，但是二人却并没有什么反应，只是章攻给我投来探寻的目光。

我继续往下看去："当时爷爷和爸爸发现少了付馨香的尸体，猜测可能她没有吃下太多毒药，因此只是中毒昏迷，运送尸体的时候，独轮车颠簸，反倒把肚子中的毒药吐出，等他们二人离开，她就趁机逃走了。不过他们倒是没有特别担心，因为付馨香本来就是'黑五类的狗崽子'，是从城里私逃到乡下的，她也不敢去报警什么的，而且从村子里逃出去，一路山河险阻，她在路上冻饿而死，都不一定。就算死不了，被更深的山中的村民趁机拐去做媳妇，也有可能，一个弱女子，能找回来报仇，真是千难万难。爷爷和爸爸把付馨玉和付留德的尸体挖了个深坑，埋掉了。埋了之后，毕竟心中有愧，他们还烧了纸钱，祷告也是为了自保，希望他们投胎到好人家，不要记恨他们。

"又过了几年，我们家人也没遇到什么麻烦，这件事就都埋藏在心里，再也不曾提起，就如同付子昂一家人从来没出现过一样。这时候'文革'已经结束，院子里那个地窖，也早就填平了，我也出生了。我小时候身子弱，动不动就生病，好几次都病得快要死了。大人们都认为，是他们当年造的孽，报应来了。而且爷爷当时老想着抱个孙子，就逼着我爸妈再生个二胎，但是当时计划生育不允许，生二胎也罚了好多钱。

"这时候，爸爸已经去城里当临时工了，却没地方住，刚兴起有商品房卖，没有钱的情况下，爷爷想起了付子昂说起的付家财宝的埋藏地。爷爷托人捎话，让我爸爸从城里回来，他们按照付子昂的说法，在村子西山深处，找到了埋藏地点。挖开之后，足足有两大缸的金条元宝，还有些大洋铜钱。他们当时不敢多拿，就拿了几根金条出来，然后又按照原样埋了回去。就靠着这几根金条，我爸买了房子，又开始做起了买卖，后来挣下了家业。这之后，爸爸有几次资金周转不过来时，又去取了几次，渡过了难关，从我弟弟上学开始，家里的日子越过越旺。

"付子昂当年的事情，令爷爷很愧疚，因此悄悄地回老家扫墓的时候，给他们烧了不少的豪宅汽车、童男童女，但是随着爷爷的年龄越来越大，他却发现那件事一直在心里卡着过不去。这人啊，还真是不能做亏心事。这些事儿，爷爷、我爸妈从来没对我和弟弟说过，但是他们见到姓付的，还是心中觉得犹疑。他们万没想到，我带回来的男朋友居然就是付清。

"而且付清还偏偏就是付馨香的儿子，他随母姓，就是为了继承付家的香火。爷爷说，这也是命，我们这几条命，也算是欠他们老付家的，还了他们吧。当初本来想让老付家一根苗不留的，但是老天留了个女儿付馨香；现在曹家的男丁也死了，也可能天意就是留下我这个女孩儿来继承香火。

"爷爷说完这些，自己拄着拐杖慢悠悠地出门了。我心里本想跟着爷爷，要爷爷不要去自杀，但最终也迈不出腿去。过了两天，警察找上门来，说是在江里发现了爷爷的尸体，在江边发现了爷爷的遗书。"

第五篇日记写着："我本以为家里人都死了，他就会原谅我们了，他会陪着我，不让我独自一人，在这个我曾经最为温馨的家，现在却是阴森恐怖的地狱一样的房子里受折磨。但是，我没想到，他居然在我所有的亲人都用死来谢罪之后，和别的女人好上了。

"我不敢和他说什么，只是和他说，爷爷临死前，把曹家当年对付家的罪孽都告诉了我，我会用一生去照顾他，给他生儿育女，来赎清曹家的罪孽。但是我没想到，他在静静地听我说完爷爷讲给我的一切的时候，却只是冷漠地看着我，然后追问我，他们付家财宝埋藏的地点。我受不了他那冷漠的眼神，本来我没说出来，是因为我记不住那个埋藏财宝的口诀，但是我不想让他知道这本日记。所以我第一次骗了他，说我记不起来了。

"结果他却阴恻恻地一笑，告诉我，我爷爷和爸爸的罪孽远不止这些。因为他妈妈付馨香在临死前告诉过他，她大难不死，醒来之后，发现自己和姐姐付馨玉的衣服都是被脱光了的，衣服就扔在一旁，而她自己下体疼痛，肯定被人侵犯过。这一切，都是因为我爸爸和爷爷杀人之后，还侮辱了她们的'尸体'。

"付清说的这些话，让我感觉好像晴天霹雳一样，难道我爷爷和爸爸还做出过这种禽兽不如的事情吗？我不愿意相信，但是又不得不信。

"他和我说完这些，就逼迫我一定要说出付家财宝埋藏的口诀，因为那是他们付家的财产，本来就该还给他这个唯一的付家香火。

"他和我说完这些，就再一次把我一个人丢在了这个阴森森的家里，出去和他的新情人寻欢作乐去了。

"我知道，他想得到财宝线索之后再让我去死，他根本没有放下仇恨，我全家人的死，都不能让他原谅我。

"我想来想去，决定把这个线索留在日记本中。我在他不在家的时候，去他工作的城市的银行申请了一个保险柜，将日记本藏了进去，随后我把钥匙和密码装在当年他给我的情书信封里，做好这一切之后，我把这个信封藏进了当初我们还不知道这一切时一起拼成的玩具城堡里。我把这个玩具城堡，悄悄地放进了他新装修的办公室里。我要赌他心里还有没有我，只要他心里有我，就能发现这个秘密，就能找到他心心念念的那些财宝；如果他心里没有我了，也许会把那个城堡扔了吧，那么就让这所有的秘密都和我一起从这个世界上消失吧。

"我决定做完这一切，就回到我的家里。这些日子以来，虽然我的爷爷、爸爸、妈妈、弟弟都已经死了，但是我却感觉好像他们还生活在这栋房子里，我要去和他们团聚了。"

日记到此结束，我看完之后，将日记双手捧起，还给多多。老周对我说道："曹洁是曹家最后一个死的，自己打开煤气，中毒身亡的。当时艾文被警方传唤讯问，艾文有着充足的不在场证据，虽然他的这个不在场证据，是很不光彩的情人以及度假地的酒店提供的，但是他的确不在场。在警方的询问中，艾文也提起过关于付家和曹家上一代人的恩怨，但是曹家人先后自杀，到底是出于愧疚，还是因为艾文对他们进行了影响，却没法证明了。艾文和曹洁已经登记结婚，是合法的婚姻关系。曹洁死之前，曹家的遗产都被曹洁法定继承，而曹洁自杀之后，她也没有遗嘱，那么就等同于曹家的全部财产都被艾文继承了。我调查过艾文继承的曹家财产，得有一个多亿。那么艾文既然已经有了这么大笔钱，他为什么还会想方设法从多多女士这里讨要钱财呢？"

多多说道："艾文没有和我注册登记，我们是情侣同居的状态，艾文也从来没和我提到过他有这些财产，他和我说得更多的是，他需要钱周转，我因为爱他，几乎把我的全部积蓄都给了他。"

老周问我道："老甄，从你的心理学专业来说，曹家一家人是不是有可能被人心理操控自杀？要是这样的话，艾文就是异常危险的人了。"

| 第十四章 |　心理控制

多多柔声问道："老甄，你说这个世界上真的可以心理操控杀人吗？你说曹洁一家前后自杀，真的是被艾文进行了心理控制吗？"

章玫也在一旁歪着小脑袋看着我，等着我来解答这个问题。

我掏出烟盒，本打算和老周一起吸烟，但是看到多多，又把烟收了起来。我回答道："心理控制是一种广义的概念，PUA也是心理控制的一种应用手段；邪教对教徒的洗脑也是心理控制；传销组织对其成员的影响是心理控制；广告中的品牌概念，也是一种心理控制。目的都是一个，就是在你不知不觉的时候，给你植入意识，甚至通过似是而非的伪逻辑，让你深陷其中，无法自拔。

"但是就曹家人来说，真正让他们先后自杀的，本质上是他们自己的情绪。"

我话音刚落，老周、多多、章玫都不约而同地"啊"了一声，表示不理解。

我继续讲述道："心理是很神奇的，不只人有心理活动，动物也有。心理科学则是对心理活动研究应用的科学。那么心理究竟是什么呢？一种说法是心理是各种意识的组合，包括人庞大的潜意识。从生理学角度来说，心理活动是一系列生物电和人体内的神经反应构成的。但心理究竟是什么呢？你的心理表现和心理感受，到底是什么呢？"

多多小声说道："心理表现和心理感受？喜怒哀乐？"

我对多多投去了赞许的眼神，点头道："对，心理表现和心理感受，本质上都是情绪的组合，你的各种情绪的直接反应就是你的喜怒哀乐。"

章玫说道："甄老师，你的意思是，他们一家人自杀，是因为他们被想死的情绪操控了？"

我点头道："应该这么说，他们的情绪被放大了。"

老周道："情绪放大？心理操控的本质是情绪操控？"

我微笑着说道："对，心理操控的本质就是情绪操控，比如说我们去逛街的时候，会发现一些促销打折的卖场永远在播放让人躁动亢奋的音乐，这就是为了激发或者放大我们的激动情绪，让我们在激动情绪的操控下盲目购物。这是简单的营销心理学，也是心理操控。

"我再问第二个问题，那就是人的情绪，能否凭空影响？

也就是说，你本来高兴，但是我能否让你绝望？你本来绝望，我能否让你产生希望？"

三人想了想，老周摇头，章玫和多多都点头。

章玫说道："甄老师，我认为是能够做到的，比如说，我在特别不开心的时候，有人请我，甚至不用请我，只需要邀请我一起去吃冰激凌，我就高兴起来了。"

多多也赞同道："女人是情绪动物，在女人脾气暴躁、不高兴的时候，给女人买礼物，或者带她去约会，看个电影啊，吃点美食啊，大部分情况下，女人都是会高兴的。"

老周说道："要是这么说，那的确是可能了，要是男人沮丧不安的时候，有哥们儿带他一起抽烟喝酒，或者有美女来主动约会，他也就高兴了。但是高兴的时候怎么让人悲伤呢？"

我点点头道："高兴的时候让人悲伤，也很容易，只需要勾起让他悲伤的往事就可以了。"

章玫说道："没错没错，我上学的时候，不管成绩多好，老师怎么表扬，只要我看到其他同学和我炫耀父母给的礼物，就会一下子难过起来。"

我继续说道："任何一个人的内心深处，都会有正面的情绪和负面的情绪。只不过有的人正面的情绪多一些，有的人负面的情绪多一些。正面情绪，比如说开心、乐观、自信、欣赏、放松等积极的情绪，而负面情绪则是焦虑、紧张、愤怒、沮丧、悲伤、痛苦等消极情绪。其实这两种情绪的根本并没有那么复杂，正面情绪的根本叫作安全，负面情绪的根本叫作恐惧。其他形容词都是这两种情绪的多样化表现。

"而你们刚才所说的，在一个人高兴或者不高兴的时候，通过社交行为或者其他影响逆转这个人本来的情绪状态，本质上并不是给这人创设新的情绪，而是挖掘他内心深处的其他情绪，并且通过种种手段放大这种情绪。比如说，像章玫所说的，不管她多么难过，只要有人给她提供冰激凌，她就会高兴。但如果给她提供的是汉堡包呢，就不能调动她高兴这种情绪了。"

章玫不断点头，对我说道："我对汉堡包完全无感，你给我多少我都不会有反应的。"

我说道："而之所以冰激凌会引起章玫的高兴情绪，是因为在章玫小时候，她父母还未离婚，她父母带着她出去玩，就必然会奖励她吃冰激凌，所以在章玫的意识深处，冰激凌是一家三口其乐融融的象征，所以冰激凌对于章玫来说，是自己内心渴望的家庭温情的内涵，所以冰激凌会让她一下子获得意识深处的安全感，能把她所有的沮丧不安都赶跑。"

章玫听我说起这个，一双俏目中蒙了一层轻雾，她转过脸去，多多则快速地递给章玫纸巾，并且轻轻地拍了拍章玫的手背。章玫用纸巾擦了擦眼角的泪花，这才转过头来，问我道："甄老师，你真是的，一句话就把我的心事戳中了，可是你怎么知道这件事的啊？我不记得我和你说过啊。"

我微笑道："在你第一次和我见面撸串的时候，你喝多了酒，却非要吃冰激凌，我就知道冰激凌对你来说，具有特殊的意义，然后就点了冰激凌外卖给你。你一边吃，一边和我说起小时候，你父母带着你出去玩，只要是出去，就必然有冰激凌吃，但是你父母离婚之后，有好几年，你都没有吃过了。"

我这番话说完，章玫的眼泪再也止不住，噼里啪啦地掉下来，多多连忙走过去，抱住章玫，一只手轻抚章玫的后背，柔声呢喃道："章玫没事，中午姐姐就请你吃冰激凌。"

章玫听到这句话，这才破涕为笑，看多多的眼神中，多了亲近的成分。

多多转过头来，对我说道："老甄，知道你能对人进行心理控制了，但是也没必要把章玫妹子一下子弄哭吧，你们男人啊都是铁石心肠。"

我听到多多这句话，转头看向老周，老周尴尬地咳嗽了一声，对我解释道："嗯，那个老甄，多多对你特别好奇，所以和我详细地问过你的事情，所以……"

我用一副看叛徒的眼神，扫视了老周两眼。多多发现了老周的羞赧，扑哧一笑，对我说道："老甄，你真是厉害，三言两语就先是把章玫的情绪从平稳带到了伤感，接着把酷酷的老周变成了不好意思。其实，艾文也有这个能力，他总是能轻飘飘的一句话就戳中我的内心，让我难以自拔。"

我笑了一下，随后正色说道："你看，调动情绪就是这样，并不是那么复杂；心理控制也是一样，只不过是反复系统地挖掘和放大你内心的情绪。这个情绪，是你内心深处早就埋下的，它的触发点，对每个人都各有不同，但也有些共性的东西，比如说送女人礼物。而控制其他人的情绪，就需要先找出他内心深处的那个触发点，只需要轻轻一碰，这个人就不知不觉中被你影响甚至控制了。"

|第十五章| 情绪杀人

听我这么一说，老周、多多、章玫立刻从刚才被我调动的个体情绪中转移了出来，忍不住露出了暧昧的笑意。

多多开口问我道："老甄，你刚才有没有调动我的情绪呢？"

我笑了笑，说道："刚才章玫的情绪伤感起来，多多的情绪也立刻表现出来。第一，多多递给章玫纸巾的时候，轻轻地拍了拍章玫的手背；第二，章玫落泪的时候，多多主动且自然地抱住了她，还轻拍她的后背；第三，多多向章玫提出，要请她吃冰激凌。"

多多的脸上露出了明媚的笑容，问我道："你观察得真是细致，那么我刚才的这几点举动，代表了我的什么情绪呢？"

我继续说道："这代表了你的保护意识。这是一种心理投射反应。也就是说，你内心渴望什么，你就会下意识地给别人什么。一个人经历过挨饿，他的爱的表现就是给别人食物，而他的恨的表现就是让别人同样挨饿；一个人穷过，他爱的表现往往是给人钱用，恨人的表现则是让人失去财富。多多从小到大，缺乏的就是保护，一方面，她渴望被人保护；另一方面，当他人表现出脆弱的一面的时候，她会不由自主地保护别人。章玫刚才的哭泣，虽然是伤感造成，但哭泣本身就是一个人弱小无助的一种表现，这种信号迅速激发了多多的保护情绪，把自己的这种情绪投射到了章玫身上。而多多投射给章玫的安慰动作，本质上是对自己有用的安慰动作，请章玫吃冰激凌这个说法，则是从我刚才的讲述中得到的信息。这是个触发章玫正面情绪的要点，迅速被多多捕捉到了。当然，有的人习惯捕捉的是如何触发别人负面情绪的方法和要点。"

多多点头说道："没错，我从小到大，想要得到的就是保护，因为小时候，被别人欺负得太难过了，而艾文在刚开始的时候，则能很快地戳中我内心深处渴望的保护，但是最近，我却总有种奇怪的感觉，那就是我本来和他在一起的时候，心里特别踏实，所以我才能把我的所有积蓄交给他，但是当我把钱给了他之后，我现在却时不时地感觉我在这个世上孤苦伶仃，毫无依靠，有时候甚至会产生轻生的念头。还好，我自己平日对心理学也有兴趣，这才反应过来有些不对劲，对艾文产生了怀疑，随后我通过朋友找到了老周，老周听我说了这些情况，又给我介绍了你。我无意间找到艾文前妻曹洁的日记，看到了她全家人自杀的记载，更加让我相信，艾文很有可能对曹洁一家进行了心理操控。所以，我才最终坚定了要当面委托你来调查真相的决心。"

我迎着多多投过来的眼光，继续分析道："我刚才只是实验了一下最为基本的情绪调动和心理控制，那么从曹洁这本日记来看，她的父母、爷爷、弟弟和自己，都分别陷进了绝望的情绪中，随后心甘情愿地自杀，因为只有死，才能解脱他们当时被放大了的绝望情绪。

"情绪是个神奇的存在，可以让人萎靡不振，也可以让人神采奕奕，可以让人重获新生，也能让人郁郁而终。但人的心理是有自我保护机制的，也就是说，一个正常人就算是经历过极大的心理创伤，心理也会选择要么给他封闭这段记忆，要么给他自己找到解脱的理由。除非这个人本来就有严重的心理疾病，比如说抑郁症，抑郁症患者是在没有外界的心理干预的情况下，陷入绝望封闭的情绪中无法自拔，曹洁一家人，虽然我们还需要去验证，他们到底有没有抑郁症状，但是单从曹洁的日记叙述来看，她一家人是没有抑郁症的。那么他们之所以会产生必死的情绪，就可以推断，是有人对他们施加了影响。而施加影响的这个人，应该就是曹洁所说的付清，也就是艾文。"

老周说道："那他是怎么做到的，居然能够让人非得用自杀才能从绝望的情绪里解脱出来。"

我说道："从日记来看，曹家人中曹洁的祖父曹耀祖、父亲曹文华、母亲严萍在20世纪70年代害死了付子昂一家，因此内心深处一直处在自责愧疚的恐惧之中，而这个艾文却偏偏是付子昂的嫡亲外孙，他从小就知道曹家对自己一家所做的一切。但是在那个特殊年代，付馨香也不敢去报案，因此这个家仇，也就只有口头交代，至于付馨香有没有叮嘱儿子要找机会去报复，这个也只有去问艾文本人了。

"曹耀祖、曹文华、严萍当年做下恶事，遇到了付家后人突然出现，虽然不知艾文（付清）和曹洁的相识相爱是天意，还是艾文（付清）知道曹洁的身份之后，有意用心为之，但是这都不重要了。重要的是，这个噩梦中的被害人付子昂的后人，居然活生生地出现在了曹家人面前。这本来就会勾起三人当年的罪恶感，这罪恶感虽然压在心中40年，可是必然还会时不时地出来搅扰他们的情绪。

"我刚才说过，人的心理是具有自我保护机制的，也就是说，我们任何人都是有自己的防范意识的。意识本身是以我们的肉身作为存在载体的，如果肉身不存在，意识也就不存在。因此，防范意识就会如同我们体内的抗体一样，当我们感觉到任何形式的危险或者威胁出现的时候，我们的防范意识就会起作用。就好比多多，对艾文从原来的深信不疑，到发现不对，虽然多多自己也说不出是什么原因造成的，但她就是能感觉到不对劲，这就是她本身的防范意识在起作用。

"那么对于曹家人来说，不管他们当年犯了什么罪恶，但是当他们仇人的后代出现的时候，他们的防范意识也会起作用，不会一见到艾文（付清）就羞愧得想自杀，而是应该想方设法拆开曹洁和艾文（付清），随后远离艾文（付清）以自保，这才是一个正常人的正常反应。"

老周问道："那为什么曹家人最后还是纷纷自杀了呢？"

我说道："那就只能说明一点，从一开始，曹家人的防范意识根本就没有触发，而且他们还非常相信艾文（付清），直到艾文（付清）一点一点地通过各种手段把他们自以为神不知鬼不觉的内心深处的隐秘挖了出来，让他们备受煎熬，却逃无可逃，最后只有用死来解脱。至于这个过程具体是怎么做到的，得通过曹耀祖、曹文华、严萍的性格特点和心理构成来针对性地施加影响和控制，我在这里单凭推测是做不到的。我只能确信，这是能做到的。"

多多问道："那曹洁和她弟弟曹明辉呢，他们姐弟二人和曹付两家上一辈人的恩怨都没有任何关系，他们的绝望又来自什么呢？"

|第十六章| 电击疗法

　　我继续说道："严格来说，曹耀祖、曹文华、严萍三人的绝望根源也并不完全一样，这点在曹洁的日记中已经有所体现。曹文华和严萍夫妇二人是被诱发了当年共同作恶毒死付子昂一家人的负罪感，但我推测还有对自己子女的生命安全所受威胁的恐惧。也就是说，艾文很可能是暗示他们夫妇二人，只要他们用死赎罪，那么他就会放过曹洁和曹明辉。所以曹文华、严萍夫妇对曹洁的叮嘱才会是要等他们死后，好好地和艾文生活。

　　"其实这件事情，按照常理，最先死的，应该是老爷子曹耀祖，因为曹耀祖深受付家救命大恩，又被付子昂以兄弟相待，是付子昂最为信任的人，本来应该帮助付子昂逃离，却背叛付子昂，还杀死付子昂，毒死付子昂的子女，甚至还对付子昂的女儿的尸体有侵犯之举。从日记中所讲述的整个故事来看，曹文华和严萍应该是帮凶的角色，真正的罪魁祸首就是老爷子曹耀祖，若说以死谢罪，应该是曹耀祖自杀才对，但为什么反而先自杀的是严萍？第二个死者却是曹文华呢？这是因为曹耀祖从小见过了亲人离世，经历过灾荒战乱，所以曹耀祖对杀死付子昂一家并没有那么大的心理压力，他只是年老体衰，没有能力反抗而已。我估计艾文对曹耀祖的威胁，应该还和要揭露他当年的往事，让他不论生死都会受到付家庄人的唾骂有关系。那个年代的人在乎更多的是名声。

"所以严萍、曹文华先后死亡，曹耀祖还能苟延残喘。而第三名死者是曹洁弟弟曹明辉，曹明辉是曹家唯一的男丁，从小被曹家娇生惯养，因此男性的反抗精神很小，而依赖心理很强，他的反抗意识被艾文通过电击这种方式镇压下去之后，他得知自己最为依靠的父母先后自杀，失去了人生依赖和支柱，选择自杀，而他自杀的方式是触电。电击是一种让人痛苦且会迷恋的感觉，电压恒定的情况下，只要控制电击时间，就能让被电击者感受痛苦，但是可能上瘾。"

多多奇怪道："电击会让人上瘾？这怎么可能？"

老周和章玫也提出了同样的疑问。

我摆了下手，示意他们我马上就要讲到这点了："电击一直是心理疾病，特别是成瘾性疾病的治疗方法，比如说对于男性的成瘾性手淫，轻度的治疗方案是让患者手腕上佩带皮筋，当他有冲动的时候，弹起皮筋，让手产生痛感，制止冲动；但是对于重度患者，则是用电击的方式，在患者面对色情图片有反应的时候，加大电流电击，经过一段时间的治疗之后，让患者只要一有手淫的冲动，就产生被电击的感觉。但是这种治疗方式有一个很大的缺陷，那就是患者对手淫的成瘾性减轻了，但是对被电击上瘾了。

"电击，也是逼供常用的酷刑，因为电击之下，人体的生物电紊乱，身体的痛苦程度远超过其他刑罚，但是人体的防卫系统很神奇，电击酷刑必然会逐步增强电压或者电流，然而次数多了，受刑者就没有那么多的感受了。

"电击是造成人体生物电紊乱的原因，也是让人意志崩溃的重要手段。在日本著名的北九州杀人事件中，案件罪犯松永太对被害人绪方纯子一家人进行了电击，不断地给这一家人洗脑，最后让这一家人为了讨他欢心和避免被他惩罚，自相残杀毁尸。所以电击这个手段能够引发的后果，可能远超我们的想象。

"曹明辉在艾文的电击惩罚之下，反抗意识消亡，但是他始终认为自己的父母会保护自己和解救自己，但是没想到父母先后自杀身亡，所以他最后的幻想破灭，选择了他熟悉又害怕的电击方式自杀死亡。

"而曹家老爷子曹耀祖则是因为曹家的男丁曹明辉死亡之后，确信曹家的香火也断绝了，在这个时候又想起自己把付子昂的儿子毫不留情地毒死，付家也已经无后了，因此曹耀祖万念俱灰，决定自杀。但曹耀祖还是人老成精，他在临死之前，担心孙女曹洁也可能会被艾文控制自杀，所以把当年的往事一股脑告诉曹洁，希望曹洁明确曹付两家的世仇恩怨，能够摆脱艾文的控制。

"至于曹洁本人，她和弟弟成长的环境应该是重男轻女的环境，而曹家人对曹洁的关注度应该不够，所以爱情在曹洁的内心深处，才会远远重于亲情，因此只要曹洁能够确信艾文还是爱自己的，那么曹家一家先后自杀，曹洁都可以通过自我欺骗的形式，告诉自己，这都是曹家人祖上作孽报应的结果。只要艾文能够因为她的父母亲人也和付子昂一家一样，死于非命，那么两家仇怨相抵，艾文能够放下世仇，再出于对曹洁的爱情，能够和曹洁长相厮守，共度余生，那么曹洁就可以这样生活下去了。而曹洁认为艾文也不太可能背叛自己，毕竟曹洁的内心深处，也清楚艾文对自己的父母亲人采取了某种手段，这也是曹洁对艾文的爱情所做出的投名状，那么艾文要是背叛曹洁的话，就有了自己所做的一切暴露的风险。所以在曹洁的意识中，艾文不管出于什么原因，都应该在一切都过去之后，继续和自己长相厮守。可是艾文居然当着曹洁的面和其他女人搞在一起，赤裸裸地打破了曹洁的爱情幻想，曹洁因为艾文可以说是家破人亡，结果还是换不来艾文的一片真心，最终曹洁对艾文的幻想破灭，想起自己一家人共同生活的种种温馨，再也不愿意自己独自面对这世间的丑恶，最终选择了开煤气中毒自杀，去另一个世界与亲人团聚了。"

我说完之后，气氛一时陷入了冰点，大家都沉默了好久。多多最先开口说道："我也不知怎么回事，虽然我更愿意相信，曹洁一家人的前后自杀，和艾文脱离不了关系，但我对艾文怎么就恨不起来呢？我总觉得，他的外祖父一家死在曹家人手里，也死得挺惨的。"

章玫也说道："曹家自杀灭门案里，无辜的就是曹洁和曹明辉了，他们并没有参与当年的罪孽，可是最终也都死了。但是话说回来，曹耀祖也把付子昂及其子女都杀死了。这么说，也算得上因果循环，报应不爽。"

老周说道："就算是当年艾文的确对曹家人进行了心理控制，让他们先后自杀，也没有证据可以证明了。一个是年代久远，就算有些证据，也早就湮灭了，更何况，心理控制这种东西，除非控制者承认，不然的话，只要他死不承认，别人没法证明是他造成了当事人的自杀。他甚至只需要说出当年惨烈的往事，说出'曹家人因为心中有鬼，自己把自己吓死了'这样的话来，就可以解脱自己了。"

"心理控制的确很难证明，但是只要能够证明，还是可以入罪的，因为这也是杀人手法，而且是一种故意杀人犯罪的手段。这种杀人手法，和利用放射性物质使得被害人患上癌症相似，虽然并没有直接接触被害人的身体，但是却造成了被害人死亡的事实，只要证据链齐备，还是可以定罪判刑的。"我总结。

第十七章 | 从何查起

我们讨论曹洁留下来的日记，就用了两个多小时，其中大部分时间都是我在说，如同讲课一样。

老周见我把整本日记分析完，得意地对多多说道："你看，老甄还是有两下子的吧。"

我看到老周那一副谄媚的表情，就好像一个对顾客展现自己货品的杂货铺老板，我一口老血还好没喷出来，但是碍于老周的面子，我强忍着恶心，说道："我刚才说的内容都是基于曹洁的这本日记，从心理学的角度推测的结果。真相到底如何，还需要证据检验。不论什么案子，就算破案了，也只是尽可能还原真相，而真相因为事件的发生湮灭，就再也不可能知道了。那些著名的案件，最后的真相，也只是最为接近的真相，并不是真正的真相。"

多多听到我刚才说的关于真相的那句话，小声喃喃道：

"只有最为接近的真相，没有真正的真相？"

我深吸一口气，说道："因为许多事情的真相二字，应该只是天知地知、心知神知。在这个时代，最多还能加一个摄像头知。但就算是摄像头，还有硅胶面具这种东西可以欺骗。"

我的"摄像头知"刚一说出口，逗得多多和章玫都忍不住笑了起来，只有老周平日里酷惯了，只是起身，和我打手势示意，找地方先去吸烟过瘾。章玫说道："现在已经中午，咱们先去填饱肚子，再来想如何寻找真相吧。"

章玫的吃饭想法刚刚提出，大家也都感觉到了自己的肚子开始抗议，我们一行四人，去了附近的一家烧鹅店，吃着油滋滋的烧鹅，大快朵颐。

午餐后，回到我的住处，多多还正式拿出委托合同递给我，并且给了我一张银行卡，银行卡中有定金50万元整，银行卡的密码就是我手机号码的后六位。

我把委托合同仔细阅读一番之后，签下了自己的名字，随后章玫收起了合同和银行卡。

签了委托合同收了定金之后，就是被雇用了，那么在雇主面前，我就不能纯粹靠推理去分析了，而是得把整个案子的细节都寻找到证据，砸实，才能去给雇主讲述了。

也就是多多付钱之前，我还能够天马行空般通过我的心理学知识，对曹洁日记中的内容进行分析；多多付钱之后，我就得按照流程一板一眼地开始工作了。

当我想严肃正经地和多多交流的时候，我确信这个客厅真是不适合工作。因为不管我怎么计划，我和多多坐下谈话的感觉，都不可能太严肃。好在章玫见我打算和多多私下交流，就乖巧地和老周帮我去看正规的工作室了。那么整套房子里，就只剩下我和多多两人了。而且这套房子还是住宅，有客厅，有卧室，章玫临走前把卧室的门都关上了。

多多自己录制讲述的经历，我已经听过了；多多认识艾文的过程，我们也已经在直播间交流过了。那么我需要和多多再次确认的关键就是：第一，她是否还和艾文在一起；第二，她是否感觉到其他不对劲的地方。

多多听完我问的问题，稍微思索了片刻，双腿并拢，十指交错，看起来很是紧张戒备，这才对我说道："老甄，其实自从我看到曹洁的那本日记，那本满是自杀和死亡的日记之后，我就一直难以入睡，而且我也不敢正式和艾文说我想离开他，因为我害怕他有能力让我也自杀。这段时间，正好艾文接了个很大的单，一名二线女影星有着严重的抑郁症，也找过很多知名的心理师治疗，但是效果不大，不管那些心理师是通过催眠还是交流，都无法找出她内心深处抑郁的关键点。后来这个女影星通过她的朋友介绍找到了艾文，艾文给这名女影星提出了一整套的治疗方案，而这套方案最重要的环节就是要去她少年时代所在的城市，寻找她抑郁的起点。所以这段时间艾文不在，我才正好趁机出来。而且我确信他也从来不刷直播这些东西，我才敢在直播间和你说出那些来。关于第二点，要说不对劲什么的，这个倒是没有感觉出来，我最近格外想念我那个男朋友，要是他没有出事，没有离开的话，我就不会遇到艾文，就不会有眼前这一切烦恼了。"

艾文居然也会为了找出别人内心深处问题的根源，而去现场查找线索，这种探案式破题方式，的确是非常有效的。虽然我没有做职业的心理师，但是我也认识不少心理师，好多心理师就是坐在自己的工作间里，和咨询者聊来聊去，通过一系列的测试来确定咨询者的心理问题。但不少人的心理问题是伪装过的，单凭交流，并不能获得最真实的情况，因此，根据咨询者所讲述的经历，去实地调查，才能更为精准地找到咨询者内心深处的问题核心，然后制订方案，解决咨询者的困扰。艾文在心理学方面的造诣，并不浅。

我继续采用聊天的形式问道："对了，多多，我记得我问过你，为什么没有找警察朋友和律师朋友解决你的钱的麻烦。但是我记不太清你怎么回答的了。能再告诉我一遍吗？"

其实我清楚地记得，多多说过，她的警察朋友和律师朋友不是艾文的对手，我比较好奇，为什么多多会用"对手"这个词来形容。我还要再次问一下这个细节，毕竟，就算是对于我的委托人，我也不能确保她所说的一切都是真实的，那么，对细节问题的反复询问是非常重要的验证谎言的手段，只不过因为她是委托人，我得用委婉的方式，而不能用审讯的口气去验证。

多多听到我问起这个细节，突然用双手捂住脸，并且从正常的坐姿调整成俯下上身，深吸了好几口气之后，这才把手放下，直起腰来。但是已经热泪盈眶，强忍未出。

我从茶几上的纸屑里抽出纸巾，递给多多。多多接过去，把自己的眼泪擦了擦，又调整了好一阵子，这才对我说道："对不起，老甄，我刚才实在忍不住，我失态了。本来我以为你不会注意到这个细节，接受委托之后，就可以开展你的调查了。这点我本不想说，因为我担心告诉你之后，你就不会接受我的委托了。"

多多说完之后，长嘘了口气，情绪才算彻底控制住，多多的表情庄重起来，对我继续说道："老甄，其实，我应该告诉你的，虽然在告诉你所有的事情之后，你可能就不肯接受我的委托了，但是我不应该这么自私，让你去冒可能的生命危险来帮我。"

通过多多的表情和肢体动作，我已经能判断出来，多多曾经找过警察朋友和律师朋友帮忙，但是他们都失败了，而且可能结果比较惨。虽然我因为这个判断有了一定的心理准备，但是为了减轻多多的紧张情绪，我还是配合地问了一句："生命危险？怎么说？"

多多的眼神飘向窗外，如同看到了恐怖的事物一样，对我轻轻地说道："我找过一名警察朋友、一名律师朋友，都是行内大拿，他们都认为艾文只是一个玩心理咨询的'江湖骗子'，很快就能解决问题，但是这两个人，律师酒后驾车，出事故身亡；警察在处理街头斗殴的时候，被斗殴之人刺中颈动脉死亡。"

第十八章 身家十亿

多多身为企业高管，能力出众，又美丽非凡，因此身边的朋友也都不会太差，特别是多多身边的男性朋友，大概率是多多的追求者。这些男人本来都是行业内的优秀人物，再加上渴望在多多面前表现，因此会拿出他们的全部专业技能和行业经验去解决多多的困扰和难题。

我用眼神示意多多继续说下去，多多看了我一眼，眼神中有了复杂的情绪，对我继续说道："老甄，虽然你接受了我的委托，但是如果你听完我说的这些，想让我撤回委托，是可以的。毕竟警察和律师的死亡，让我心有疑虑，我没法确认，他们是不是真的出了意外。"

本来，我是坐在三人位沙发的中间，多多是坐在侧面的单人位，之所以我认为客厅不适合和多多做这种交流，就是因为我不能和她面对面坐着，我没法仔细地观察她的表情动作。但是这种环境，也不是没有好处，而好处就是会让我们的亲密度增加，能够增强多多的安全感。

我看到多多说起她的警察和律师朋友意外死亡的时候，身子控制不住地颤抖，我就稍微挪了挪身子，坐到了紧挨着多多的三人位沙发的那一侧。我距离多多更近了一些，对多多柔声说道："多多，你放心，我既然决定接受你的委托，就会尽全力去做好这件事，哪怕前方是刀山火海，我也会去蹚一蹚的。"

多多的身子下意识地往我这边靠了靠，用感激的语气说："谢谢你，老甄，这时候我可能只能依靠你和周先生了。说真的，我好害怕啊！尤其是他们两个死了之后，虽然他们的死亡和艾文看起来没有分毫关联，但我总是感觉，事情不会那么简单。所以，也许这件事真的会把你拖进危险之中，不管是什么危险，我都要和你们一起去蹚，要是真出事了，我也不会独活。如果连你都不是艾文的对手，我早晚都会自杀吧。"

我坐直身子，正色说道："为了让我们不要因为没有防备就陷入危险，还是请美丽的多多，把你知道的事情的所有经过都详详细细地告诉我。"

多多听到我夸赞她的美貌，果然放松了下来，不再那么恐惧。她对我努力地笑了一下，这才讲述道："三个月前，我感觉艾文不对劲，虽然我也说不上来，到底是什么不对劲，但就是觉得不对。我在企业工作，对资金安全格外敏感，但是我却毫不犹豫地把全部财产都给了一个和我没有注册结婚的男人，虽然那时候，我一头撞进爱情里，觉得我的一切都是艾文的。艾文数次问我要大笔资金，我当时还没有意识到艾文的问题。在感觉越发不对劲之后，让警察朋友帮我调查艾文的经济情况。毕竟我也30岁了，就算再是真爱，如果艾文有很严重的债务危机的话，我不确定我是不是愿意和他一起陷进去。我当时所想到的就是这些。

"我的警察朋友叫储力，在经侦大队工作。我当时找到他，也就是想要他帮我调查艾文的经济情况。我记得我当时约储力出来，在一家素菜馆的包间里，我小心翼翼地提出了质疑，希望他帮我查一下艾文的情况。

"我还记得，储力当时还很大声地笑了我好一阵子，他说，我一个基金公司的董事长助理居然能被人轻易地要走了几乎全部身家。他告诉我，这是小事情，如果他查明艾文是诈骗的话，那么他就可以把骗我的这个小白脸抓起来，让我看看什么样的男人才是靠谱的。储力是财经大学毕业的高才生，说起来还是小我三届的师弟，我们大部分同学都是从事基金、证券或者期货行业，这行业只要赶上了行情，赚钱很容易。但是储力从小喜欢做警察，虽然他的家族都是从事银行业、证券业的，但是只有他大学本科毕业之后，又跨专业跨学校考了警校的研究生。之后又通过警察考试，成了一名警察，他查办的案子基本上都是金融圈的，我们不少校友因为老鼠仓交易或者P2P

的非法经营被他抓了。因此他在我们的校友群里是个不受欢迎的角色。

"但是他的工作能力非常突出，他在金融领域深厚的专业知识，让他甚至只通过查阅账本就能发现线索，然后一追到底。

"他对我的好感，我是知道的。他也挺帅，俊朗，高大，身穿制服的朋友圈照片，能吸引二百多个小迷妹的点赞和评论。但我就是喜欢比我年长成熟的男人，我对这种阳光帅气的大男孩不来电。

"特别是他在我面前急于表现他的能力，甚至开玩笑指责我选择艾文是个错误的时候，我都觉得他好幼稚，但是我确信他会尽全力帮我查清楚的，所以，我把调查艾文这件事情托付给他之后，心中稍微有些安定。

"过了三天之后，储力给我回复，他从外围调查了艾文的资产情况，没有发现经济纠纷，而且艾文名下的资产总值居然高达十多亿元，他在新加坡、泰国都持有可出租的大厦，这些大厦每年的租金收入有三千多万元。

"储力告诉我这些的时候，原来对艾文的不屑语气弱了一些。我本来听到艾文有这么多资产之后，对自己给艾文的钱心里更踏实了，但是储力随后的一句话，反而让我更加不安。"

多多说到这里，嘴唇发干，情绪再次激动起来。我给她倒了杯水，随后开口说道："储力告诉你，既然艾文这么有钱，为什么还要向你要钱呢？他的心理咨询行业就算有一些高收入客户，也不可能拥有这么多资产。所以，也许他的这些钱都是靠诈骗得来的，他不管是出于对你的爱慕或者私人友谊，还是出于公心，都要继续调查下去。"

多多刚浅抿了一口水，听到我刚说的这句话，惊讶得把杯子里的水洒了一点，她赶忙拿起纸巾擦拭干净。我注意到多多擦拭水渍的时候，动作利落，看来她的惊奇只是一闪而过。

多多对我微笑了一下，继续说道："老甄，我本来还很好奇，你怎么知道储力对我说的话，但是我后来想想，你都能从曹洁的一本日记里，推断出曹洁一家人自杀的原因。那么储力的想法，你听我说了那么多，很快猜到也就很正常了。

"储力对我说的意思，基本上就是那些。只不过储力还表达了另外一层意思：如果艾文的钱是通过诈骗女人得来的话，那么我就不只是损失钱财这么简单了，可能我的生命都会受到威胁。所以储力建议我，在他把艾文调查清楚之前，先做两方面准备：第一，找借口从艾文那里把钱要回来，然后找理由躲开一阵子；第二，找一名靠得住的律师，看看能否通过民事诉讼的方式，将那笔钱要回来。但是这样做，就等于我要和艾文决裂了。我收到了储力给我的建议之后，想来想去，也不知道怎么做比较好。"

我说道："决策心理学认为，在遇到危机不知道如何处理的时候，往往会因为难以决策，而什么决策都不做，任由事态恶化，直到不能忍受。"

多多"嗯"了一声道："对，是这样，我想来想去，一方面，我并不想因为我没有证据的胡思乱想而怀疑他，也许艾文只是想试探我有多爱他，所以才和我要钱，不久之后，艾文就会连本带利地把钱还给我。所以，如果这个时候我找理由要钱，那么我们之间的关系就会出现裂痕。另一方面，如果艾文真是有心骗我，如同储力说的那样，他是靠诈骗女人钱财赚钱，那么我找他要，不管是找借口要，还是打官司要，我都会有危险。所以我犹豫来犹豫去，最后决定等储力进一步的调查结果出来之后再做打算。"

|第十九章| 触之者死

　　我问道："储力隶属于经侦支队，不是派出所，不会管治安纠纷的，那么他怎么会因为处理打架斗殴被人刺死呢？"

　　多多说道："这件事情，我到现在都没搞清楚是怎么回事。储力和我说了艾文的资产调查结果之后的第五天，给我打电话说他查到了一些东西，要约我第二天他下班后面谈。但我没想到的是，第二天上午，他就出事了。那天我左等右等，也没等到他的电话或者微信消息。我那天虽然觉得心里不太踏实，可是也没敢多想，我以为他可能执行了什么紧急任务，需要保密的，不方便和我联系。直到第三天的时候，我再也忍不住了，我给储力打了手机，结果手机关机了。

　　"我有些坐不住了，去他的单位找他，结果他同事告诉我，他因公牺牲了，还问我和储力是什么关系。我当时觉得天旋地转，后来怎么离开那里的，都已经大脑空白了。又过了两天，我托了另一个警察朋友，才把储力的死因打听出来，那朋友告诉我，储力的牺牲缘由上注明的是'出警过程中，被斗殴的犯罪分子用刀刺中颈动脉牺牲'。

"我也不清楚他为什么会出警处理打架斗殴这种事。他作为经侦警察，是不用处理打架斗殴的，我原来也不知道，毕竟我从毕业就一直在企业工作，忙着赚钱，对警察内部的分工什么的根本不清楚。"

我问道："这件事，你向老周问过吗？"

多多回答道："没有，我只是想知道艾文之前到底是怎样一个人，经历过什么，但是储力这件事，我虽然觉得不对劲，可是也没办法去调查啊，要是他的死因有疑点，那么，警方内部也会去调查的吧。"

我不置可否，示意多多继续说下去。

多多继续道："我本来还打算等储力反馈调查结果，然后再决定怎么做，但是储力却因公牺牲。储力调查出来的内容没有来得及告诉我，我只能选择下一步怎么做了。

"我还不打算和艾文直接翻脸，所以我得确定，就算是和艾文出现问题，甚至翻脸的情况下，我还能不能拿回我的钱。储力已经确定了一点，那就是艾文并没有债务纠纷，或者涉嫌金融诈骗。我得确定通过民事诉讼要回款项的可能性是否存在，要做好最坏的打算了。"

我注意到多多说这番话的时候，脸上的表情又坚毅了起来。

多多继续道："我找到了我熟悉的一名民事律师赵晓东，是打离婚官司和家产官司的高手。我去他的事务所把我和艾文的情况讲了，他详细地问了我艾文和我要钱的时候，是口头说的，还是微信说的，是怎么说的。我告诉他，艾文是口头和我说的，没在微信上说过。他当时皱了皱眉头，随后又问我，那我给他转账的时候，备注留言是什么，他收到之后怎么反馈的。

"我告诉他，我是通过手机银行转账的，转过去之后，还微信发了截图，艾文收到消息后，给我发了个'欠款收到'。

"这时赵晓东的表情更加凝重，他给我解释说，情侣之间的财务往来，特别是金钱往来，如何认定是赠予还是借贷，是非常难的事情，法院认定的标准，一般都是看证据，要是没有归还的意思，基本上默认是赠予。要是艾文没有这句话，那么这个钱，不管是多大的数额，就基本上默认是赠予。

"我找出关于这笔钱的微信聊天记录给赵晓东看，赵晓东确认，现在我手里没有证据证明这笔钱是借贷，而不是赠予。

"我当时有些慌张，忙问赵晓东，我该怎么办。赵晓东想了想，他告诉我，我可以选个合适的理由，在微信里询问艾文，那笔钱用完了没有，说我有事需要用钱，要他还给我。那么只要艾文确定表示归还，或者什么时候归还，就可以证明这笔钱是借贷了。这样就有了充足的证据。根据赵晓东的意思，我得留下书面证据，才有可能要回这笔钱。

"我回去之后，思来想去，不知道该怎么和艾文来说这件事。也许我的焦虑状态，被艾文看了出来，他抱着我，问我是不是有什么心事。我看着艾文那张英俊的脸，直接问他，我给他的钱，他什么时候还我。因为我所在的基金公司，最近有一个很好的封闭式基金产品，是我们的金牌经理操盘的，可能年化收益率高达40%，要是那笔钱他不用了，他就可以把钱先还给我。

"我当时和艾文说这番话的时候，仔细观察着艾文的表情和动作，要是他有一点犹豫或者不快，那么我就得让他直接给我写欠条了。但是艾文却紧紧地抱住了我，对我说：'宝贝儿，我还以为什么事儿呢。那笔钱我下周就给你，而且还有惊喜哦。你公司那个产品有那么高的收益吗？要是确定的话，我也多投一点。'

"我见艾文这样答应，也就放松下来，心想，也许是我自己想多了。艾文上班之后，我把这个情况告诉了赵晓东，赵晓东给我回复，那就看一周后，艾文是不是还钱。

"但是一周之后，艾文对这件事绝口不提，而且还告诉我他要出差两周。这时，我的疑心又起来了。所以，我按照赵晓东的吩咐，给艾文发了个微信，微信内容是：'文，我们公司那个产品申购期要截止了，你那边什么时候把2000万元给我转过来？'

"这条消息，我足足等了一整天，艾文才给我回复了：

'好，知道了，这几天忙，回头说。'

"我给赵晓东打了电话，问我下一步该怎么继续发消息。赵晓东要我再次发消息确信，可以用小女人的口气说：那笔钱你确定是会还我的吧？

"我按照赵晓东的提示，给艾文发了消息：'亲爱的，那2000万元，你会还我的吧？'

"艾文直到第二天上午才回复，回复中只有一个'嗯'字。我再次联系了赵晓东，赵晓东告诉我，有这个'嗯'字也可以视作是借贷确认的表示了，打官司也可以。但是从艾文的这个反应来看，赵晓东要我做好打官司的准备。赵晓东同时要我把微信聊天记录截屏，把图发给他备份，作为证据留存。

"艾文本来是说出差两周，但是只一周时间就回来了，艾文给我带了一枚大大的蒂芙尼钻戒，那戒指差不多值30万元。但他还是绝口不提钱的事情，我也不好再问，心想反正也拿到了证据，要是艾文对我是真心的，也就没事了。要是艾文真是骗我的钱，那么我就只能打官司了。

"也许是因为那枚钻戒让我高兴了，也许是因为我认为拿到了证据，放松了，总之虽然艾文再没和我提到过钱的事情，那几天我心情放松下来，所以我睡得特别好。

"过了三天，我打算当面听听赵晓东对艾文的反应的意见。这种东西怎么说，就好比你们搞不懂一个女人的时候，会本能地找另一个女人来分析。我想从赵晓东那里得到他对艾文的分析。毕竟赵晓东已经42岁，拥有了自己的律师事务所，成熟稳重，干练精明，他对艾文的分析应该是更为客观的，而不是如同储力，会带有毛头小伙的情绪来分析。

"他的律师事务所距离我的公司不远，我没有提前打招呼，打算去律师事务所里直接找赵晓东。但是我刚到律所的时候，却看到律所门口贴着一张讣告，讣告上说，律所主任赵晓东先生因为意外身亡，葬礼于周四上午在殡仪馆举行。

"这张讣告看得我心惊肉跳的，周四也就是第二天，我和公司请了假，去了殡仪馆，参加了赵晓东的葬礼。在葬礼上，我遇到了熟人，打听之下，我才得知赵晓东醉酒驾车出事故身亡。"

|第二十章| 真相成谜

多多说完，双手紧紧抱住肩膀，身子下意识地蜷缩起来，但这姿势只是持续了一瞬间，多多的手稍微握了握拳，就把身体舒展开了。

看来赵晓东的意外死亡才真正让多多产生了怀疑，多多开始猜测储力和赵晓东的死并不是巧合了，因此多多提起这件事来才会有那么多恐惧的肢体动作，但是多多随即就意识到自己的失态，所以又通过自我攥拳的姿势，把内心深处的恐惧强行压制了下来。她知道这个强制攥拳的动作能够克制情绪，看来也懂得一点心理学，那么这是她念念不忘的前男友教给她的呢，还是艾文教给她的呢？

多多又深吸了两三口气，这才平稳下来，随后继续说道："赵晓东的葬礼举办得很是隆重，毕竟他在业内口碑特别好，朋友也很多，来给他送葬的有上百人。我在瞻仰他被化妆师处理好的遗容的时候，突然间后背一阵发冷，储力死了，赵晓东也死了，虽然他们的死亡看起来都是意外，但是我总觉得事情没那么简单。

"我从葬礼上回到家，在浴缸里洗澡的时候，不管把温度调到多高，都暖不了我，我感觉内心深处特别寒冷。那是一种深入骨髓的冷、深入灵魂的冷。我不知道你有没有过这样的感受。我平日在公司里也是杀伐决断、智计百出的角色，但是那天之后，我不知道为什么，感觉真的很恐惧。

"晚上9点多，艾文回来了，他像往常一样，把我紧紧地抱起来，转了个圈。艾文每天回来的这个举动，本来是让我感觉特别温馨的场面，因为那太像一个在外面辛苦工作的老爸，回来宠溺自己的女儿了。但是那天，艾文同样的举动，却让我感觉自己如同在恶魔的嘴边一样，只是不知道什么时候被他生吞活剥。

"从那以后，只要艾文在，我就再也睡不着了，我不知道什么时候会出意外。虽然我没有任何证据，但是单凭女人的第六感，就是感觉不对劲，我也说不上来到底怎么了，就是感觉身处巨大的危险之中。虽然艾文和我在一起时的表情、语气、动作都如同往常一样，但是我在他的脸上仿佛看到了一个面具。这个温馨的面具之下隐藏着恐怖的恶魔。

"这样的状态持续了一周，我下决心要把这件事情弄清楚，于是我找到了老周，先让他帮我调查艾文的经历，因为我感觉储力肯定是调查到了艾文的什么事情。虽然我不知道这些事情到底和我有什么关系，但是我知道，只要我把艾文的所有事情都查出来，就一定能找到储力所找到的内容。

"我委托老周调查之后，本来也没有想到他能调查出多少内容来，直到老周查出艾文的前妻全家自杀的陈案，我才想起之前无意间找到的那个信封，这才要老周和我一起去银行找出曹洁那本日记。

"老周看了那本日记之后，向我介绍了你。如果你都不能解开日记中的死者自杀心理之谜，别人就更不可能做到了。老周告诉我你还开了直播，因此我才冒昧地请老周和你直播的时候，让我在直播间和你接触。我当时真的没想到，你居然只通过我的自我介绍，就能推断出来我的情感经历，我对你产生了强烈的好奇。

"而我之所以一定要当面拜访你，是因为我相信，我能从你的工作生活环境以及你本人判断你是否可靠。虽然在艾文身上，我这个感觉应该是失灵的，但是大部分时候，我的这种感觉是准的。

"我把曹洁的日记给你看，你的分析果然鞭辟入里，所以我才放心地把储力和赵晓东的死告诉你，因为他们的死亡，我只能说太过巧合、太过蹊跷，但是又没法证明。"

多多说完这一切，终于放松了一些，身体稍微往沙发上后仰，头微微抬起，但是当她想坐正的时候，却发现自己如同虚脱了一样。最后多多索性放松地倚靠在沙发上，对我说道："老甄，我把这一切都告诉你之后，怎么感觉自己虚脱了一样。这是紧张之后的放松吗？但是我还有一种担心，可是我也不知道我该不该担心。"

多多说到"担心"，就从沙发上坐直了身体。

我对多多笑道："你担心老周和我也同样出现意外。如果没出意外，那么储力和赵晓东的死，就有可能真的只是意外而先后死亡；要是老周和我也出了意外的话，那就证明这一切意外都是艾文制造的，那么你就是放弃这2000万元，也要迅速地从艾文身边逃离了。所以你内心深处，既想知道真相到底是什么，但是又担心验证这个真相的代价，是老周和我也出现同样的惨剧。"

多多听到我这样一番话，一双美目瞬间睁圆了，她震惊地说道："老甄，我发现你才是那个最大的魔鬼，你把我自己都没有想明白的感受，这么清楚地分析了出来。我真的不想有任何人再出事了，但是我也好怕，我以为自己是个女强人，但是这段时间发生的事，让我发现，我的内心深处同样也是个弱小无助、会害怕、会崩溃的小女人。"

我稍作思考，问多多道："多多女士，你现在身上有什么东西是艾文送你的吗？"

多多的脸上露出了聪慧的笑容，她对我说道："我决定来B市找老周帮忙之前，就把艾文送给我的首饰、衣服和手机，全换过了。"

我忍不住对多多露出赞许和会意的眼神，继续问道："你是因为赵晓东死之前，你莫名其妙睡得太好，而怀疑自己被动了手脚吧？如果这件事是艾文做的，那么他能找到赵晓东的信息，一定是通过你和赵晓东的微信聊天记录找到的。而看到你手机中的这些信息，对于共同生活的枕边人其实是很容易的，只需要在你熟睡的时候，用你的指纹解开手机就做到了。但是这一切，你只能是怀疑，却没有任何证据，更不要说想办法验证。但是，手机毕竟是艾文送你的，你也不知道是不是手机本身就被做了手脚，所以安全保险的做法，就是把艾文给你的一切东西都隔离掉。"

多多再次放松下来，她对我说道："算了，老甄，我已经习惯了你这样的神奇能力了，你刚才所说的一切，的确都是我所想到的。现在，你已经知道了所有一切，知道了可能面对的危险，你还愿不愿意继续接受我的委托进行调查呢？"

我没有着急回答多多的问题，而是站起身来，从酒柜中拿出一瓶红酒、两只酒杯，我倒满酒，走到多多身边，递给多多一杯，多多讶异地从沙发上站起身来，接过酒杯。

我举起杯子，和茫然不知所措的多多碰了下杯，露出顽皮的笑容，说道："你们大公司签订合约的时候，合作双方不都是要碰酒杯庆祝一下吗？多多女士，祝我们合作愉快！"

多多的表情一瞬间露出惊喜，她终于露出了明媚的笑容，照亮了我的整个房间。她再次认真地和我碰了碰酒杯，对我说道："嗯！祝我们合作愉快！"

我们俩把红酒干了，多多的脸上泛起了红晕，嘴唇也从刚才的苍白变成了绯色："老甄，谢谢你！"

|第二十一章| 何为真相

我和多多刚喝完酒，门打开了，老周和章玫走了进来。老周和章玫看到我和多多手里拿着的酒杯，很是震惊。老周沉默了一会儿，对我说道："老甄，我还以为你和多多在谈案子，怎么还喝起酒来了？难道喝酒也能破案吗？"章玫则拿起手机，问我道："甄老师，你们喝红酒，要不要我点个牛排外卖？"

大家玩笑起来，刚才凝重的气氛一扫而空。

晚饭后，老周送多多回了酒店，我答应多多，一天后给她提供一个调查方案，然后我们就开始调查。

老周和多多离开后，章玫问我道："甄老师，多多说的那个储力和赵晓东的意外死亡，真相究竟是什么呢？"

我一边在电脑上写着调查方案，一边回答道："真相这个东西，其实是永远都不能还原的。"

章玫奇怪道："甄老师，你的意思是根本就没有真相？"

我噼里啪啦地码着字，回应道："对，当时发生的一切都只能是过去式，而事情发生之后，不管是当事人还是破案者，甚至是摄像头，所提供的所谓真相，都不过是他们认为的真相，包括摄像头认为的真相。"

章玫本来还在收拾东西，这下忍不住坐到了我对面，双手托腮，做出一副可爱的好学生状，继续问我道："摄像头不是把所有真实的情况记录下来了吗？那不是客观的吗？怎么还叫作摄像头认为的真相？"

我抬起头，看了看娇憨的章玫，忍俊不禁道："摄像头也不可能拍摄到全部，总有摄像头监控不到的死角，要是有人利用摄像头来给自己制造证据呢，摄像头拍下的一切，都是伪装的。那这不就是摄像头认为的真相吗？"

章玫继续问道："那按照甄老师刚才说的逻辑，这个世界上完全没有真相了，那怎么破案子呢？怎么确定被抓获的嫌疑人是真凶呢？"

我回答道："虽然真相永远不可能百分之百还原，但是真相会有若干关键点，只要这几项关键点符合，就能锁定嫌疑人了。我可以给你举个例子，比如说杀人案里如果没有尸体，你怎么证明发生过杀人凶案？"

章玫绞尽脑汁想了好一阵子，对我说道："没有尸体，怎么可能证明发生了杀人案呢？那被害人也只能是失踪了。"

我说道："一个人怎么可能凭空失踪呢，就算是尸体被处理掉，也会留下痕迹，而其中一个重要的痕迹就是血迹。人死后，如果是被碎尸，会有大量的鲜血流出，这些血迹就算是被清洗过，也会留下微量血液成分，通过鲁米诺喷剂就能检验出来。只要通过血液痕迹来计算现场的出血量，就可以推断，任何一个健康的人只要出血量超过这个阈值就不可能存活，这样就可以证明在凶案现场发生过命案。这就是证据链中的关键点锁定。除此之外，还有作案工具上的痕迹、嫌疑人的作案动机等，这些关键点都聚集在一个人身上的时候，那么就必然是这个人了。同时还可以结合嫌疑人的口供，就算嫌疑人所说的口供都是真的，也可能因为嫌疑人的记忆偏差偏离真相。但就破案来说，完整的真相一不存在，二没必要纠结。通过证据链的关键节点，破获案件，抓住真凶，才是重点。"

章玫听得入神，继续问我道："对于多多的委托，咱们是在周叔叔的调查基础上继续调查艾文，还是从储力与赵晓东的意外死亡开始调查呢？"

我说道："我正在写的调查方案就是这个。首先，咱们得先捋清楚，多多委托咱们调查的核心目的是什么？咱们不是警方，找出凶手，抓捕人犯，不是咱们的职能，咱们的目的是要完成委托人的委托。

"多多的委托有两点：第一，追回她借给艾文的2000万元；第二，查清艾文到底是不是骗财骗色，甚至制造意外杀人。

"从储力对艾文的财产情况调查结果来看，艾文身家十多亿，是不缺多多这2000万元的。但是多多根据赵晓东的办法，想在微信里留下证据，而艾文的反应是尽可能避免直接回答，这是明显的避免留下证据的表现。但是最后艾文为什么还回了个'嗯'字呢？我猜测，一种可能是艾文没注意多多的微信发了什么，当时有事，或者是和其他女性在一起，就随手回了个'嗯'，随后注意力就转移了，所以并没在意。等他回头再看的时候，他发现了端倪，回去之后，就通过一定的手段，让多多熟睡，看到多多和赵晓东的聊天记录，发现这个'嗯'字已经被截图为证据发了过去，那么艾文就有动机对付赵晓东。另外一种可能，就是艾文还打算从多多身上榨取更多的钱，虽然多多的个人财富是两千多万，但多多是基金公司的高管，她所供职的那家基金公司，我查过，基金规模有50亿元左右。而据我对基金公司的了解，不少违规操作的基金公司都会建立大量的老鼠仓，就是通过挪用客户的钱来暴富。那么艾文是不是盯着基金内的钱？只要艾文有这个心思，那么也有动机，就是剪除一切对多多施加影响，让多多怀疑自己的人，之后再想方设法给多多洗脑，再次建立多多对自己的信任。

"我们先假设赵晓东之死不是偶然，和艾文有关系，那么根据第一种可能，制造车祸可能是为了把赵晓东的手机一并毁灭，这样就可以毁掉证据。就算赵晓东把这张截图云存储了，除非有意查找，否则，也不会去赵晓东的云存储里专门寻找这张截图，所以，只要毁掉赵晓东本人和手机，那么这张截图证据，就再无意义。根据第二种可能，艾文的杀人动机就是针对赵晓东本人，那也就可以解释了。

"而只要能确认赵晓东之死和艾文有关系，就可以推断储力之死大概率不是偶然。储力的死可能是因为他的调查引起了艾文的警觉，但是储力的警察身份让艾文不能立刻确定他和多多的关系。而艾文通过窥探多多手机，也可以确认多多对自己的怀疑，这个时候，艾文必然会对多多下手。

"不管是曹洁一家自杀案，还是储力、赵晓东之死，都是经过警方定案，如果我们无法找到关键证据，是不可能翻案的。而且我们不是警察，没有执法权。我们取证的能力非常弱。所以，我们通过调查这一系列死亡案的真相，来要回钱款和找回真相，难度非常大。"

章玫点点头，好像是听懂了的样子，但是又摇摇头，继续问我道："甄老师，既然不能通过调查这些死亡案件来找寻线索，那还怎么完成多多的委托呢？"

我嘿嘿笑道："那自然是有办法的，你要知道，任何人的行为都是受动机支配的，只要这个人有行为动机，那他就一定会想方设法去实现目的，而实现目的的过程，就不可能天衣无缝。艾文也是如此，根据我们刚才的推断，他大概率会对多多下手，这个过程就是我们的机会。"

第二十二章 心理疫苗

章玫吃惊地"啊"了一声，问我道："甄老师，难道你的意思是要多多继续回到艾文身边，在艾文对多多下手的时候，把艾文的狐狸尾巴抓出来。但是那样多多不就危险了吗？"

我摇摇头，回答道："艾文对人下手，基本上都是心理控制。因此，多多在艾文身边，就必然是有危险的。即使多多不在艾文身边，如果艾文早就在多多心中下了蛊，或者艾文已经掌握了多多内心深处的崩溃点，那么艾文就算是远程施加影响，也是能让多多出问题的。要想引诱艾文动手，可能不是要多多回到艾文身边，而是要艾文意识到多多已经失控，那么他出于自己的安全受到了威胁而考虑，就一定会想方设法出手。"

章玫问道："如果能够确认艾文会对多多下手，也是心理攻击的话，这怎么防范啊？我感觉心理攻击如同病毒一样，看不见摸不着，但确实存在而且有用。"

我说道："如果把心理攻击类比成病毒的话，你怎么防范呢？你是怎么预防乙肝和流感的呢？要知道乙肝和流感也曾经是人类的大杀手，杀死了很多人的。"

章玫道："现在当然是因为可以打疫苗啊。"

我笑道："防范心理攻击，也是要给当事人打疫苗的。"

章玫惊讶道："打疫苗？"

我答道："对，就是给当事人植入防范意识，这样能够让当事人受到心理攻击的时候有所防范，就如同打疫苗一样。"

章玫道："甄老师，你给我也打个'疫苗'吧，从多多所说的来看，她求助的两个人都死了，看来并不只是她有危险啊。这'疫苗'都一样吗？"

我被章玫的女孩儿情态逗得哈哈大笑，回答她道："心理攻击哪能那么容易，而且针对每个人的攻击都是不一样的。要想攻击你内心深处的崩溃点，就必须对你的心理构成、心理特征、心理经历等一切都摸得一清二楚，才有可能一击即中。比如说，有的人内心比较强大，遇到任何挫折或者麻烦，都能有板有眼有逻辑地去面对处理，这样的人就没法进行心理攻击。有的人工作能力很强，但是情感处理得一团糟，可是他表现出来的却可能是经常更换伴侣，在工作中很暴躁强势。这时候，如果不清楚这个人的根本点，武断地判断针对这个人的攻击点是工作情绪，而不是情感情绪，就必然是失败的。他在工作中表现出来的情绪，其实不过是严肃认真和负责，而在情感中的泛滥则是因为他对异性缺乏基本的信任和安全感。你攻击他的工作情绪，他肯定对你不屑一顾，认为你是个精神病。进行心理防范意识植入，则需要针对每个人的心理崩溃点来进行。为了以防万一，你、老周和多多，我都会先进行防范意识植入。"

章玫嘿嘿笑道："甄老师，压了我多年的桃子的案子，真凶也得到了报应，我应该没有什么崩溃点了吧？"

我抬起头，故意做出把章玫看透的眼神，对她说道："任何一个人都有崩溃点的，只是这个点会被我们的心理保护机制深藏在意识深处，不会轻易表现出来。一旦表现出来，就会杀伤力巨大。你这个小丫头，虽然看起来整天笑嘻嘻的，但你还是会时不时表现出来，你不敢面对的内心深处真正的恐惧。"

章玫被我的眼神激得一下子站了起来，躲在了椅子后面，如同一只慌乱的小鹿。章玫双手护在胸前，对我连连摆手道："甄老师，你们懂心理学的太吓人了。你怎么知道我心底的东西的？甄老师，你有心理上的弱点吗？你会崩溃吗？"

我眼神柔和起来，对章玫笑道："你确定今天晚上讨论你内心深处不愿意面对的东西？我当然知道，是从你的日常表现推断出来的。我当然也有心理崩溃点。只不过我的内心比较强大，把自己的崩溃点隐藏得很深，而且我还设立了层层的保护壳把它尘封起来，很难找出来的。"

章玫说道："甄老师，我发现你真是越来越神奇了，我刚找到你的时候，以为你只是逻辑推理能力爆表，能够把许多案件分析得精确到位，但是真没想到你居然对心理学也有这么高的造诣。"

我和蔼地笑道："你难道没发现，我在讨论案件的时候，特别是根据现场推测真相的时候，其实是分别代入凶手和被害人的吗？要是不懂得心理学，怎么能够代入呢？要是不代入，怎么去找到关键的细节和证据呢？"

章玫说道："也对哦，我说我怎么想不明白案子到底是怎么发生的，原来我只是站在案子旁边看，根本看不到案中人的心思。"

我关上电脑，站起身来，伸直一下腰背，对章玫说道："今天就到这里吧，我养足精神，明后两天还得分别给你们植入防范意识呢。"

章玫道："好吧，甄老师，也的确不能再聊下去了，不然的话，估计我又睡不着了，而且我还会忍不住要你继续和我聊天。植入防范意识，麻烦吗？"

我嘿嘿笑道："明天你就知道了啊。"临睡之前，我通知老周，一定要去多多下榻的酒店也开一间房，防备万一。结果老周很快回复："放心，老甄。"看来老周这个家伙，早就被多多迷得神魂颠倒，只要多多不发话让他消失，他就一定会自动变身成贴身保镖了。

第二天，我在这套多功能套房里转了好几圈，终于确信，这里真的最多是做直播和码字。我要想给人植入防范意识，好歹也需要个书房或者催眠室那样的布置。但是仓促之间，我到哪儿去找这样的房子？

章玫起来之后，正在脸上扑打着化妆水。她见我在9点半的时候，没有坐在电脑前安静地码字，而是在房子内转来转去，忙把脸三两下收拾好，走到我旁边问我道："甄老师，你在找什么呢？怎么转了好几圈了？"

我叹了口气，对章玫说道："玫子，你和老周昨天出去的时候，有没有看到合适的工作室啊？我现在需要个能够放下一张床榻，给人做催眠的房间。但是就算有合适的房子，现在去租下来也没必要啊。"

章玫朝我调皮地一笑，说道："哎呀，甄老师，你还会催眠呢，好厉害！昨天我和周叔叔的确去他的工作室所在的大厦看了看，没有太合适的，有几套房子，还需要自己再装修。但是，你临时需要这样一套房子，这是很容易做到的。"

我问道："也就用个几天，租也不可能这么快租到啊，就算是租到了，家具摆设还都得布置。去五星级酒店开个总统套房，那感觉不对。"

章玫掏出手机，找出一个APP，对我晃了晃，笑话我道："甄老师，你可真是个老古董，现在谁还去酒店啊，都是去民宿。你想要这样的房子，临时租几天豪华别墅却是可以的，拎包入住，用品齐全。我这就找一套性价比超高的别墅，这几天咱们就集中在那里办公，不就好啦。何况这里还有多多给你的50万元定金呢，你的工作经费也从这里支出的。"

我接过章玫的手机看了看，笑道："你们这些小孩真会玩，我这个老腊肉是想不到了。那你找吧，我的要求是最好有两层或者三层，有个30平方米以上的书房，书房内有休息榻。其他的你自己看着挑选就可以了。"

第二十三章 | 攻击开始

章玫很快就订好了一套符合要求的别墅民宿，联系老周，带着多多和我们会合之后，直奔空港区的别墅民宿。

自从章玫在我的生命中出现后，我只需要踏踏实实地做好自己的事情，日常生活的一应杂事、联络协调的各种沟通，全部自然而然地被章玫接手过去了。甚至当章玫整理房间、给我烧饭的时候，我有时候都会恍惚有一种家庭的温暖了。

我对着镜子刮着胡子，看着自己鼓起的小肚子，还有眼角的皱纹，想到自己越来越少的情感波澜，确认自己终于不再是当年慷慨激昂的少年了。我看着自己越来越理性，但是也越来越冷漠的脸庞，思绪却飘向了过往。

我曾经崇拜的心理学老师，当年在课堂上说过这样一句话，开启了我对心理学向往的大门，虽然我本科修法律，但是之后10年都对心理学无法自拔。那是一个阳光明媚的春日，心理学专业的同学，还有我们一些蹭课的同学，眼光飘来飘去，看向的是阶梯教室内青春靓丽的女孩子。温文尔雅的文老师说到什么样的人会对心理学有兴趣的话题："在这个世界上，只有内心深处深埋着不知所解的创伤的人，才会对心理学感兴趣。"

我当时只是感觉到文老师轻轻一句与课程无关的话，如同重锤一样击中了我的内心。我当时年龄尚浅，虽被这句话深深吸引，无法自拔，却没有足够的能力和智慧体会这句话的意思。这之后，我自学心理学，也考下了相关证书，但是在选择职业的时候，却最终放弃了心理咨询行业，因为我没法遵守行业操守，那就是五年内不能与咨询者建立任何超过咨询与疏导的关系。我控制不住自己，对咨询者的心理创伤的情绪，我也控制不住自己，会成为他们的心理依赖，会和他们建立情感联系。而且我的父母不可能接受我从事心理咨询行业，所以，我选择了进入那家具有影响力的内参媒体。我的法学专业发挥了作用，但是我性格中的执拗，也让我的事业很快遇到了瓶颈。

我和我的初恋女友张雨墨结了婚，虽然在结婚之前，我隐隐约约感觉到我们有些不合适，她家境很好，为人善良，性子随和。她父母在她的家乡位高权重，为人强势，特别是她母亲。我们之后的婚姻解体，虽然诱因是寒光集团的栽赃陷害，但是核心原因，其实是在两性生活上，我的敏感和她的漠视早就产生了裂痕，前妻自小娇生惯养，需要我既要事业上风光无限，又要我生活上对她无微不至地照顾。但是我自小到大的生活，也是我妈妈强势地管理了我的一切，而我只需要做好自己的事情。而她父母的干涉也促使局面更糟糕。她的父母甚至直接和我谈了两性生活的问题。这一举动在我眼里简直是个笑话，但在她的父母眼里则是天经地义。

有好几年，我越来越不愿意回家，越来越不愿意交流。我感觉我的生活是灰色的。而一直爱慕我的师妹吴薇看到我的衣服经常褶皱邋遢，会时不时地帮我送到干洗店去。有那么一阵子，我对吴薇的确走了神，但是我身在婚内，从未逾矩半步，始终处于发乎情止乎礼的状态。直到我感受到吴薇对我动了真心，我不敢面对，开始有意识地疏远她。那段时间，也是我内心隐痛的一年，直到一年后，吴薇遇到了梁欣。梁欣深爱着吴薇，我内心很是宽慰。

吴薇冒险采访，其实也是在我推开她之后开始的。我心里也清楚，她需要靠工作把自己的心填满，如果遇到危险，也就放纵危险的结果发生。我替吴薇担心过，但是也无可奈何。被寒光集团栽赃陷害后，我和前妻分开。我本以为我的第一反应是松一口气，只是不能面对我的父母罢了，但是没想到，在决定分开的时候，我满心回忆起来的都是前妻的好。有足足一两个月的时间，我只要想起和前妻的往事，都会情不自禁地落泪。直到我们都确信，我们再也不可能了。她父母再一次强势接管了她的生活之后，我搬了出来，重新开始。

在章玫出现之前的那段时间，我的生活就如同荒漠一样，充满了阴冷的灰黑色。章玫出现后，我感觉生活充满了暖意，开启了生机。我也能感受到章玫对我的情愫，但是我却发现自己已然进入了爱无能的状态，所有的力气都在上一场失败的婚姻中消耗光了。我躲避章玫看着我时闪烁的目光，不敢开启一段新的感情，但是我又贪图她的陪伴和无微不至的照顾。

我本以为自己已经把所有的情感都转移到了工作上，我的情感需求已经被压抑到了心底。但是没想到，多多这个委托人的出现，让我也有了情感的涟漪，只不过这涟漪的指向是章玫。人世间的机缘真是奇妙，多多和我素昧平生，本来只是我的委托人，要我去调查她的恋人艾文，但是她本人的特质，却激发了我内心深处深埋已久的两性情愫。这种情愫被激发之后，面对章玫的时候，我接收到她的感情，越来越清晰，越来越明确。但是她毕竟比我小12岁，这个巨大的年龄差让我难以迈出那一步。这让我想起大学时一个绰号"恋爱专家"的男生对我神神秘秘地预言："甄瀚泽，你渴望对你好的女人，但是你不敢接受这种好，所以，你反而会把真的对你好的女人推开。"我也曾努力地内省自己到底出了什么问题，但却无力地发现，"当局者迷"这四个字是人认清自我的壁垒，你看到它在那里，但你就是迈不过去。

响起的门铃声，把我从混乱的思绪中拉了回来，老周和多多已经到了。我观察到老周在多多面前，毕恭毕敬得像个绅士，根本不是那个出生入死、疾恶如仇的前刑警了。

章玫已经帮我把电脑和换洗衣物整理好，我和老周把箱子放到老周的车后备厢之后，老周开车，我坐在副驾驶位，章玫和多多坐在后座。

一路上，突然的心绪混乱让我打不起精神去聊天交流；老周本就是沉默寡言的性子，别人不主动说话，他是绝对不会主动聊天的。我们两个男人沉默不语，章玫和多多反而聊起了保养美容的话题。我不得不说章玫是个很愿意和人交换快乐的女孩子，虽然多多心事很重，但是在章玫对多多的容貌充分表达了羡慕欣赏之后，两个女人很快就进入了愉快的聊天状态。

老周开车很快，但是也很稳。当我们走到霄云路的时候，老周的手机铃声响了起来，老周随手拿起手机接听了电话。我在一旁正用手机浏览新闻，感觉老周突然一打方向盘，我们的车撞向了主路护栏。我一下子撞到了车窗上，章玫和多多的尖叫声很快就响了起来。老周连忙刹车，饶是如此，我们的车还是撞破了护栏，我坐在副驾驶座上看着护栏下的辅路，不知道这四米多的高度，我们和车一起摔下去会怎么样。这个时候，车身已经开始晃动，车的一半已经悬空在立交桥外了。

第二十四章 | 生死一线

虽然老周在关键时刻刹住了车，让我们没有从立交桥上坠落下去，但是我们悬在半空不敢妄动，我和老周只要稍微动一下，感觉车就要往下坠落，章玫和多多两个女人在后座吓得抱在一起，更加不敢动弹。就算她们能打开后门，逃得出去，她们也不敢；一旦她们走了，我和老周坐在前排，就会随时有坠落的风险了。而且我们都能清楚地感觉到，汽车在一点一点地往下出溜，这个时候，要是后方来车一个不注意，稍微撞上一点，我们立刻就会跟着车从立交桥上坠落下去。

多多抓紧时间报警请求救援，老周突然解开安全带，对章玫和多多说道："你们两个往老甄后面凑过去，我要用最快的速度挪到后排去。让车后半边重量更大一些，要快。全体听我指挥。老甄先不要动。"

多多和章玫迅速集中到我的身后座位上，而老周则把座位靠背放平，快速地挪到了后面，就这么一点动作，车晃动的幅度已经加大了。老周刚到后面，对多多说道："快，打开车门，你们两个先出去，老甄，一会儿你也放平你的座椅靠背，到后面来。稳一点，要快。"

多多和章玫打开了右后车门，快速地从车上跳了下去。老周则快速地把后座车门也打开了，同时对我吼道："老甄，快，把座椅靠背放平，爬过来。"我按照老周的指令，把靠背放平，这时候车身大半已经滑了出去。我爬的时候，感觉手脚都发软了。

老周的双腿已经在车外了，只是用力趴在了刚才他放平的驾驶座靠背上，我爬到后面，车快速地晃动起来，章玫和多多已经根据老周的指令，一人拉住了我的一只胳膊。老周喊道："1、2、3，咱俩一块出去，快！"

我自己拼命往外爬，章玫和多多用力把我往外拽，老周看我已经离开了车，也迅速地从车内闪了出来。就这短短一两分钟的过程，我们四人已经感觉恍若隔世。章玫和多多已经吓得扶住了旁边的护栏，动弹不得，我本还想去看看能不能拦一辆车，用拖车绳把我们的车拽住，但是却发现手脚发软得不听使唤了。老周本想去查看一番。但就在这个时候，我们的车又往前溜了20厘米，车辆的平衡再也保持不住，从立交桥上翻了下去。

我们只听到一声沉闷的嘭的声音，老周快步走到了护栏旁，多多和章玫扶着护栏也往下看着，我深吸几口气，让自己平稳下来，这才拖动身体，走到了护栏旁边，往下看去。我清楚地看到，我们的车已经摔扁了。后备厢的行李已经从车里甩了出来，我的笔记本电脑分成了两半，章玫和多多两个拉杆箱内的瓶瓶罐罐也撒满在地。

好在我们的车摔下去的时候，没有砸到其他车辆或者行人，不然肯定还会造成伤亡。这时我们已经听到了警笛声，交警已经赶到。老周在警界是老面孔，很快就联系沟通好了，好在没有人员伤亡，只有公私财物受损。保险公司定损员现场勘查之后，对老周安抚道："哥，人没事儿就万幸了，这车是肯定废了。您就等着赔偿款到位之后，用车牌再买辆新的吧。车牌保留手续，您记得找交通队办一下。"

我们在现场把行李箱里还没有损坏的，还有车里能拿到的重要的东西挑拣出来，打了辆出租车，直奔别墅。

一路上，老周坐在副驾驶座，我、章玫、多多挤在后排座位，章玫坐在中间。我们四个人都很沉默，空气中都弥漫着紧张感。好在这次，我们四人总算安全到达别墅民宿。

刚才老周接了个电话，我们就发生了重大车祸，我现在没法判断这纯粹是意外，还是有其他问题。所以为了保险起见，我要求所有人都先把手机关闭，集中由章玫锁在这个别墅民宿提供的小保险柜里。

我要求大家先各自休息两个小时，然后老周先到书房里找我。

我和老周坐在书房的沙发上，先是掏出香烟，吞云吐雾了一番。我和老周接连不停地抽了半包烟，谁都没有说话。直到把书房里弄得烟雾缭绕，我才站起身来打开窗户，让新鲜的空气吹进来。

我再次坐下的时候，老周狠狠地把香烟的最后一口吸进去，烟头猛地亮了一下，随即就暗淡了下去。老周把烟头在烟灰缸里用力掐灭，又用手抹了抹脸，这才终于下了决心，开口对我说道："这场车祸，我也不能确定是怎么回事，但是我确定，和我接到的那个电话有关系。"

老周的解释符合我的推测，要说老周是侦察连连长出身，驾驶车辆是必考项目，包括各种高难度的驾车通过，还有面对各种复杂情况的反应，都不是一般人可比。也可能是这些技能已经深入了老周的骨子里，所以在千钧一发之际，老周及时刹住了车，让我们保住了性命。

我用眼神示意老周继续说下去。老周又掏出一根烟，点着了，叼在嘴上，这才继续说道："那个电话我也查过了，登记的机主是个死人。看来，有人别有用心地用了一个没有注册的电话号码，给我打电话。这可能是有预谋的故意行为，目的就是扰乱我驾驶时候的注意力和心神，让咱们出事。"

我看着老周，没有任何情绪地问道："你在那个电话里听到了什么？"

老周深吸了一口烟，缓缓吐出烟圈，继续说道："电话里播放了一段佛经，那种佛经，我只在一个地方听到过。而在那个地方，我失去了我当兵时关系最铁的战友。"

老周说起这些的时候，神情肃穆而难过，眼神越过我，望向了窗外："其实，周伟这个名字，只是我改换身份之后的名字，我原来的名字就不说了，我都快忘了那个名字了。我之前是云南省边防缉毒总队的侦察连连长。我们的侦察对象不是演习中的假想敌，而是毒贩子。而且我还做过卧底任务。老甄，你也清楚，做过扫毒卧底的，在任务结束之后都会换一套身份转业。

"15年前，我和两名战友奉命冒充被秘密抓捕的毒贩，潜入缅甸边境和中国籍的一名毒枭进行交易。毒贩可能是这个世界上最为狡猾的一种生物，那么毒枭就是在这种狡猾上还要加上凶残和没人性。

"我们三人冒充国内的实力毒贩，要去和大毒枭交易100公斤的海洛因。我们的所有行动计划都是绝密，知情人只限于省公安厅分管缉毒的两名领导和缉毒武警总队的政委、队长。所以我们对自己行动的保密性并没有太担心，我们唯一担心的就是我们冒充的那个毒贩和我们所描述过的那个毒枭的测试方法。他们会让购买毒品的毒贩子自己以身试毒，如果不肯和他们一起吸食毒品，那么他们就不可能和你交易，还可能认为你是警察而把你杀死。

"我们根据那名毒贩提供的联络方式，在中缅边境的一个小镇上，找到了联络人。联络人给我们找了一名果敢族向导，这名向导领着我们，在中缅边界的山岭中转了两天两夜，绕过了我们熟悉的卡点和流动检查站，偷渡到了缅甸境内。和我们原来想象中的不同，向导把我们带去的地方，并不是金三角区域的军营，或者是附近的城市镇甸，而是一间佛寺。"

| 第二十五章 | 老周隐秘

老周说起佛寺的时候，拿着香烟的手都开始剧烈颤抖了起来，我从没见过无所畏惧的老周会因为一场回忆而如此紧张畏惧。老周想把烟塞进嘴里，让自己放松一些，却做不到，过滤嘴就是塞不进嘴里，老周没有办法，只好用力把还有半截的香烟狠狠地按在烟灰缸里压灭，老周把那截香烟抬起压下，反复数次，这才松了手。

我递给老周一瓶水，老周拧开瓶盖，仰起脖子，咕咚咕咚一口气把整瓶水喝干，又把空瓶子放下，这才情绪平稳下来，继续讲述道："那间佛寺不大，在深山丛林中，只有两进院落，主殿中供奉着缅式八面佛。我本以为那是间废弃的寺庙，被毒贩临时用来交易。但却发现那间寺庙中还有几名真正的僧侣。

"向导把我们领到寺庙门口之后，就自行离开了；一名苦行僧开了门，把我们接了进去。寺庙内香火虽然不旺，但却绵延不断，供香燃出的味道笼罩了整座寺庙。苦行僧并不说话，只是默默地带着我们前行，一直走进了大殿。

"大殿中空无一人，那苦行僧对我们施了佛礼之后，就转身离开了。我们三人一路不敢多言，但是都在用心暗自观察，一路之上，我们都没有看到任何形迹可疑的人，更不要说可能携带武器的毒贩。

"我们在大殿中望着那尊两三人高的八面佛，只能等待。我的一名比较富态的战友扮演的是老板，我则和另一名战友，假扮马仔和保镖。扮演老板的战友压制着紧张，走到佛像跟前，拿起供桌上的供香，在香炉中点燃，毕恭毕敬地插在了佛像前，他还认真虔诚地对着佛像三叩九拜。假扮保镖的我和假扮马仔的战友则快速地站在了大殿中的两角，戒备地看着周围。假扮老板的战友是南方人，他家人本就真的笃信佛教，因此对礼佛的一应程序都很清楚。看来也正是这点，让他看起来还真像个老板。

"就在他拜佛的时候，寺庙内突然传来了当当当三声钟响，随后就传来了僧侣的唱经声，我从唱经声中判断，这座寺庙中唱经的僧侣应该有七八人，只不过那唱经声听起来很是怪异，和我在国内的寺庙中听到的完全不同，那唱经声我们听了也就两三分钟，就看到扮演马仔的战友摔倒在地。我感觉不对劲，本想掏出手枪戒备。但是，我却感觉到自己的手脚酸软难耐，连枪都掏不出来了。很快，一阵眩晕感传来，感觉我的上下眼皮如同互相吸引一样，往一起凑，睁不开了。

"等我再次醒来的时候，我发现自己和两名战友已经被吊在了一处地牢里，隐隐约约还能听到地面上传来的唱经声，我们所在的位置应该就在这座寺庙的地下室内。

"我们三人的嘴都被堵着，不能交流，只能用眼神互相询问，大家都一头雾水，不能判断这是毒贩的考验，还是我们三人露出了马脚，或者我们的行动暴露被捕。

"又过了个把小时，我们终于听到了脚步声。有人来了。先行进来的是五名壮汉，看起来明显是保镖，这几人都不吭声，随后进来的则是一个女人，那个女人妖娆多姿，但是看起来有种很邪魅的气质。

"那女人戴着面罩，走到我们跟前，示意保镖把塞在我们嘴里的破布拿了出去。假扮老板的战友，吐了几口唾沫，用广普问那个女人道：'金老板，这就是你的待客之道吗？这样还有人敢和你做生意吗？'那女人哈哈笑道：'要是真的买家，我们当然不是这么待客，但你们一定是警察，我们就只能这么对付了。'

"我当时心下一惊，这么绝密的计划都能被泄露，我们三人是凶多吉少了。可是既然这女人知道了我们是警察，怎么没有立刻动手杀我们呢？那女人见假扮老板的战友还想说些什么，不耐烦地挥挥手，对我们说道：'你不要找理由证明了，其实告诉你们也没什么，因为我得用你们，来把老妖换过

来。'

"这个老妖正是我们秘密抓捕审讯的毒贩，这个姓金的女人的联络方式，就是从老妖的口供得来的。

"金姓女人对我们笑道：'你们的联络方式其实是我和老妖早就约定好的，只要是用这个联络方式来的，那就是他被警方控制了。和我联络的就是警察，而按照约定，我就要用抓获的警察去把老妖换回来，所以才会留着你们三个人的命。三位帅哥，说吧，怎么联系你们的上级，还是你们自己告诉他们，你们成了人质？你们考虑下吧，要是你们不配合，那我一小时后就会杀掉一个了。'

"金姓女人说完后就离开了。我们三人面面相觑，没想到我们自以为是的计划，本身就是毒贩的陷阱。我们也很快就想明白了，那个老妖正是我们一直想挖出来的大毒枭。而这个金姓女人，多半是他的情妇或者重要手下，反正是可以托付的人。

"但是现在我们落在他们手里，性命难保，我们难道真的要在毒贩的威胁下联系上级，用我们自己的生命，去交换无意间抓获的大毒枭老妖吗？人在自身生命受到威胁的时候，绝对不会毫不犹豫地保持淡定，而是会纠结，会取舍。最后我们三人商量，先答应下来，让金姓女子先放开我们，要是有机会，我们再想办法。

"过了半个小时，那女子带着保镖再次来到，我们假意答应女子，说我们只不过是执行任务，没必要非得送死。那女子追问我们联系上级的方式，我们也按照预案，给了金姓女子我们出事时用的联系方式。也就是这种联系方式下，不管是谁去联系，我们的上级都知道我们出事了，会想办法营救我们。

"但是为了骗过金姓女子，我们号称只有假扮老板的战友亲自联系才有作用，我们的目的是让他用暗语通知上级，老妖就是我们一直想捕获的大毒枭，千万不能轻放。

"那女子对我们半信半疑，但是也只能先带着战友出去联络，我和另外那个战友依然被捆绑着。我们都练过捆绑的脱逃术，只不过这次被捆得实在是结实，清醒之后用了好久，我挣脱了绳索，趁着机会赶紧把另一名战友也解开来。

"我们埋伏在门口，就等着他们把假扮老板的战友送回来的时候突然袭击。幸好我们等了没多久，他们就回来了，这次只有一名保镖押着战友回来，我们很快就袭击了他，趁机往外冲去。

"到了地面，我们立刻就被十数名枪手围住了，我们知道，他们这次绝对不会放我们生路了，因为我们只要跑出去，老妖的身份暴露，必然被判死刑，而我们跑不出去，他们还有机会。

"我们拼死反抗，凭着多年的训练和身手，勉力支撑。但是就在我们拼斗的时候，那诡异的唱经声却又再次传了过来，我暗叫不好，连忙扯下布片，塞住耳朵，但是我那两名战友，却很快支撑不住，中枪牺牲。就在我勉力支撑的时候，突然传来了洪亮的钟声，震得我立刻清醒了过来，我打死两名枪手，翻墙逃走了。我在深山中跑了三四天，才遇到了我方巡逻小队，联系上级，确认了战友的牺牲和老妖的身份。当我们办妥手续，和缅甸警方再次进入这座寺庙的时候，寺庙内已经尸体遍布，尸体中除了我们的战友外，还有所有的和尚。"

| 第二十六章 | 再出凶险

　　老周说完这些，眼眶中居然闪过了一层雾。老周俯下身子，用手抓了抓头发，缓了好一阵子，这才继续说道："我最好的两个战友就那么死了。要是没有那唱经声，我们都不会死的，凭我们三个的身手，组成战斗小组，就毒贩那十几个保镖，我们结束战斗都用不了半个小时。但是那唱经声太诡异了，居然一下子就让我们神志不清。

　　"那次任务之后，上级认为我已经不适合继续从事缉毒工作，所以按照程序，给我提供了周伟这个身份，转业到了这个城市的公安部门。我原来为什么毫不顾忌官场规则，是因为我一想起牺牲的战友，就没办法在乎那么多人情世故。直到我自己在刑警队干得都心累了，索性出来干个商务调查侦探。说真的，要不是你老甄，我那个侦探事务所也就是调查个小三什么的，混口饭吃。"

老周最后那几句话让凝重的气氛轻松了不少，我安慰老周道："有时候也是注定，你也不用太过伤感。你的意思是，在路上的时候，你接到的电话中，播放的就是当年你在缅甸寺庙中听到的唱经声。后来车失控了，但是你及时醒了过来，刹住了车，我们才死里逃生？"

　　老周的眼神坚定起来，点头肯定道："对，我当时一听到唱经声，就立刻眩晕了一下，在陷入眩晕之前，我把手机挂断了。我本来也没想到后来的车祸会那么严重，当时刹车是我本能的反应，但还是晚了。还好咱们几个人都没有出事，不然的话，要是我死了还好；要是我没死，我这辈子都不会原谅自己的。"

　　我心头一沉，对老周说道："你也说过，你刚才查过了那个电话的来源，是张非实名制的电话卡。那么基本上就可以确定，这个电话就是针对你打来的，而且采用了能够让你出现眩晕症状的唱经声。这太恐怖了，打电话的人怎么知道你那件隐秘的事呢？毕竟这是你当年参加的秘密任务，知道的人并不多，而且知道你当年听到唱经声会眩晕的人，就应该更少了。除非是你转业之后，自己和别人说起过。"

　　老周凝神回忆了一会儿，对我肯定地说道："这件事，一直藏在我心底，我当年只和我的老政委说过，除他之外，你是第二个听我说起这件事的人了。"

　　我深吸口气，说道："你和章玟不在的那半天时间，多多和我说起了她曾经寻求帮助的警察朋友和律师朋友。这两个人，一个是在出警的过程中，被斗殴者误杀身亡；一个是醉酒驾车车祸意外死亡。两个人都死于意外，让多多对艾文恐惧起来，所以她也担心过你和我的安全。现在你我也赶上了一次意外，还险些让我们丧命，这就不能说是巧合了。再三出现的意外，绝不可能都是巧合，但如果这些不是巧合的话，那在这个时间内，最有动机对付你，甚至说是对付我们的，就只有艾文了。如果艾文能做到这样的攻击，那他简直太可怕了。他不单精通心理学，而且长于逻辑思维，善于信息分析整合。这样的人只要作恶，必然大奸大恶。"

老周点头道："多多并没有和我说起过她意外死亡的警察朋友和律师朋友。要是那两件事属实的话，那么这件事就肯定是蓄谋犯罪了。如果是这样的话，艾文比当年的毒刺，还要难缠了。"

我把储力和赵晓东的名字写给老周，让他通过内部关系去核实。我又仔细询问了老周还有什么崩溃点。我必须对一切可能的攻击都做好防范。

就在我不断地诱导老周说出所有可能的内心深处的薄弱点的时候，章玫突然慌慌张张地推开门，对我们说道："甄老师、周叔叔，多多在房间里一直没出来，我敲了半天门也没回应，我担心出事。"

老周听到章玫说这些，几乎是从沙发中弹了起来，几步就蹿了出去。我也赶忙起身，跟着章玫小跑到了多多的房间门口，老周已经在用力撞房门了，只撞了几下，反锁的房门就被撞掉了。

我和章玫都没看清老周怎么进去的，只看到老周一闪，人就不见了，我和章玫也连忙走了进去。我看到老周已经把吊在水晶灯上的多多抱了下来。

老周连忙给多多做心肺复苏，只不过在打算做人工呼吸的时候，喊章玫过去做人工呼吸。

就这么两三个小时，多多自己在房间里用浴袍带打了个死结，把自己挂在了房间内的水晶灯上。这座别墅民宿的房间挑高都比较高，将近四米，要说上吊的话，技术上是可以实现的。

多多自杀，要我相信这一切是意外，都不可能了。经过老周和章玫对多多的急救，十几分钟之后，我们终于听到了多多呻吟的声音，随后是多多剧烈的咳嗽声。

多多睁开眼，看到我们，诧异地问道："你们怎么也在？我是来找他的。只有和他在一起的时候，我的心才最踏实。"

多多说的"他"，难道是多多的第一个男朋友？这个神秘的男人让我很是好奇。根据多多的描述，我知道她在这个世界上最不能忘怀的，一个是她的母亲，一个就是她说的那个神秘的"他"了。

老周满眼温柔地望着多多，却不知道怎么开口安慰。章玫紧紧地搂着多多，对多多说道："多多姐，你千万不要再做傻事了。刚才都要把我们吓死了，你怎么会想不开，去上吊呢？"

我给章玫使了个眼色，要章玫给多多去倒杯水。我仔细观察起多多来，多多脸色苍白，虽然难掩姿容秀色，但脖子上那绳子的勒痕却煞是醒目，只不过这暗红色的勒痕，反而衬得多多更加诱人。

我凝目看向多多，对多多问道："多多，我是老甄，你能不能告诉我，你是怎么想起要去另一个世界寻找'他'的？"

多多接过了章玫递过来的水，抿了一口，又把头发撩了撩，低头沉思了一会儿，这才开口说道："我也不太清楚怎么回事，感觉心底有一个声音，就是他在另一个世界召唤我，要我过去找他。刚才路上的车祸，我吓了个半死，所以进了房间之后，我躺在床上迷迷瞪瞪地睡了一会儿。在睡梦中，我再一次遇到他，他和我说，要我去他的身边，他会永远陪着我，再也不离开我了。我心里很清楚他已经不在这个世界了，他在人死去的那个世界里，那么我想见他的话，就只有去死了。"

多多说这番话的时候，我仿佛看到了一个恶魔在多多的身后伸出邪恶的双手，紧紧地扼住了她的喉咙。

我心里清楚这是怎么回事，但是要让多多坚强地面对这一切却并没有那么简单。

我拉了把椅子，坐在了半躺在床上的多多的对面，老周则自觉地站立在多多的床头，如同一名忠诚的卫兵。章玫给多多盖上了被子，并且在多多身后垫了两个枕头，让多多靠坐得尽可能舒服些。

我对多多问道："多多，我能理解你对他的思念，但是，我必须得知道，你产生他想要你去另一个世界找他的念头，是从什么时候开始的？"

多多美目闪动，随后紧紧闭上，努力搜索自己记忆中的奥秘。

|第二十七章| 多多的他

　　缓了好一阵子，多多都没有动静，我们三人也都是安静地等着。终于，多多的脸上滑落了数滴清泪。章玫乖巧地递给多多一片纸巾擦拭。多多擦了擦眼泪，又深呼吸几次，这才虚弱地说道："其实这个念头，我一直都有，只是遇到艾文之后，我才把它封闭了起来。我对艾文产生了怀疑之后，越发思念他，想去另一个世界找他的念头，也就越来越强烈了。"

　　章玫听得入神，俏目从我的脸庞上闪过了一眼，随后问多多道："多多姐姐，你能不能给我讲讲你的那个他？究竟是个什么样的男人，居然能够让你甚至想着和他去另一个世界相守。"

　　多多的脸上泛起了幸福的光晕，说道："他叫江涛，是一名基金公司经理，是金融学和心理学的双料硕士。我认识他很偶然。多年过去，我们当初相遇的情景，我还是记得很清楚。"

多多回忆起和江涛初识的时候，脸上居然泛起了少女的红晕。男女情爱果然是这个世界上让人难以抗拒的力量，具有神奇的魔力。

多多讲起往事的时候，连语气中也充满了爱情的甜蜜："那年我大学刚毕业，才22岁，一门心思想找一个高收入的工作，想让我妈和我过上好日子。我还记得，那时候我胆子特别小，不敢去社招投简历，我只相信通过学校筛选的校招企业。也就是这个时候，江涛作为基金公司的校招负责人来我就读的学校开办了一场宣讲会。那时候，基金公司才刚刚兴起，我就是在那时懵懵懂懂地入行的。当时江涛30岁，站在阶梯教室的讲台上，笑容阳光得如同让人心里踏实的学长。我看到他第一眼，就忍不住心中小鹿乱撞。从江涛的演讲中，我发现原来他还真是我的师兄，和我是同一个学院同一个专业的，他和我的专业课老师是同学。那时候还没有微信什么的，江涛把他的邮箱和QQ号码还有MSN账号都写在了黑板上，留给了我们。

"我是学金融专业的，凭着我们学校的名气，我的不少同学都选择了去银行或者证券行业，只有我给江涛的邮箱发了我的简历。没想到，我的简历刚发送出去10分钟，就收到了江涛打来的电话，电话中，他的声音还是那么磁性爽朗。他热情地称呼我为小师妹，并邀请我去他供职的基金公司面试。

"我记得自己当时都傻眼了，我在电话里只敢回答'嗯'

和'是'。等到江涛挂掉电话，我才从大脑一片空白中缓了过来，这才想起没有问江涛的公司地址，直到我收到了江涛发过来的公司地址短信。

"我去了江涛公司，江涛面试我，只简单地聊了几个问题，我就成为基金公司的运营专员。就这样，江涛带我入了行。在我刚工作的头两年，我只知道要在江涛面前，努力地做到最好，因为这样我才有更多时间和他在一起。那时候他虽然三十多岁了，但是一直单身，我知道他单身，但就是不敢向他表白。

"在公司里，江涛时刻都护着我，用他的话说，我是他一手带出来的小师妹，谁要想欺负我，就得先从他身上踏过去。也有不少公司同事开我和他的玩笑，但是我从来不敢和他提出工作之外的东西。也因为我工作努力，江涛会和我开玩笑，说我就如同聪明能干的拉布拉多一样。多多这个称呼就是那个时候他给我起的。

"每次他叫我多多的时候，我的内心深处都会升腾起阵阵暖意，我甚至幻想自己要是真的是他豢养的拉布拉多就好了，那样就可以蜷缩在他的脚下，抱着他的小腿，安然入眠。

"这样的日子持续了三年，也有不同的男人追求我，但是我对谁都提不起兴趣。我知道自己内心深处渴望着江涛，他只需要轻轻给我一句话，让我跟他走，那么不论前路是刀山还是火海，我都会毫不犹豫地陪着他，走到天荒地老。

"直到那一天，我们的基金公司管理的资产终于达到了10亿元规模。所以，我们年庆活动去了三亚，包下了豪华客房，集体度假。在丰盛的晚宴上，我和江涛都喝多了。因为公司管理资产规模的成绩大部分都是我和江涛共同完成的，所以，我们两个人得到的年终奖也非常可观，可观到我给自己和妈妈买下了我人生中的第一套房子。也是在那晚，醉醺醺的我，扶着醉醺醺的江涛，去了他的房间。他的眼睛都已经睁不开了，却在我犹豫是离开还是陪着他的时候，一把抱住了我。他抱得我那么紧，让我感觉好温暖好踏实，我感觉自己再也不用畏惧任何危险了。江涛抱住我，对我说，他喜欢我。就这一句话，当晚我把自己给了他。

"那晚之后，我们两个就成了公司公开的情侣。根据公司规定，员工内部是不允许谈恋爱的，必须调离一个人，江涛是公司的合伙人，老板说什么都不放，最后江涛把我安排到了另外一家新成立的基金公司。也就是我一直供职到现在的这家公司，从成立开始，一直做到现在的合伙人位置。

"我和江涛购置了婚房，装修一新，我妈对江涛也特别满意。只要有他陪伴我的日子，我的世界里就充满了阳光。

"但是没想到，这样的甜蜜只持续了短短两年，就在我们婚期的两个月前，江涛出了车祸，重伤身亡。在那半年多的时间里，要不是我妈妈一直陪着我，我早就去另一个世界找他了。如果人真的有下辈子的话，我怕他走得比我早，等我死去的时候，就再也追不上他了。可是我妈妈白发苍苍，好容易过上点好日子，我也不能眼睁睁地看着她失去我，我也不敢去想她失去我的话，还是否有勇气活下去。这之后的事情，我都给你们讲过了。

"本来艾文的出现，让我认为我能把江涛深深地藏在心底，但是没想到艾文却不对劲，我发现艾文的问题越多，就越忍不住思念江涛。这段时间以来，我甚至常常梦到江涛，我梦见他说他想我了，特别想我。我在梦中说，我也想他想得撕心裂肺。

"今天这场车祸，我在房间的时候突然想到，这是不是江涛在冥冥中召唤我，所以他制造了这场车祸要我去陪他，但是我却并没有死，所以我选择了自杀，去另一个世界找他。"

多多叙述的过程中，时而满脸幸福，时而热泪盈眶。直到说完，她蜷缩着身子，双臂抱着自己的身体，哽咽不止。章玫在一旁听着也流了不少眼泪，除了帮多多擦拭眼泪之外，还轻抚多多的后背，让她好受一些。老周则面无表情，我注意到他有冲动想去紧紧地抱住多多，但是最终却没有胆量去做。

老周听到了曾经的唱经声，引发了几乎让我们都身死当场的车祸，而多多在这么短的时间，就试图上吊自杀，这两件事要我相信都是巧合是不可能的。

艾文已经攻击了老周和多多，他知不知道我和章玫的存在呢？如果知道了，那么对我和章玫的攻击，必然也会发生。我和章玫的薄弱点，艾文能在这么短的时间内掌握吗？

多多刚才误入歧途的逻辑，我很容易破解掉。但是为了保险起见，我还是得给多多进行防范意识建立："我们先假设另一个世界的存在，江涛的灵魂还在，那么江涛打算用车祸的方式要你去陪他的话，他不可能认识我们，没道理要我们也去陪他的。最有可能的，就是艾文利用了你对江涛的情感，不断暗示和强化你对江涛的思念，给你植入用死亡去和他团聚的念头，促成你的自杀。"

| 第二十八章 | 调查方向

我话音刚落，多多和老周不约而同看了我一眼，想问些什么，但是都没有问。

我继续说道："这样看来，你委托老周调查艾文，大概率已经被艾文知道了，所以艾文已经开始行动。现在，我们还不确定，艾文知不知道我和章玫的存在。但是我们不能存在侥幸心理，假设他不会对付我们；我们最好的选择是先对艾文的攻击做好防范，然后立刻对艾文展开调查。"

老周开口问道："我们从储力和赵晓东的死亡开始调查吗？只要证明他们的死亡是受到了外部干预，那么就可以通知警方将他绳之以法了。"

多多道："储力和赵晓东都死于意外，他们的死亡是艾文做的手脚，真是太可怕了。我们怎么防范他呢？对不起，我给你们也带来了危险。现在你们退出的话，我也没意见。我没道理让你们和我一起面对死亡的威胁。"

章玫扫视了我们三个一圈，没有说话。我继续说道："储力和赵晓东的意外死亡，我们只能从相关部门拿到资料，但是要想证明他们的意外与艾文的干预有着因果关系，基本上不可能了。如果艾文能够通过心理干预，就使得这么多人死于意外，那这个人的可怕程度远超我们的想象。"

老周摸了摸鼻子，说道："虽然咱们没法证明这几天出的事情和艾文有什么关系，但可以确定的是，我们现在很危险。所以我们不能老是这样被动防御，而是要想办法主动出击，不然的话，我们防不胜防。现在调查最好的切入点，就是储力和赵晓东的意外死亡。他们的死亡卷宗，我这里很快就要收到了。"

多多和章玫对老周的说法纷纷表示赞同，毕竟这两起案子都发生不久，所以从储力与赵晓东的案子入手，从破案规律来说，的确是中规中矩。

但是，关于艾文的想法，我和老周有所不同，老周的思维逻辑是从客观证据出发，选择破局的切入点；而我的思维逻辑则是从凶手的角度来出发，通过模拟凶手的思维，再通过证据确认我的推测。

见我没有表态，多多忍不住问道："老甄，你是怎么想的？"

我回过神来，目光在三个人的脸上分别扫了一遍，说道：

"从目前已经存在的客观证据来说，老周的思路是对的。不过我有个想法，那就是艾文是不是也想到了，如果我们没有中招，没有车祸死亡或残废，或者多多这个委托人没有自杀成功，我们会立刻通过调查来对付他。按照他的聪敏程度，他一定会想到我们会立刻联想到储力和赵晓东的意外死亡案件，那么他会不会在我们调查这两件案件的时候设下陷阱，让我们再次陷入危险呢？"

我这一番话，让三个人都倒吸了一口凉气。我继续说道："艾文的作案手法，是采用针对特定当事人特征的崩溃点进行心理暗示，使其自杀，或者制造意外。而我们经历的这场车祸，还有多多的自缢，假设是艾文操控的，那说明艾文已经对老周和多多内心深处的隐痛摸得很清楚。如果我们去调查储力和赵晓东意外死亡的案子，调查过程中说不定会触碰暗藏的陷阱呢。"

老周问道："那我们的调查从哪里开始？总不能直接去找艾文当面对质。"

我回答道："我倾向于我们从艾文前妻曹洁灭门案开始调查，这件事已经过去多年，当事人都已经死绝，而且艾文在这件事中未必能给自己进行足够的心理建设，让自己在这起灭门自杀案中冷静面对，毫不愧疚。一个人不愿意面对的过往，不但自己不会提起，甚至会下意识地躲避这件事。我们去调查曹洁一家灭门自杀案的时候，就会减少不少风险和麻烦。"

老周问道："可是老甄，正如你所说，曹洁灭门案中，所有的当事人除了艾文，都死了，我们就算去调查，又从哪里入手呢？"

多多和章玫也分别对我投来了疑问的眼神，我说道："曹洁一家人，都是因为背负着当年对付子昂一家谋杀的愧疚，被艾文放大，受不了内心的煎熬，最后自杀而死的。我想，如果我们要想把曹家自杀灭门案彻底查清楚，那么就得从头查起，看看有没有什么发现或者线索。"

老周讶异道："老甄，你的意思是，我们去曹家老家付家村调查45年前的旧事？"

我点头道："对，既然从曹洁的那本日记中的内容来看，一切悲剧的起源都是在付家村，我想，在那个村子中一定会找到些什么。"

多多美目闪了一下，问我道："老甄，可是45年过去，知道当年这件事的人也大多入土了吧？"

章玫也赞同道："是啊，甄老师。而且现在村子里的年轻人大多都已经出来打工，很多村子里都没有什么年轻人了。也许那个付家村都成荒村了。"

老周说道："45年过去，中国发生了天翻地覆的变化，那个村子是不是还存在都不一定。"

我面对三个人的疑问，摆了摆手，说道："这些情况的确存在，但是我们不亲自去付家村跑一趟的话，艾文的局便破不了。毕竟，就算艾文天资聪明，能够在三十多岁的年纪做到通过心理操控和心理暗示来置人于死地，他一定有个成长的过程，也会有个成长的源头。爱和恨对于任何人来说，都会是很大的力量，付家村是艾文仇恨的起点。这个起点，就算艾文从来没有在那个村子出现过，艾文的母亲付馨香也必然会和他反复提起曾经的惨案。不然的话，艾文内心深处的恨不可能有这么大的能量。从一个人的心理来说，他成长变化是有根源、有诱因的。只要我们找到根源和诱因，那么艾文的内心世界，我们就也可以掌控。只要掌控了他的内心世界，我们就有可能在他之后的行动中，找出破绽。"

老周听完我说的话，无奈地摊摊手，对我说道："好吧，老甄。虽然你说得云山雾罩的，我听不懂，但是我听着很有道理的样子。那就听你的吧，咱们先去那个付家村调查。"

我们都没想到一本正经、破案能力超强的老周居然能说出这么一番话来，章玫扑哧一声，笑了出来，多多脸上的愁绪也减少了很多。我也忍不住笑了笑，对老周说道："难得这位周先生这么好说话，那就这么决定了。一会儿我会先给大家进行防范意识建设，为了保证我们大家的安全，不能每个人分别独处了。章玫和多多一组，我和老周一组。等做完防范意识建设，我们立刻进行下一步安排。"

每个人的内心都具有防范意识，只不过是以潜意识的形式存在的。我对老周、多多、章玫要做的，就是把他们内心的防范潜意识诱导出来，加强它们，在面对可能的攻击时能够起作用。

这之后，老周通过关系，查清了付家村的位置，章玫迅速订了车票。我们第二天就出发直奔付家村。

| 第二十九章 | 山中荒村

经过了两天的火车转客车、客车转摩的、摩的转步行之后，我们一行四人终于到达了曹洁日记中的付家村。

这付家村地处群山环绕深处的一处平地，村内有一百多户人家，附近物产丰富，土地肥沃，山泉水在村口流过，形成一处天然水塘。在战乱年代，这种山村是避乱隐居的绝佳所在。难怪曹耀祖一路逃到这个村子之后，就定居下来。

我们到达的时候，村子内的确已经没什么人了，留下来的多数是老人家，故土难离，村居度日。而且村内人三分之二都姓付，剩下的三分之一当初都是付子昂一家的长工佃户，属于村内的杂姓。解放之后，付家庄的土地也被集体重新分配，几十年过去，付家庄付姓杂姓相互通婚，村子也兴旺了一阵子。近20年，村内的年轻人不断地离开村子，到县城、省城、沿海城市乃至一线城市工作定居。随着这些年轻人的小孩出生，村子里五六十岁的老人家，也不得不跟着去大中小城市带孩子。随着时间的流逝，村内剩下的大部分是七八十岁的老人家了。

不过这对我们来说，倒也不是坏事，因为45年前的曹家人，这些老人家反而会更清楚一些。只不过这里的口音很重，我们要很费劲，才能勉强听懂。我们在村子里询问了数名老人家，基本上把曹耀祖和付子昂一家的情况都摸清楚了。

如同曹洁日记中所写，曹耀祖因为大饥荒，无意间逃到了付家庄，被付子昂一家所救，并成为付子昂的小书童。二人名为主仆，实如兄弟，感情很深。解放后，付子昂主动分了祖田和家产，之后去了城里成为干部，一直到"文革"的时候，受到批斗，妻子惨死，付子昂一家失踪。但是付子昂逃回付家庄的时候，被一位老人看到过，只不过他那个时候年纪太小，虽然看到了付子昂一家四人从村口进入，直奔曹耀祖家中，但是之后，曹家人坚决否认付子昂一家人来过，他当时也不能完全肯定看到的是不是付子昂。"文革"结束之后，付子昂被平反，但是付子昂一家却失踪了，市里的平反专案组曾经专门派人来过付家庄，寻找过付子昂一家的下落。当时社会环境未定，村里人抱着多一事不如少一事的念头，集体否认付子昂来过付家村。因此，付子昂一家人的去向就成了谜，付子昂在档案中的下落，就是失踪。

我们借宿在付家村村委会内，整理得到的情报。

老周说道："从我们在村子里走访的情况来看，曹洁的日记中曹耀祖回忆的事情，基本上可以确认属实。按照曹耀祖的说法，曹耀祖先是在出村的路上将付子昂杀死，随后回到家里，又将付子昂的两个女儿、一个儿子毒死，之后曹耀祖、曹文华父子二人将付子昂的儿子女儿的尸体运到山上处理。但是这件事属于曹家的隐秘，不可能让村内人知道。因此我们在村内走访，很难找到45年前那件事更多的线索了。"

章玫一边点燃蚊香，驱赶着山中蚊虫，一边说道："周叔叔，你说曹家杀了付家三口人，把尸体埋掉了，难道这么多年都没有被发现吗？"

多多说道："我刚刚在网上搜索了一下，没有付家庄出现无名尸体的报道。"

老周说道："这里地处偏僻，山高林密，尸体随便埋在山里，要不是凶手交代，自己来找，是很难被发现的。失踪人口中，有不少人死了，尸体不知道被埋在了什么地方，但是被发现的可能性并不大。村子里这么多人，都没有说起过村子内发现无名尸体。而且曹家人，除了五年前被艾文设计、自杀灭门之外，并没有因为杀害付子昂一家的罪行而惹来麻烦。从这点可以断定，付子昂一家的尸体直到现在，都没有被发现。"

多多说道："那我们现在怎么办？我们还能做什么？总不能去找尸体吧？可是，就是找到尸体又能做什么呢？"

我猛然想起一件事来，对多多说道："曹洁日记里有关于付家埋藏的金银珠宝的记载，还有曹耀祖埋尸体地点的记载。

按照曹洁的说法，艾文很想知道付家宝藏的埋藏地点。"

老周憋不住烟瘾了，掏出一根香烟吸了一口，说道："我对这个也有印象。那本日记在我这儿，找出来，我们再仔细看看。"

老周从自己的行李箱里，翻出曹洁的日记。我们几个人一起凑过去，寻找埋尸和宝藏的线索。老周翻了几页之后，用打火机，指着其中几页，示意我们看："这些财宝的埋藏之处，是要靠一首诗才能找到。但是当时那个年代，找到了也没办法用，所以他就把那首诗告诉了我：山阴饿虎石，渴饮溪水旁，百年大杨树，北走足三丈。"

我们四人再次把日记的关键部分反复查阅，老周则趁机在一张白纸上画起了付家庄的地图，老周特种侦察兵出身，画地图是专业技能。很快，老周几笔就画出了村子的简明地图，而且还在地图上标注了曹家的位置。

从地图上看，曹家的位置正处于村口处，这里，只有三家人。而曹家就在第二家。山村的村居不同于平原地区，因为要依靠山势建房居住，不可能做到整齐排列，而且房屋都顺着唯一的通向外界的山路建成。曹家的房子距离山路不远，那么曹耀祖当年不论是在送付子昂出村的路上杀死付子昂，还是毒死付子昂三个孩子之后运尸体去埋葬，也都只可能顺着进山的小路上山。

老周指着地图，对我们说道："当初曹耀祖运送尸体的工具是一辆独轮木板车，曹耀祖和曹文华两个人一起运送尸体，半夜时分要避免被村口的第一家人家撞到。山里人起床都比较早，而且不能确定这户人家是不是会一早起来出山，因此曹耀祖和曹文华两个人并不会走太远，因为他们除了运送尸体，还要挖坑埋葬。日记中说，他们走到山上的时候，天已经亮了，来不及埋葬尸体，只好先把尸体藏在附近的树林里，次日再来埋葬，也就是在这个时候发现艾文的母亲付馨香不见了。如果真的去找尸体，就顺着这条路，根据他们独轮车上三具尸体的重量情况，计算他们在当天夜里，能够走多远，我们就可以找到尸体埋葬的大概区域了。"

|第三十章| 探查到底

老周不愧是办案专家，在这么短的时间内，就找到了破案的关键。

章玫这次对老周投去了敬佩的眼神，说道："周叔叔，你在直播间里要是表现出刚才的破案能力，当时的直播就不会那么尬了啊。但是我有个问题，那就是在日记里，曹家人发迹的基础就是付家人藏起来的金银珠宝。这批珠宝是不是还存在呢？"

老周感受到了章玫对自己态度的转变，再加上多多又在一旁，脸上浮现出了强忍住的得意骄傲，但是很快就过去了。老周说道："这笔传说中的付家的宝藏，现在已经是无主之物，咱们也可以找找。毕竟要是找到了，也是一大笔钱，要是多多被艾文骗走的那2000万元太难追回，那就用这笔宝藏赔偿好了。毕竟这笔宝藏也是付家的，用这笔钱来赔付多多，也说得过去。"

多多说道："根据曹洁的日记来看，曹家人曾经从这笔宝藏里，取了两次金条，之后有没有取过，也就没有再提过了。那笔宝藏到底还有没有，还在不在，都不确定了。"

章玫对老周开玩笑道："周叔叔，你也太偏心了吧。在场的四个人，要是找到了宝藏，你就只给多多姐姐了啊。那我和甄老师呢？"

老周被章玫这样一挖苦，不好意思地干笑了下，说道："当然是见者有份，不过我那份可以补偿给多多，毕竟艾文是个很危险的家伙，我们去对付他的目的，也是为了把多多借给他的2000万元拿回来。要是不用冒险，就能拿到钱，那不是很好吗？"

我看着老周的样子，心想真是情令英雄软。要知道这个老周当年可是个辣手神探，只要能破获案子，抓到坏人，找出真相，那是威武不能屈、富贵不能淫。不论是势力相压还是金钱收买，老周都不为所动；更不要说前路凶险、恶人恐吓。老周这种铁骨铮铮的汉子，怎么可能会因为艾文的攻击而畏惧不前？按照老周的性子，他的反应应该是，一定要把艾文送进监狱甚至送上刑场，那才过瘾。但是现在，老周居然说起艾文凶险，要是能找到付家宝藏，就可以不和艾文纠缠了，与其说是老周不想和艾文硬碰硬，还不如说是老周担心多多脱离不了艾文的生命威胁。

我也不便去点破老周，索性也开玩笑道："看你们三个说起宝藏的样子，简直要流出口水来了，咱们来这里的初心，是找到艾文的仇恨根源，不是来寻宝的吧。而且艾文为人行事狠辣，绝不会因为多多不找他拿回2000万元，就放过多多的。"

　　我最后那句话，让好不容易轻松点的气氛迅速沉重起来。老周的表情又很快恢复到沉默肃杀的样子。

　　我有些不好意思，说道："不过，这么远我们都来了一趟，是先去找宝藏还是先去找付家人的尸体呢？"

　　老周不吭声了，多多也没有说话，章玫打破了尴尬，说道："要不咱们还是先去找宝藏吧，毕竟宝藏的埋藏地点有明确的记载。而埋尸地点，我们就得碰运气去找了。"

　　不管章玫说得有没有道理，这个理由总是个体面的理由。章玫说完，我们三人都表示赞同。

　　老周又一次发挥了他的专业优势，他念道："山阴饿虎石，渴饮溪水旁，百年大杨树，北走足三丈。宝藏的奥秘就在这首诗里，曹耀祖父子已经寻找到了，所以可以验证这首诗记载的是准确的。咱们只要参透这首诗的奥秘，就可以按图索骥，找到宝藏了。"

　　多多说道："曹耀祖能找到，咱们不一定能找到，因为他们就是本村人，对本村周边熟悉，但咱们不是啊。这首诗虽然很明确，可是这诗句中的暗示，我们却是一头雾水，要想找到宝藏，并不容易。"

章玫说道："我们是不是可以问一下村中的老人家，什么饿虎石，没准就能找到了。"

老周说道："付家宝藏的传说在村中流传多年，要是我们直接去问这些地名，他们肯定会怀疑，我们是不是要找宝藏的。所以，最好不要直接问村里人。"

我拿起老周画的村里的草图，仔细看了看，其他三人看我若有所思，都没有打扰我。我想了一会儿，对三人说道："诗句并不难解，'山阴饿虎石，渴饮溪水旁'，这句诗的意思非常明显，山阴就是山的北侧，饿虎石，应该是长得像老虎的石头，这块石头，在溪水旁，如同老虎喝水一样。所以这个地点，一定是溪水附近，有一块像老虎的石头。所以我们要顺着村子从山上流下来的溪水，逆流而上，找到这块石头。"

老周说道："这种事还真得你老甄才能猜得透，我想来想去，都是怎么在这些大山中，找到一块像老虎的石头，就是想不到，要结合溪水去想。"

多多微笑道："老甄的思维是全面立体的，所以他能这么思考。他说出答案好像很简单似的，但我们三个人就是想不出来，我想的也是怎么在这茫茫大山中找到那块石头。我还想最好是找人打听下。"

我笑道："其实并不难，因为埋藏宝藏的付家人也不可能只考虑到埋，也得想怎么找，那么如何找呢？茫茫大山，不做记号的情况下，怎么找？做了记号不安全，只能利用现有的自然资源。那么既能找到合适的埋藏地点，又能远离村子的，最好的路标不是陆路，就是水路，那么这条村子里的水源小溪，就是最好的选择了。刚好诗句里提到了水，我根据老周画的地图，就想到了逆水而上。"

老周说道："那'百年大杨树，北走足三丈'就好解释了，只要找到那块像老虎的大石头，在大石头附近，找到一棵百年树龄的大杨树，随后向北走三丈远，就找到宝藏的埋藏地点了。"

章玟打了个哈欠，对我们说道："还以为这个宝藏多难找，这不是在甄老师和周叔叔的配合下，一下子就破解了。我们都休息吧，明天就要去挖宝了。我已经困得不行了，明天还要走山路。"

第二天，我们顺着溪水，向山北侧走去。俗话说望山跑死马，整个付家村，一条溪水从北山流过，在村腰部形成水潭。村子则正好在北山南侧。我们远远望去，能看到北山相对于付家村四周的山脉来说最为高大，但是能看到，走到那里可就真耗费体力了。付家人当年选择把积累几代的金银珠宝，在特殊的历史时期埋藏起来，必然不可能埋得距离村子很近，否则就很容易被村民无意间挖出来了。

我们顺着溪水溜溜走了大半天，总算绕到了山北侧。所谓的山阴处，阳光难入，温度立刻就降了下来。好在我们都准备好了衣物，才没被山风吹透。

我们吃了点东西，继续前行。又走了两个多小时，在一个溪水回弯处，看到了诗句中记载的饿虎石。那巨石风磨水冲，远观下去，还真如同一头老虎，探头伸入溪水中饮水。在巨石东侧不远处，一株大杨树冠盖如云，当真有百年树龄一样。

我们看到了诗句中的标志物，高兴起来，身上所有的疲惫都一扫而空了。我们快步前行，终于走到了那株大杨树之下，大杨树四个人合抱都抱不过来。

我们按照诗句的指示，用指南针确定了朝北的方向，用老周带着的尺子测量，走到了距离大杨树三丈的位置。找准位置之后，我和老周抡起便携铲，用力挖了起来。

第三十一章 | 挖地三尺

老周抡起铲子，肌肉爆发力强大，铲子很快就挖起一片土来；而我使出吃奶的力气挖起土来，也不过挖出老周的三分之一。多多和章玫在一旁也拿起备用铲子，帮忙松土。我们四个人挥汗如雨，挖了一个将近一米深的土坑，还是看不到曹洁日记中记载的金银罐子。

大家虽然打算一鼓作气把金银挖出来，但是事与愿违，我们几人累得腰酸背痛，却没有发现金银珠宝的半分影子。

章玫从背囊里找出水，分别递给我们，我们咕咚咕咚喝了半瓶水，坐在树荫下，先喘一口气。眼瞅着就快天黑，我们要是还找不到付家宝藏的话，就得先行回到住处，第二天再来了，因为我们没有带露营的装备。虽然时下的季节是初夏，但山风又冷又硬，就凭我们几个人的登山服是扛不住的。

我们休息了半个小时，老周说道："难道这个宝藏是假的，不然怎么可能挖了一米深，都挖不出来。"

多多说道："如果是假的，那么曹耀祖为什么要告诉曹洁呢，总不能是为了临死前要戏弄艾文吧？"

章玫说道："也可能是曹洁已经告诉艾文这个藏宝地点了，艾文已经把其中的金银珠宝都挖走了；或者说艾文那十几亿资产本就是这里的金银珠宝换来的。"

老周说道："还有一种可能，就是这里的宝藏已经被曹家人都挖走了，但是曹耀祖想用这个宝藏的谎言，保住曹洁的命。"

多多问我道："老甄，你分析下，这个宝藏是不是曹耀祖说出来骗人的？"

我把剩下的半瓶水喝完，说道："这种可能性不大，曹耀祖当时抱着必死之心，他告诉曹洁这个秘密，本质上是为了曹洁可以把宝藏告诉艾文，保住一条命。如果说的是假的，那么曹洁必死无疑，所以曹耀祖没必要这么做。这件事其实还有另外一种可能，那就是知道这个埋藏地点的，本应该是付家人，曹耀祖是从付子昂那里知道的，那么付子昂有没有告诉付馨香呢？"

老周说道："如果是我，带着孩子逃命，我前途未卜，生死不定，那么我也一定会把家族埋的宝藏告诉我的孩子的。因为孩子是未来，只要孩子们活了下来，就能够继续繁衍后代，传续香火。"

章玫说道："宝藏可能早就被付馨香挖走了？"

多多反驳道："但是根据曹洁日记记载，曹耀祖在20世纪90年代还重新挖出金条度过危机。如果付馨香挖走了，就一定是在这之后了。"

老周说道："付馨香在90年代的时候30岁，这之前，付馨香未必有能力来挖宝藏；而90年代之后，她再来挖取宝藏，也是说得通的。"

我说道："我们再挖一米，要是还挖不到就回去吧。再不回去，摸黑走山路，很容易生病的。"

我们咬紧牙关，最后鼓起力气，对着已经挖了一米的大坑，继续挖下去。老周索性脱了长袖外套，只穿着短袖T恤，抢起工具，拼命去挖。我们又挖了将近一米，还是什么发现都没有。失望之余，看着西面太阳落山的霞光，只好咬了两口面包之后，拔腿往回走。

希望真是最大的魔鬼，我们一早来的时候，想着能挖到不少的金银财宝，所以不管山路多难走，都很兴奋快乐；但是当我们挖了大半天，却什么都挖不到之后，再往回走，就因为沮丧和劳累而没精打采了。回去的路上，我们四个人几乎是互相搀扶着走的。除了老周体质最好，还能在前面快步前行之外，我、多多和章玫，就几乎是拖着腿脚往住处挪动了。

三个小时之后，我们总算回到了住处，再也没有精神讨论总结，我和老周、章玫和多多分别回到住处之后，各自酣睡去了。直到日上三竿，我和老周才在章玫的敲窗之下醒了过来。我们吃过东西之后，决定先休整一天，再去寻找付家人的尸体。

我、老周向付家村的老人家借了一辆独轮车，让章玫和多多坐在上面。我们推着车，顺着出村的小路，模拟当年曹耀祖、曹文华父子二人运送付馨香姐弟三人的尸体，看看在我们推测的时间内能到什么位置。

我们两个中年男人用独轮车推着两个美女出了村子，果然惹得村口晒太阳的几个老头、老太太哈哈大笑。其中一个老人家还忍不住跑过来，给我们指点该怎么用力推着独轮车，才能让独轮车稳定前行。

我和老周用尽力气，才熟悉独轮车的操纵方法，磕磕碰碰地朝着村外山路走去。我们到了差不多的地点，寻找那片可以藏住尸体的山林。虽然山林茂密，但是路边适合藏尸的地方却并不多。我和老周搜索树林，心想这次运气真是不错。因为根据村内的老人指点，出山的这片山林在大炼钢铁时期几乎都被砍光了，而只有山路两侧深处的一片树林，因为曾经是战乱时期的乱葬岗，没人愿意去那片树林砍树，所以几十年过去，出山路上，唯一还存在45年的树林，就是那片乱葬岗。

我们推着独轮车模拟前行，到达的位置正是这片乱葬岗的平行位置。那片乱葬岗距离出山小路大概1000米的样子。在一片矮细的路边树林中，只有那片树林在山上枝叶茂密，很是惹眼。但那个地方偏偏是数百年来死于战乱饥荒的枉死之人的埋骨之地，知情不知情的人都不愿意去。

对于当年的曹耀祖、曹文华父子来说，要想神不知鬼不觉地把付馨香姊弟的尸体处理掉，其他任何地方都不会比这片乱葬岗更合适了。

我们穿过路边的小林子走进了那片树林，打算找到曹洁日记中所说的方便藏尸的位置。山林寂静阴森，我们走进去都感觉一股寒意压了过来。我和老周尚且有这样的感觉，就更不要说多多和章玫两个女生了。

这片林子方圆两公里左右，密密麻麻的到处是无主老坟。付家村里的坟茔在风水更好的西山，所以这片林子内埋的都是孤魂野鬼。

我们看着这片埋骨之地，免不了头皮发麻，章玫紧紧地拉着多多，害怕地说道："甄老师，我怎么感觉来找尸体，比去挖宝藏更不靠谱，这里这么多的死人骨头，难道我们都要挖出来看一看吗？"

我在林子中仔细观察，闭上眼睛，想象着曹耀祖和曹文华父子推着三具尸体，到了这个林子，会不会有胆量，往林子深处走去。我想他们是没胆量的。也就是说，独轮车能推到的地方，在这片林子的边缘，就是付馨香大姐和弟弟最有可能的埋骨之地。

老周仔细看了看，对我们说道："曹耀祖父子不可能走到树林深处的，因为他们推着独轮车，走到这片林子的时候，体力就已经消耗很大。要想把尸体藏起来，最好的办法就是在树林附近找到合适的天然的坑洞，盖上树枝。等他们第二天再来的时候，摸黑挖坑，还不如在原有的基础上直接加深掩埋。而且这个尸坑不会很深，应该很浅。"

多多说道："就算是我们猜到了区域，可是树林边上的这个区域也很大啊，我们怎么寻找尸体啊？"

老周望了多多一眼，说道："付馨香姐弟的尸体，应该是这片乱葬岗的最后两具尸体了。这片乱葬岗当年埋葬得最多的无主尸骨，也是在解放前了。所以，靠近林子边的可能埋尸的地方，肯定会有特别茂盛的植物。而其他老坟里面都是骨头，是不可能滋养植物的。"

|第三十二章| 尸骨疑云

　　我、多多、章玫忍不住给老周鼓起了掌，但是刚鼓了两下，我们感觉在这乱葬岗的树林里，啪啪啪的掌声显得颇为诡异。

　　我对老周说道："在寻找线索和证据的领域里，老周绝对是专家。要是没有老周想到这些，在这片区域想找四十五年前的尸骨，那几乎是不可能的。"

　　山地贫瘠，这片乱葬岗上的树木虽然几十年没有砍伐，但是林木干细，与溪水旁的百年大杨树完全不能相比。在距离道路最近的树林边缘，我们果然找到了一处异常茂盛的灌木树丛。这个灌木树丛的树叶油亮发光。

　　我和老周再次挥动锹镐，从灌木的根系上挖了下去，老周很有挖尸体的经验，他先小心翼翼地把灌木挖松，拔掉之后，再一层土一层土地挖开。我跟着老周，配合他小心翼翼地挖着。

我们挖了两个小时之后，我感觉碰到了坚硬的东西。我停了下来，老周戴上手套，在我停下的地方用手扒开，不大一会儿，我们就都看到了骷髅。

剩下的工作都是老周操刀，很快，我们在老周的指挥下挖出了两具尸骨，尸骨上还有衣服，正是那个年代的灰色和绿色军便装。老周掏出手机，对骨骸拍了照，随后对我们说道："我不是专业法医，我得联系这边的警方，看看能不能对这两具骨头进行检查鉴定。"

章玫却从土坑里找出了两个红色小本本，打开来看，原来是《毛主席语录》，里面却还没有烂掉，扉页上写着名字，分别是付留德和付馨玉。这两具尸体大概率是付留德和付馨玉。

老周已经联系了当地警方。我和老周一边吸烟，一边推演当晚付馨香是怎么逃走的。

老周吸了半支烟之后，说道："我们假设付馨香中毒不深，在独轮车上颠簸，随后呕吐出毒物，在被曹耀祖父子运送到树林的时候，山风一吹，付馨香醒了过来。当她看到自己姐姐付馨玉和弟弟付留德的尸体，反应过来自己被曹家所害，立刻张皇失措地逃走了。"

我说道："逃走的话，深夜山林，她会往哪个方向逃走呢？哎，老周，你有没有查到艾文的背景资料，特别是他的母亲付馨香的情况？"

老周把手中的烟头掐灭，对我说道："我去调查过，这个艾文是在孤儿院长大的，是10岁左右被人送到孤儿院的，登记的资料中并没有他的亲人情况。"

我奇怪道："孤儿院？你是说艾文是个孤儿？"

老周确定道："对，艾文是个孤儿，是在一家孤儿院长大的，只不过他天资聪颖，从小成绩优异，一路靠奖学金念完了大学。这个情况我也是一个小时前刚收到的，刚才忙着挖尸骨，没来得及看。"

我疑惑道："10岁就成了孤儿，却叫付清（艾文真名）？付馨香这么多年来到底发生了什么事情呢？"

老周说道："我也查过付馨香的下落，查到的就是失踪记录，从1975年之后，就再也没有这个人的任何记录了。说明她从那之后就隐姓埋名，更换身份了。"

我对老周说道："你说，一个女孩子深更半夜，从这里落荒而逃，会走哪条路呢？"

老周说道："那我们最好问问多多和章玫，因为女性的心理和男性是不一样的。"

我们把在不远处拍野花的章玫、多多喊了回来问她们，多多和章玫思考了一会儿，章玫先说道："要是我是付馨香的话，醒来发现自己在乱葬岗里，姐姐和弟弟都死了，我肯定是先哭一阵子，然后再跑掉。至于逃命的方向，我大概不敢跑到村子出山的路上，因为我没法判断这里的人会不会都害我。"

多多也说道："如果是我，我也不敢跑到那条路上，我可能会去其他方向，先逃命再说。而且，天黑林密，我不一定能确认方向。但是出于女性的本能，肯定会绕开这片乱葬岗吧。"

老周说道："深更半夜，山林逃命，付馨香还能活着逃出去，还生了个儿子，也真是福大命大。"

我们正聊着，听到了警笛声，很快，当地警方就赶到了。这一切事宜自然由老周去沟通协调。

警方对我们询问为什么要来这里挖尸之后，记录下了我们的身份证号和联系方式，就挖出尸体，离开现场了。

我们回到付家村住处，还好村内有太阳能热水器，我们能够好好地洗个热水澡，不然这挖了半天尸骨的晦气，总觉得粘在身上，挥之不去。

我们四人晚饭过后讨论这两天的经历，我突然想到一个问题：在付家宝藏的问题上，我们是用中华人民共和国成立后的度量衡换算标准，3米等于一丈来换算的，那么3丈就是9米。但如果那付家宝藏是付家人在解放之前就埋藏的，那么当时的度量衡，和中华人民共和国成立后的度量衡是不一样的。在民国时期，一丈是换算成3.2米的。如果这样计算，那么3丈远就应该是9.6米。

最后四人一致同意，再去宝藏埋藏地大杨树北侧9.6米寻找一遍，如果还没有，就彻底放弃。我们这次付家村一行，总算是验证了曹耀祖所说的当年的命案是真实存在的。如果还能找到付家宝藏的话，那么曹洁日记里所记载的一切，就可以默认全是真实情况了。在这些事实基础上，艾文对曹家所做的种种，就全是给付子昂一家复仇的行为了。

我们四人再次出发，顺着付家村的溪水到了饿虎石和有百年杨树的地方。这里的草地上长着鲜艳的金银花。

多多和章玟连忙拍下美美的照片，还每人都摘下了一大捧金银花，这才允许我和老周把地挖开。

老周还是体力充沛，我这几天挖地挖得全身酸痛，感觉肩膀和胳膊的肌肉都要长出来了。

我们只挖了半米左右，就听到当的一声，挖到了硬物。我们四人对视一眼，心想有门，开始小心翼翼地清理。很快，我们就清理出了曹洁日记记载中的大缸，缸上盖着盖子，摸材质是木头的，只是不知道为什么埋在地下这么多年，都没有腐烂掉。

老周见我盯着盖子发呆，对我解释道："这个木盖子是被桐油反复浸透9次，每次浸透之后，再晾晒9天，这样81天之后，木盖子就会不腐不烂了。我老家传世的木头家具，都是这么处理的。"

我嘿嘿笑道："老周，要不是这次出来一起办案，我还真想不到，你居然懂得这么多。"

老周没有接过话茬，只是将木头盖子外面的浮土清理之后，喊我一起用力把木头盖子抬起来。我抬起盖子才发现，这盖子异常沉重，完全不像我想象中的木头那么轻。

我们用力把盖子掀到一边，这口大缸终于露出了内部的真容。大缸就是旧时的水缸。缸内尽是些油纸包裹好的银圆金条。金条还剩下20根，银圆还剩下2万块。曹家人把缸内的财宝取走了一半多，剩下的就是这些了。

我和老周跳下去，把这些金条银圆都取了上来，我和老周把这个大缸又埋了起来，这才把锹镐等装备就地扔掉，背着金条银圆步行回去。

在路上的时候，老周接了个电话，"嗯"了两声，挂断之后，对我们说道："本地警方联系的熟人告诉我，在三年前，山另一侧的村子有人在一处山洞内发现了一具无名尸骨，警方留下了尸骨的DNA。在警方对付馨玉与付留德的尸骨DNA进行DNA库搜索时，却和那具无名尸骨匹配了。"

第三十三章 早已死亡

多多听到老周说另外发现一具尸骨，忍不住问道："另外发现的尸骨，是不是付子昂的？可是曹洁日记里说曹耀祖杀死付子昂之后，就埋到了路边。那这具尸骨怎么会出现在山那边呢？"

章玫说道："怎么又有一具尸骨啊？听着就好恐怖。本来以为我胆子很大的，但是真接触到尸骨之后，还是吓得睡不着觉。但是虽然害怕，却也很好奇。"

我问老周道："那具三年前的尸骨的骨龄和性别是什么？"

老周说道："电话里没说，我想我们得去一趟警局了。"

这个电话让我们四人一下子就沉重了起来，一路无话，默默地背着行囊走回了住处。

我们离开付家村，还好老周联系警方派车来接我们。我们到了警局，老周进去沟通，我们就在外面等待。

过了半个多小时，老周才出来。老周眉头紧蹙，似乎很不理解的样子。老周对我们挥了挥手，要我们先离开，再和我们说。

我们离开警局的路上，老周告诉我们道："那具尸骨骨龄15岁，从盆骨特征确定是女性。从DNA对比来看，与付留德和付馨玉高度相似。所以，那具尸骨大概率是属于付馨香的。"

我、多多、章玫大吃一惊，几乎是异口同声说道："什么？付馨香早就死了？"

多多说道："要是付馨香早就死了，那艾文是谁？他不可能是曹耀祖所说的付馨香的儿子了。"

章玫害怕道："这也太诡异了吧！难道曹洁一家人是被艾文骗死的？"

老周道："老甄选择先来付家村调查，当时我还不是很服气。现在看来，还真是有收获了。我们现在确认付家一家人，早就全部死亡，根本不可能有后人。那这个艾文的真实来历和动机就很恐怖了。"

我说道："曹洁一家人自杀的根本原因，其实是当年害死付子昂一家的愧疚和恐惧。艾文应该是知道了这些之后，放大了他们的愧疚感，通过心理控制手段，让曹家人相继自杀。从这个角度来说，艾文对付曹洁一家，多半是因为贪图曹家的财产。"

多多道："贪图财产，就害死曹家全家？那艾文为了我的钱，想杀死我，也就可以理解了。"

章玫道："曹洁一家当初害人灭门，现在被人害得灭门。甄老师，你说这算不算报应？"

老周道："这么说的话，还真是世道好轮回，苍天饶过谁了。那咱们下一步的调查方向是哪里？"

我说道："我们应该顺着艾文的轨迹，去艾文长大的孤儿院看一看。我得知道他内心深处的弱点，才有把握对付他。"

我们计议已定，章玫负责安排我们的整体出行。我们先在中转的省城，分几家金店将金条银圆卖掉，最后所卖款项居然有880万元之多。我们每个人分了220万元，各自存在了银行卡里。

老周本来还对多多表示，要把自己的那一份分给多多，但是200多万元与多多被骗走的2000万元，还有很大距离，多多拒绝了老周的心意，老周也就没有再坚持。我们一行人中最为高兴的，就是章玫了。

章玫拿着银行卡，高兴地对我说："甄老师，我也有200多万元了，这下我是不是可以入股你的工作室了？而且，你就是不雇用我，我也可以养活自己了。真没想到，跟着甄老师办案子，还能挖宝藏，这可比玩网游刺激多了。"

我们继续由飞机转高铁，高铁转普通火车，这才到了一家小城的孤儿院。每当这个时候，我就不得不确认老周的办事能力真强。不管什么人，只要被老周盯住，天涯海角，都能把他挖出来。艾文这么一个厉害的神秘人物，老周只凭他的身份证号码，就把他的所有资料全部挖出来了。

我们到达艾文长大的孤儿院后，万幸，这个孤儿院还在运营。我们四人商量之后，决定由多多出面，以艾文未婚妻的身份去孤儿院打听有关艾文的童年的情况。

但是为了安全起见，我们还是决定四个人都一起进去，我和老周分别冒充多多的保镖和司机，章玫冒充多多的助理。

我们在酒店里演练几次，确信大家的状态可以以假乱真了。而且多多具体问什么，我也给多多准备了个大纲，等多多都记清楚了，我们再行出发，章玫已经准备好了录音，方便我们对孤儿院知情人反馈的消息反复分析。

为了能够让孤儿院的人回答问题，多多还准备给这家孤儿院捐款。我们到了孤儿院，号称要捐款给孤儿院，孤儿院的老师一下子重视起来，迅速请来了老院长接待我们。

老院长是个慈眉善目的老太太，花白短发，烫过，戴一副水晶石老花镜，约莫60岁，姓吴。孤儿院的老师和孩子都称呼老院长为吴奶奶。

多多按照我们事先商量好的脚本，对吴院长说道："吴院长，其实是这样，我的未婚夫是在您这家孤儿院长大的，但我看他总是不开心的样子，所以我想搞清楚他小时候有没有什么心结。而且为了感谢孤儿院把他养大，送他读书，我打算捐一笔钱给孤儿院，用来做善事。"

吴院长对我们很是客气，听到我们要捐款，立刻带着我们到孤儿院的运动场，去和孤儿院的二十几个孩子打招呼。

等我们把带来的零食玩具书籍给孩子们发出去之后，吴院长才对我们道："我在这个孤儿院工作40年了，明年就要退休了。姑娘，我看你的年纪，你的未婚夫应该也是至少20年前在这个孤儿院成长的。在这个孤儿院里能了解20年前情况的人，就只能是我了。你的未婚夫叫什么名字？"

多多回应道："他叫付清。"

吴院长望着孤儿院内的秋千架，呢喃道："付清，付清。"过了一阵子，吴院长一拍脑袋，对我们说道："我想起来了，这个付清就是清娃。他是10岁的时候被送到孤儿院的。这么大的男孩被送到孤儿院是很罕见的。毕竟我们这片地方，重男轻女的现象很严重，被送到孤儿院的多数都是女娃，或者就是有先天残疾或者疾病的孩子。"

多多问道："那是谁把他送到孤儿院的呢？"

吴院长再次深思了一阵子，说道："我对清娃印象很深，因为给他办理手续的人就是我。除此之外，我女儿琪琪那时9岁，我带着琪琪来上班的时候，她最喜欢的玩伴就是清娃，他们的关系很好。只是清娃成绩好，考大学出去了，琪琪则是在我们这个小城市上护校，毕业后就在市医院当了护士。他们的联系后来慢慢断了。清娃高中住校之后偶尔回一趟孤儿院。上了大学之后，还回来过两次，看望我，看望琪琪，看望曾经的伙伴。但是之后，就再也没回来过了。

"我记得，当时把清娃送来孤儿院的是邻省的民政部门的干部，而清娃之所以来孤儿院，是因为他妈妈出轨并且勾结奸夫毒死了他爸爸。案子破获之后，他妈妈也被判处了死刑，没有亲人收养他，所以根据规定，民政部门把他送到了异地孤儿院抚养。当然，还把他继承的一部分遗产存在了孤儿院里，也就是这些钱供清娃念完了大学。"

第三十四章 | 真正身世

　　吴院长带我们到了陈列室，陈列室内都是孤儿院每个小孩的照片和通信录。她在一个显眼的位置找到了艾文的各项资料。看来艾文是这所孤儿院里比较出众的一个。但奇怪的是，艾文发达之后却没有给孤儿院捐过钱。

　　吴院长和我们继续介绍艾文道："清娃特别聪明，当时孤儿院里有几个大孩子，父母也都是因为犯罪坐牢，这几个大孩子特别调皮捣蛋，对其他弱小的孩子霸凌欺负。但是那几个孩子，唯独不敢欺负小他们几岁的清娃。我从小到大都喜欢孩子，所以那几个坏小子都和我很熟，有什么话也都不瞒我。当他们欺负其他孩子的时候，也只有我说话，他们才会听。

　　"我清楚地记得，他们和我聊到为什么不敢欺负清娃。他们告诉我，只要欺负了清娃，就肯定会倒霉。不是自己的被窝里被放进老鼠，就是自己的饭盒里被放入蚯蚓。甚至几个大孩子在厕所里抽烟的时候，厕所外都能扔进炮仗，炸了他们一身的大便。那时候，我们孤儿院还都是旱厕，是有粪坑的。

"那几个大孩子也怀疑过就是清娃捣鬼，但是他们监视了清娃好几天，却发现清娃根本就没空搭理他们，就是自己捧着本书，认真学习考试。他们反正也是无聊，不欺负清娃，还能欺负别人，所以几个人也就再没惹过清娃。

"但是我却很清楚，他们所遇到的那些倒霉事都是清娃做的。他们几个当年终究只是孩子。他们在厕所里看不到的外面，我在三楼的办公室里却看得一清二楚。那个扔炮仗进厕所的就是清娃。但是这种事，我看到了是不会去干涉的。因为孤儿院的老师数量有限，根本管不了那么多，大孩子欺负小孩子也是经常发生的事，只要不是太过分，我们都是不管的。也有不少小孩子因为被欺负，特别渴望被领养。孤儿院的孩子和正常家庭里长大的孩子，是不一样的。他们会特别早熟，而且对人对事的态度都不像个孩子。

"清娃不动声色地用自己的行动，解决了大孩子骚扰和欺负的问题，之后的大部分时间都是努力学习。他在来孤儿院之前，成绩就非常好。来孤儿院之后，每天除了吃饭睡觉，就是努力学习。我们作为老师，自然会喜欢积极向上爱学习的孩子，所以对清娃也格外地悉心教导。我们孤儿院有两间图书室，都是爱心单位和人士捐来的各种书籍，清娃在上高中之前就把这两间图书室的藏书都看过了。我听女儿琪琪说过，清娃特别喜欢看心理学方面的书籍，那时候我们的图书室什么书都有，但是心理类书籍好像也就十来本。琪琪告诉我，她送给清娃的笔记本上全是摘抄这些心理类书籍的内容。"

　　我趁着吴院长回忆往事的时候，给多多示意，要吴院长带我们去看看艾文当年看过的心理类书籍。多多对吴院长笑着恳求道："对了，吴院长，您方不方便带我们去看看付清看过的那些心理类书籍呢？我太想了解他的所有了。"

　　吴院长慈祥地笑了笑，说道："清娃这个男娃娃特别讨女孩喜欢，当年我女儿琪琪也喜欢他好几年。他身上有一种奇怪的气场，就是让女孩子忍不住想去了解他、照顾他。那些书已经不在了，因为我们的图书室整理过，太老旧的书籍都已经清理掉了。但是你们想看清娃当初看了什么东西，却可以看到。因为清娃上大学之前，把自己抄录得满满的那个笔记本送给了我女儿琪琪。琪琪结婚之后，就把笔记本放在我家里了。"

　　多多正要开口，请求去吴院长家里取那本笔记。吴院长笑眯眯地继续说道："我家去年重新装修，我就把那本笔记拿到了我的办公室。一会儿去我办公室的时候，我就可以拿给你们看了。"

　　我们几人都在心里嘘了口气，心想这位吴奶奶说话真是大喘气。

　　我们从陈列室出来，吴院长又给我们介绍了一些艾文的其他表现，比如艾文的聪慧过人和早熟的表现。多多问起吴院长关于艾文在孤儿院的朋友，吴院长仔细回想了一番，对我们说道："清娃还真没有什么朋友，可能和他最为亲近的就是我的女儿琪琪了。因为清娃平时和孤儿院的孩子都不怎么说话，而且清娃平时的表情都是紧绷着脸，不愿意和人亲近。孤儿院有几个孩子，也试图和清娃做朋友，但是都被他冷漠的态度推开了。只有琪琪，来找清娃的时候，我能在清娃脸上看到转瞬即逝的笑容。"

吴院长带我们去了她的办公室，招呼我们坐下，给我们倒了茶水之后，转身从自己的书柜里找出那本笔记本递给多多。多多接过来，翻看起来，对吴院长说道："吴院长，我可以让我的助理去复印一份吗？我想把它做成个特别的礼物，给他一个惊喜。"

吴院长微笑着点头道："当然可以，你们年轻人真是浪漫。要不是这本笔记，是我女儿琪琪珍藏的礼物，就是送给你们也没关系。"

多多把笔记递给章玫，章玫和老周出去复印去了，吴院长还特意喊了个年轻的老师带着他们去离孤儿院不远处的复印店。

吴院长给我们介绍艾文的童年、少年时期的情况，我们都了解得差不多了，多多开始和吴院长讨论起捐款的详细内容。吴院长提出，孤儿院需要付费的在线教育课程，如果多多有这方面的资源是最好了，比直接捐钱更好。

多多不愧是公司高管，一讨论起这些问题，能给吴院长提出孤儿院如何通过线上宣传，获取更多捐助的路径来。吴院长听得饶有兴趣，拿出笔记本认真地记了下来。

过了半个多小时，章玫和老周回来，把那本笔记还给了吴院长。我则趁吴院长转身放笔记本的时候，给多多发了个消息，要多多向吴院长提出和她的女儿琪琪谈一谈。

吴院长转过身来，热情地招呼我们在孤儿院吃饭，考察一下孤儿院的伙食。多多则对吴院长说道："吴院长，饭就不吃了，我想提一个不情之请啊，我能不能和您的女儿琪琪聊一聊，我真是太想知道付清小时候的一切了。"

吴院长稍微愣了一下，随即和蔼的笑容又浮现在了脸上，对我们说道："看来，你还真是很爱清娃。琪琪今天在家休息，我打个电话给她，让她来这里，你们聊聊吧。你们还是在这里吃饭吧，我看这里的小朋友也特别喜欢你们。"

吴院长盛情邀请，我们推托不过，多多先去孤儿院的财务部门，办理了捐款手续，多多捐了10万元，让吴院长对我们格外热情起来。老太太带着我们去孤儿院的教职工食堂，安排厨师专门做了几个本地特色菜，招待我们，对多多的捐款表示感谢。

我们吃完午饭，吴院长的女儿琪琪已经到了孤儿院，吴院长介绍琪琪给我们认识。我们听吴院长说起琪琪和艾文小时候是玩伴的往事，脑海里一直都是一个梳着两条小辫的小女孩模样。但是等看到琪琪，这才反应过来，已经将近20年过去，当初的小女孩早就是成熟女性了。琪琪个子不高，圆脸，大眼睛。琪琪见到多多，打量了一番，这才和多多打了招呼："你好，你那么漂亮又能干，付清和你在一起肯定很开心吧。"

第三十五章 | 父母之谜

　　琪琪明显表现出了对多多的妒忌，场面一下子尴尬起来。多多反应很快，马上就堆起灿烂的笑容，对琪琪说道："原来你就是琪琪妹妹，我听付清总是提起，说你是他的初恋情人，对你一直念念不忘。今天见到真人，才明白为什么他始终不能忘记你。"

　　琪琪听到这番话，脸上泛红，羞涩地低下了头去。等琪琪抬起头的时候，眼神中已经温柔起来，对多多说道："其实我和他之间，什么都没发生。十几岁的时候，我就感觉到，他不可能属于这座小城的。姐姐你居然能为了他找到这个孤儿院，可见你真的非常在乎他，你想知道他什么？凡是我知道的，我都愿意告诉你。"

　　多多说道："他从来没对我说起过他的父母，我能感觉到，他在这方面是非常痛苦的。但是我几次试图问他，他都不肯告诉我。"

琪琪把眼镜摘下来，擦了擦，又戴在脸上，这才开口说道："关于他的父母，我想我妈妈吴院长已经对你们说过一些了，那就是他妈妈和人出轨，结果毒死了他父亲，后来案发，他母亲和出轨的男人都被判了死刑，执行了枪决。而他没有亲人收养，所以最后他才被送到了这间孤儿院。"

多多点点头，说道："是的，吴院长刚才告诉我们了。"

琪琪突然对多多说道："姐姐，我带你逛逛这个孤儿院吧，去我们小时候玩耍的地方看看。别人都不带了，有些事，我只想你听到。"

多多稍微迟疑了一下，很快就答应下来。多多对我晃了晃手机，示意我她会把琪琪所有说的内容都录下来。我们三人就只好在孤儿院的休息室各自玩着手机，有话也就只能发微信沟通了。这里人多耳杂，我们说的内容要是被孤儿院的人听到，会惹来不必要的麻烦。

章玫在我们三个人的群里，悄悄问我道："甄老师，咱们下一步该怎么办呢？我听那个吴院长说到艾文的父母的情况，他也好可怜啊。"

老周微信道："有不少犯罪分子都有着凄惨的童年，所以他们会仇恨社会。可是犯罪就是犯罪，不能因为犯罪分子的过往可怜，就不受到惩罚。"

我回应道："我想，艾文内心隐秘的核心，就在他父母身上。等多多回来，看看琪琪说的内容，我们可能得去想办法调查艾文的父母了。"

章玫道："原来以为艾文就是付家后人，去对付曹家也是为了报仇，结果那个付馨香却早就死了。那艾文是怎么知道曹家那么隐秘的事情的呢？"

老周道："有很多所谓的隐秘，其实都是当事人自己说出来的，被有心人听到，再有意识地套话，知道更多，然后用已知的信息给当事人施加压力，引诱当事人说出全部情况。警方获取口供的时候，也会这样做，真真假假，问来问去，靠有限的信息获取全部的口供。"

我说道："特别是艾文这种精通心理学的人，如果他还擅长催眠的话，他甚至能在曹家人完全不知情的情况下，探得他们内心深处掩藏很久的隐秘，曹家人在吐露心事之后，也许还会有一段时间感觉轻松了不少。"

章玫道："这么神奇啊？甄老师，你给我加强防范意识的时候，是不是也催眠我了，为什么我一直没有印象呢？但是那次之后，我觉得自己好像什么都不害怕了。"

老周道："老甄，你是不是也对我做了什么，我怎么也想不起来，出发前那晚上在书房的事情了。"

我回复了个"哈哈"的表情，随后说道："我发誓，我对你们什么都没做，我也没想着去探取你们内心深处的隐秘，因为你们对我来说完全没什么隐秘了。"

我们三个人正在聊着，会客室的门被推开了，多多自己走了进来。

多多摆出老板派头，要我们跟她一起离开。我们离开孤儿院的时候，吴院长带着孤儿院的老师孩子，非要和我们一行合影，多多说不想让艾文知道，这才婉拒了合影的要求。我们被送到大门口，吴院长等人挥着手，看我们离去。

我们回到了住处，在我和老周的套房里，多多掏出手机，给我们播放了琪琪对她说的内容："我和清哥从他10岁的时候认识，一直到他18岁考上大学离开这个城市。这八年时间，如果说这个世界上有唯一一个人听清哥说过心事，那就是我了。

"我从你的眼神里，能感觉到你很爱他，所以这些事我愿意告诉你。因为在我年少的时候，曾经无数次幻想过成为他的新娘，好好爱他，把他妈妈给他带来的伤害从他的人生中彻底抹去。"

多多的声音从录音中传来："他妈妈给他的伤害？"

琪琪的声音："对，是的。我知道你理解不了，其实我也很多年都理解不了，因为我的妈妈很爱我，我妈妈是孤儿院老师，后来做了院长。但是在我小时候，我爸爸是军人，所以从小都是我妈妈带我的，也正是因为这样，我对我妈的依赖很大。可是清哥却不止一次和我说过，在这个世界上，他最恨的人就是他妈妈。

"他妈妈和人出轨，还带着那个男人去过他家，那男人送过他玩具，他妈妈就让他拿着玩具出去找小伙伴玩。他那时候太小，不懂他妈妈和那个男人想干什么，但是等他16岁的时候，他就明白他们做什么了。他也知道了为什么那天他爸爸回来后，脸色那么难看。从那件事之后，他爸爸妈妈好久都没有说话，但是他爸爸为了他，选择了原谅他妈妈。

"那件事过去半年后，他爸爸突然就死掉了。随后居委会在开死亡证明的时候觉得不对劲，就报了警。警察很快就查明，他爸爸是中毒死的，而最有嫌疑的人，就是他妈妈。他妈妈和情夫的事情在街坊邻居那里早就有流言蜚语了，警察走访没多久，就把他妈妈和那个情夫抓了起来。过了不久，法院就判处二人死刑。

"清哥本想自己照顾自己，自己上学长大，但是没想到，街坊邻居都对他指指点点，还说他长得不像他爸爸，他可能是个杂种野孩子。他爸爸还有个弟弟，也就是他叔叔，直接占了他父母的房子，他自己没办法，找到居委会，居委会层层上报，才把他送到了这家孤儿院。

"他刚到孤儿院的时候，毕竟只是个10岁的男孩子。他经常半夜哭醒。从那时候开始，我就特别想好好对他。可是我知道他的内心深处藏着一个很大的秘密，我是陪伴不了的。后来他考到了大城市读书，中间只回来过一次，之后就再也没有了消息。

"在这个小城市，25岁再不嫁人结婚，我就是老姑娘了，我妈也经常劝我。我终于死了心，找了个我妈认为合适的人结了婚。但是我没想到，我见到你还是会很难受，同时也为他高兴。"

我们听完了琪琪对艾文的回忆，章玫忍不住感慨道："这个琪琪对艾文真是一往情深，艾文身上究竟有什么魔力能让女人对他这样付出真心？"

老周说道："艾文父母的情况，对我们对付艾文，到底有没有价值呢？"

我回应道："当然有价值，因为从艾文小时候遭遇家庭巨变的情况来看，他之后对女性的态度，根本原因就是对自己母亲的报复。"

|第三十六章| 天才走歪

老周、多多、章玫睁大眼睛道："报复自己的母亲？"

我清楚为什么三人会如此惊异，解释道："我知道你们为什么理解不了。因为人的心理形成是异常复杂的，甚至有许多潜意识是连自己都不清楚的。可是这些潜意识却左右着我们的言行。有一句话说，所有的口误都是压抑的潜意识表现。而一个人成年之后的心理，则是成长时期形成的，从婴幼儿到青少年，各种经历和外界刺激会让这个人形成独特的心理特征。

"你们之所以理解不了为什么艾文的所有行为都是为了报复母亲，是因为你们的成长过程中，母爱是存在的，而且你们对母亲的生养之恩，第一反应是报答，不可能是报复。"

三个人随着我的话默默点头，我继续说道："但是对于艾文来说，10岁时候的经历，足以让这个孩子所有的世界观崩塌。因为对于一个孩子来说，父母恩爱、家庭完整，是非常重要的象征。偏偏在艾文的青春期，他妈妈出了轨，还伙同情夫毒死了自己的爸爸，他妈妈也因此被判处死刑。一个好好的家瞬间就被毁掉了，而且毁掉这个家的人，却偏偏是最应该与他关系亲密的妈妈。这样的刺激对于一个男孩子来说，会一直持续到他之后的青春期和成熟期。如果他幸运的话，在这期间，遇到一个能够替代他妈妈爱他的女性，还能容忍他对妈妈出轨行为的报复，那么他的一生可能会就此修正。如果他没遇到，那么很可能就陷入这样的纠葛矛盾之中，他渴望和女性建立亲密关系，但是当亲密关系建立起来之后，却因为畏惧亲密关系重演他妈妈与爸爸的悲剧，出于预先防备，先下手杀死和他有亲密关系的女性。"

多多道："老甄，照你这么分析，艾文一开始和我的关系，对我的爱意，也都是真的，但是一旦我们真的要结成夫妻之后，他就会担心，我也会出轨，然后伙同出轨对象谋害他。所以，他为了避免将来发生这种情况，就一定要杀死我。这一切不只是为了钱。"

章玫道："要是这样的话，那艾文简直太可怕了。"

老周道："那艾文为什么会杀死曹洁全家呢。应该这么说，艾文通过心理控制等手段让曹洁一家人自杀了。"

我继续道："我得好好看看艾文少年时期摘抄的心理学读物笔记。因为人在少年时期的执念、经历，很多年都无法释怀，除非他遇到能让他原谅过去的人和事。我们还得去一趟艾文10岁前生活的城市，去查清楚他父母的婚姻问题和他们的家庭生活情况。我有一种感觉，我们快要接近真相了。"

老周说道："我去调查艾文亲生父母的身份资料。"

我扬了扬艾文的笔记本复印件，示意大家，我要先安静地看看这本笔记。

回到房间，我打开装订好的复印件。艾文的字体俊秀有力，说明他在少年时期就有很强的心劲。也正是这种心劲，让艾文能够取得很高的成就，可是也正是这种心劲，让他误入歧途，一生都难以体会幸福和快乐。

我想起大学时期老师说过的一句话，那就是任何心理问题，最后的解决方案都是原谅，原谅自己和原谅别人。原谅自己，是让自己能抛下过去，重新开始；原谅别人，是放弃用别人的错误来惩罚自己。人的一生总会遇到各种各样的情况，当我们老是执着于过往，将永不能开启新生。

而西方宗教的精神意义就在于，神父可以代表上帝，对犯错的凡人进行原谅。但是中国人缺乏能够原谅自己的载体，中国人求神拜佛，也不是因为有了罪孽，祈求上苍谅解，而是请求满天神佛，保佑自己升官发财，希望对头不顺。

艾文的整本笔记中，所抄录的大部分都是弗洛伊德的精神分析法，还有女性心理学。也不清楚当年是什么人给这所孤儿院捐赠了这样的书籍，天资聪颖的艾文，结合自身的经历和对心理学相关知识的自学，就如同在深山老林中苦练武功秘籍的仇恨少年一样，在心理学的世界里寻找着女性内心深处的弱点，设想着如何对付女性。

但是琪琪的出现让少年时期的艾文，对女性多少还感觉到了一丝快乐和温暖。青春期之后，艾文的内心深处也存在着少男少女应有的爱恋，这从他的笔记中，除了摘抄大段的心理专业知识与案例分析之外，居然还摘抄了男女两性爱情的心理分析可以体现出来。

琪琪当年可能只看到了这笔记的前半部分大段大段枯燥的理论研究，就没有往后翻看了。尽管这本笔记在琪琪这里保存了十多年，但琪琪就是没有解读出艾文留下的内心深处的情感密码。如果琪琪看懂了呢，如果琪琪去艾文所在的城市，和艾文在一起呢？也许艾文就不会有之后的行为了。但是也有另外一种可能，艾文之所以离开小城，断绝和琪琪的联系，是因为艾文清楚知道，无法压制自己对女性的恨意，不想因为控制不住自己内心深处的魔鬼，而把琪琪杀死。

从艾文之后对女性表现出来的情感诱惑与心理掌控力，可以充分看出艾文的力量远在普通人之上。孤儿出身的艾文，是怎么把那10亿元资产赚到手的，想起来就感觉不寒而栗。也许这些财富背后，不知道掩藏着多少无辜女性的冤魂。

多可怜的魔鬼也是魔鬼，一个人不管经历了多大的痛苦伤害，当他通过伤害别人来缓解痛苦的时候，这个人就入了魔。

虽然我能从艾文的笔记中，看到当初在阳光与黑暗之中摇摆纠结的少年，但他终究是残害生灵、滥杀无辜的恶魔。地狱空荡荡，恶魔在人间。这样的恶魔，基本上都是家庭惨剧活生生制造出来的。

那么我在这个世界上存在的意义，难道就是要清理这类恶魔？

合上笔记复印件，压制住自己内心的情绪，我猛然想起一件事——我在调查艾文的老底，艾文要是知道了我的存在，会不会也去我的家乡调查我的老底。那么我父母是不是会有危险？

我连忙给我父母打电话询问情况，幸好，老头老太太刚搬了新家。而且我家老太太一如既往地保持了高度的警惕性，对任何想打听我的事情的可疑人员，都按照我的叮嘱，给他们讲述了我制造出来的版本。

晚上，我们四人再次碰头，老周已经查到了艾文父母的资料，艾文父亲名叫付国栋，是当地第二机械厂的维修工人；母亲叫作张志华，是当地小学的音乐老师；张志华的情夫叫作曹雄，是张志华同一小学的体育老师。

根据官方公布的案情记载，张志华与曹雄本就是初恋，但张志华的父亲是付国栋在工厂的师父，老头在一次维修事故中身陷险境，被付国栋所救，张志华父亲认定老实厚道的付国栋，才是自己心中可靠的女婿，因此棒打鸳鸯，强行拆散张志华与曹雄，要张志华与付国栋结婚。

二人婚后不久，张志华父亲因病去世，张志华母亲早年病亡。张志华没有了父母管束，和曹雄在学校里又朝夕相对，二人旧情复燃。这期间，付国栋也听到过风言风语。但是付国栋为了师父临终前的嘱托，还有儿子付清不能失去母亲，一直隐忍，没想到最终死于张志华和曹雄之手。事发后，张志华和曹雄被判处死刑。

|第三十七章| 感情纠葛

　　章玫充分地发挥了90后玩网络的优势，迅速在相关网站搜索到了当年的报纸电子版。20年前，对犯罪嫌疑人的照片还没有打马赛克的概念，所以张志华和曹雄两个人的照片在新闻报道中被公然张贴出来了，报道结尾甚至还有被害人付国栋的照片。

　　从照片来看，付国栋憨头憨脑，微胖，目光温和，大脸小眼，大嘴大鼻，整个人都透着老实人的模样。而张志华和曹雄则看起来如同金童玉女，女的面容清秀，男的眉目俊朗，在人群中都是显眼的。当初这篇报道的排版编辑，很可能在潜意识深处，怎么看张志华和曹雄都是般配的一对，而且这两人生前是野鸳鸯，死也是同日死刑，在刑场上手拉手共赴黄泉，所以把二人的照片并列排在一起，反而把无辜被害的付国栋的照片排在了最后。

多多凑在我身旁，一起看着平板电脑上的旧新闻。我顺手把平板电脑递给了多多，多多却好像发现了什么，把张志华、曹雄、付国栋的照片分别放大来看。多多又仔细看了几眼，把平板电脑放在桌面上，拿出自己的手机，操作两下，也放在平板电脑旁边，再次仔细对比观察。

我、老周、章玫忍不住凑过去，看看多多在对比什么。原来多多找出了艾文的照片，放大后，和曹雄的照片对比。我们三人看去，发现艾文眉目俊朗，而且眼带桃花，怎么看都像是曹雄和张志华的儿子，和憨憨的付国栋没有半点相似的地方。

章玫忍不住说道："多多姐，这张是艾文的照片吗？怎么完全不像他的父亲付国栋啊，反而和那个曹雄很像。还是，他只长得像他妈妈张志华？"

多多面色沉重地说道："对，这张照片就是艾文的照片。我现在知道为什么艾文从来不给我看他爸爸付国栋的照片了。我想他成年之后，一定调查过这些事，自己也有所怀疑。但是这种事羞于启齿。所以，每当我问起他的童年的时候，他都会想方设法把话题跳过去。"

老周说道："孩子不是自己的这种事，邻居往往一眼能看出来。孩子长得不像孩子的父亲，邻居会有各种非议的。如果我们想确认这点，就去艾文小时候生活过的地方，运气好的话还能遇到当年知情的人。"

我说道："艾文的身世之谜真是波折不断。他成长过程的细节，我们能多掌握一些，就多了一分对付他的把握。"

老周道："艾文10岁前生活的城市，我们还是要跑一趟的。"

一天后，我们踏上了艾文10岁前生活的另一座小城，这座城市原来是一座矿山城市，经过二十多年的变化，矿山资源已经开采枯竭，年轻人大多已经去了省会城市或者更大的城市工作生活，只剩下退休老工人，还有附近村镇进入小城生活的中年人了。我们走在大街上，几乎看不到年轻的面孔。

城市老去，好处是没人愿意进行地产开发，当初计划经济年代建设的老公房区都还在。

我们根据老周调查的地址，找到了这座小城第二机械厂的宿舍区。第二机械厂早已破产，厂房变成了农贸市场。第二机械厂的宿舍就在厂房的西北角。这座城市的正规出租车不多，我们只好四个人打了两辆三轮摩的，晃晃荡荡了半个小时，才到了第二机械厂家属楼。

我踏入家属楼的那一瞬间，感觉自己也回到了少年时代，因为我也是在国企大厂的家属楼长大的，所读的学校也都是子弟学校。整个家属区都是红砖白顶的二层小楼，南北各有小院子，一楼从南院进入，二楼从北院进入。看起来这边的家属楼已经安装了暖气和室内洗手间。在院子门口，不少老人家正坐在小马扎上择菜聊天。

此时正值午饭时间，一名大概初三的男孩子背着书包从路边走进这一片家属楼。那男孩子瘦瘦的，中等个子，戴着个老式黑框大眼镜，一边走，手上还捧着一本英文字典在翻看。

这一瞬间，我仿佛看到了当年的自己。只是我觉得有点奇怪，现在的小孩子，不都在走路的时候玩手机和平板电脑吗？怎么还捧着一本厚厚的字典走路？

小男孩踱步到其中一户院门跟前，把字典放在左手，右手伸到口袋里，像是寻找钥匙一样。可是小男孩翻来翻去，就是掏不出钥匙来。小男孩无奈地叹了口气，只好转身往外走去。不远处的街坊老奶奶好像喊着小男孩什么，但是小男孩并没有回应，只是继续拿着字典往前走去，直到走到了一家包子铺门前。

这包子铺在店门外，支上了几张破旧油腻的方桌圆桌，食客要了包子，就直接端到桌子上，吃完走人。小男孩和这家包子铺，看起来很熟的样子，很快就端来了一屉包子，找了个角落的小桌子，小口吃了起来。

这场景对我来说，再熟悉不过，因为这就是我的初三生活。我的爸爸妈妈就是国企的双职工，那时候，我自己拿着家里的钥匙，中午回家把爸妈准备好的饭菜用蒸锅热一热吃，然后自己睡会儿午觉，或者偷偷看会儿电视，下午就再去上课。有几次我忘带钥匙，就只好去家附近的包子铺吃屉猪肉大葱包子，随后再回教室。

不管我们的童年少年，是快乐还是难过，是不幸还是顺利，当我们触碰到小时候的场景的时候，都会感觉到熟悉的温馨和幸福。

但是很快，我内心深处就荡起了波澜，因为我想起了小时候的一件事。

老周和多多已经走在前面，去寻找艾文当年所在的地址了。我却忍不住去观察那个小男孩。小男孩虽然小口小口吃着包子，但是却吃得很快，应该也是饿了。小男孩正是长身体的时候，容易饿也很正常。小男孩吃完，却尴尬地发现自己没带钱。最后居然把字典押在店主那里，等向家长要钱给了饭钱再赎回字典。

虽然隔着一段距离，但是我对那个店主的表情却看得很清楚，那店主对小男孩大声嚷嚷道："念书这么好，却给不了包子钱，看来念书也没什么用。"小男孩涨红了脸，放下字典，低着头红着脸离开了。

小男孩离开的时候没看清路，把路边玩耍的一个五六岁的小孩子的玩具狗踢飞了。那小孩子一下子大哭起来，然后着急地跑过去捡那件玩具狗。小男孩也不好意思起来，紧追着小孩子去捡玩具狗。

时光仿佛回到了过去，我猛然想起来，那个小孩子马上就会因为那个玩具狗，而坠入下水井。虽然那小孩子最后被救了起来，但是后来好像因为受到了惊吓，丧失了说话的能力。这件事，一直是我心中最为隐秘的痛。

一瞬间，关于那件事的所有记忆都复活了起来，我担心悲剧重演，拼命往前跑去，大喊："孩子们危险，别跑了！"

章玫不知道怎么回事，也跟着我往前跑去，老周和多多听到动静，也转身追了过来。我只看到了孩子危险，却没注意脚下，结果一脚踏空，坠入了路边挖开的下水井中。

第三十八章 遭遇攻击

就在我的脚已经碰到了脏水的时候，我感觉脑袋被人抓住了，随后是我的肩膀、我的胳膊——老周在千钧一发之际，探下身来，一把薅住了我，这才把我救了出来。

我站到地面上，腿已经软了，这时路边已经围了一大圈人，我顾不得自己，扒开人群，想去看那两个孩子怎么样了。但是那两个孩子已完全没了踪迹。

我问章玫道："章玫，你有没有看到两个孩子去路中心追逐玩具狗？"

章玫一边捏着鼻子，一边拿出纸巾，帮我擦拭脸上的脏污，道："那两个孩子没事，大孩子拿到了玩具狗，给了小孩子。之后两个孩子就同时离开了。倒是甄老师你，刚才是怎么了？怎么突然跑过去，还慌不择路掉到下水井里了，臭死了。"

我惊魂已定，艾文对我的攻击已经开始了。要不是老周是特种侦察兵出身，身手敏捷，估计我已经淹死了。

事出突然，我们只好放弃原计划，先回到酒店。我把自己洗干净，换好衣服。等我出来的时候，老周一直在我的房间里等我，看样子是在保护我。

老周见我出来，拿出手机通知多多和章玫，说我收拾好了。她们二人就住在隔壁，不到一分钟，敲门声响起。

我知道所有人都在等着我的解释。大家落座之后，我对三人说道："我想，艾文已经追踪到我们的行踪了，而且这次，他攻击的人是我。"

章玫关心道："甄老师，你可不能有事。我们有事的话，还能靠你来救；你要是有事了，我们怎么办啊？"

我故意做出轻松的表情说道："这次老周救了我，总算是福大命大。看来艾文也不是每次都能得手。虽然老周、多多和我都受到了攻击，但我们都好好地活着呢。"

多多说道："老甄，我们之所以没事，根本原因是我们一直在一起，能够互相帮助和保护。要是单独行动的话，我们几个人可能早就因为不同的意外死了。我好庆幸在关键的时刻遇到了你和老周。不然的话，也许我可能早就死了，不是自杀就是意外。"

老周扔给我一根香烟，同时自己也叼上一根，对我说道："好哥们儿，抽根烟压压惊，这次艾文是怎么攻击你的？"

我点香烟，吸了一口，捋捋思路，说道："正如我所担心的，我们在调查艾文的老底，艾文也在调查我们的老底。艾文能够用唱经声攻击老周，用江涛来引诱多多自杀，他也找到了我少年时期的一件事情。

"这件事就是那个手捧英文字典去包子店吃包子的少年所表演出来的事情。当时我自己回家，忘记带钥匙了，去我家附近的包子店吃包子，但是没有带钱，就把字典押给店主，约好等我放学向家长要了钱，就过来赎回我的字典。可是因为不好意思，不小心把路边玩耍的一个小孩子的玩具踢飞了，那个小孩子去追逐玩具的时候，坠入了下水井。小孩子虽然没死，却从此丧失了说话的能力。为这件事，我爸妈把多年的积蓄都赔给了那家人。我对那个小孩儿也是一直充满愧疚。从那以后，我搬了家，也很快考上了高中。我虽然把这件事深深压抑在了心底，但是没想到，今天却被同样的情景唤醒了。在那瞬间，我担心当年的悲剧重演，所以不顾一切地奔跑过去阻止，却没想到真正的陷阱就在我的脚下。"

我说完，三个人都陷入了沉默。最后还是老周打破了沉默，对我说道："如果那个下水井，是早就准备好的陷阱，那么艾文是怎么预测我们出现在这里的？要是他能预先推测这些，还能安排好两个小演员等着你，那就太可怕了。这说明从进入这个城市开始，我们就已经被人盯上了。"

多多说道："这么精准的一场操作，不可能是一个人能做的。我们现在能知道的是，至少有两个孩子参与其中，还得有把下水井盖打开的人。他们会不会对我们再次进行其他的攻击呢？"

章玫担心道："艾文会不会也在这个城市？"

我说道："艾文要么养着一个团队，专门做这些脏活；要么就是有其他同伙，能够对他想对付的人进行深入的调查，还能落实他的指令，完成意外的制造。"

老周点头道："我想，大概率是有一个团伙被他控制，帮他处理这一切。因为这些事情单凭平等的合伙关系是没法实现的。艾文如果有个犯罪团伙，那么这个团伙里，会不会有其他人是能够指挥艾文的？"

多多道："这么说，储力和赵晓东的死亡如果不是意外，而是人为制造意外的话，就也是艾文的团伙做的了。原本以为是他一个人做坏事，现在想想好可怕，居然是一伙人。老甄、老周，我们现在投降放弃好不好？我不想大家总是冒险，至少我们躲起来也好。反正我们现在还有点钱，我们去国外躲一躲怎么样？"

章玫看看我和老周，眼中也是充满恐惧。我和老周相互看了一眼，老周说道："根据我对艾文的分析，如果我们不对付他，就算我们投降，他也不会放过我们的。你想想，曹洁全家都死了，你请来调查他的两个朋友也死了。我们不知道的死人还不清楚有多少。以他这种斩尽杀绝的性格，不置我们于死地是绝对不会罢休的。"

我接着老周的话说道："艾文内心阴暗，又获得了大量的不义之财，他对所有可能威胁到他的人斩草除根，才会放心。所以我们也只能尽快找到他的破绽，才能彻底解除危机。"

　　章玫问道："既然艾文已经知道我们在这里，已经开始对付我们了，那我们是不是还要去调查他父母的往事呢？他会不会有所防备，让我们毫无所得？或者说他会不会把那些知情人都杀了呢？"

　　我回应道："把所有无辜的知情人都杀掉是不可能的，有防备是肯定的。考虑到艾文的自负性格，他并不会太在乎我们调查他父母的情况。他应该也早就知道了自己并不是付国栋的亲生儿子。但还有些事情是他知道，而我们不知道的，或者是他自己都不知道的。我们必须把所有事情都搞清楚，这样对付艾文才能更有把握。"

　　老周道："这次我们用什么身份去调查这件事呢？"

　　多多道："再用我是他未婚妻的身份，就不太好了吧？"

　　我说道："这次就得老周出马了，直接和艾文父母的老邻居说，艾文犯了事，需要调查他。"

　　我们四人再次来到了第二机械厂家属楼，老周效率很高，找到了艾文父母的老房子。刚好附近有一个看起来七十多岁的老奶奶，老周向她打听道："阿姨，我们是北城市警察，有一件事需要了解——25年前的付国栋被妻子张志华毒死的案子，您知情吗？"

| 第三十九章 | 旧案存疑

　　老奶奶被老周一下子问蒙了，缓了一会儿才说道："那件案子都过去那么久了，总算有人翻案了。"

　　我们四人大吃一惊，老周正想细问，老奶奶却自顾自地招呼起来："四位同志，到家里来说吧。有些事在我心里藏了二十几年了，你们今天不问，也许我就要把这些事带进棺材里了。

　　"我退休前是机械厂医院的护士。分配房子的时候，我和国栋大哥成了邻居。我当时特别高兴，因为国栋大哥是厂里出了名的老好人，乐于助人，厂里没有人不喜欢他的。

　　"国栋大哥是从附近县里招工进来的，在这里没有什么亲人，他刚进厂子的时候，就是张志华她爸爸老张师傅一手带出来的。虽然国栋大哥没什么文化，就上过小学，认识些字，但是在维修设备上很有天赋，其他维修工人需要老张师傅手把手教上好几遍，而国栋大哥只需要教一两遍，就能学会了。国栋大哥在厂子里干了十来年，厂子里任何设备，没有他修不好的。而且他的手也特别巧，又会瓦工，又会木工，我们不少人结婚的柜子都是请国栋大哥给做家具，他甚至还会在柜门上雕花。"

老奶奶说起这些来，颤巍巍地站起来，指着客厅里的一组老柜子，给我们介绍道："这组柜子就是当年国栋大哥给我亲手做的，他用了三个月的下班时间做出来的。你看，柜门上还刻着龙凤呈祥的花纹。"

我凑到柜子跟前，闻到了柜子上淡淡的老木头香味，木头应该是香樟木的。柜子门上的确刻上了龙凤纹，虽说不够精致，但是看起来也颇为神似。

老奶奶坐回去，继续讲述道："国栋大哥，其实早就知道付清不是他的儿子。长得明显不像，瞎子也能看得出来。只是周围邻居觉得他可怜，不忍心告诉他。没想到，国栋大哥人虽然老实，却一点都不傻。

"记得有一次，国栋大哥在厂门外的小酒馆喝多了，我刚好下班，路上遇到了他，我从没看到过一个大男人哭得像个小孩子一样。小酒馆等着打烊，但是因为国栋大哥在那里，所以小酒馆的老板极不耐烦。

"我想起国栋大哥平时的好处，就进去帮他付了账，跟跟跄跄地把他扶回了家。他儿子付清那几天被张志华带着出去参加夏令营了，家里就只有他一个人。我后来知道，其实是张志华和曹雄带着付清出去旅游了，人家才是真正的一家三口。

"我们所有人都瞒着国栋大哥。没想到当我把国栋大哥扶到床上的时候，国栋大哥却突然抓住我的手，告诉我，他早就知道儿子付清不是他的，因为他没有生育能力。

"我当时大吃一惊，没想到国栋大哥这么好的一个人还有这种隐情。我对国栋大哥说，既然知道付清不是亲生儿子，还能对他那么好，他真是好男人。国栋大哥说他背负着老好人的名声，反而对谁都得好了，一旦他不好了，别人立刻就觉得他之前所有的好，都是装出来的。但是这次，他不想好了。

"国栋大哥从他的口袋里掏出一张纸递给我，他已经醉得眼睛都睁不开了，递给我的时候手都是哆嗦的。我拿起那张纸来看，原来是他的诊断证明，他得了肝癌，已经是晚期。

"我知道肝癌这种病很痛苦，难怪这段时间国栋大哥瘦了那么多。国栋大哥这个时候已经迷迷糊糊地醉过去了。但是他还在嘟嘟囔囔，说要让他们都给他陪葬。

"我当时没想那么多，把诊断书放回国栋大哥的口袋里就离开了。过了几天，国栋大哥悄悄找到我，先是谢谢我，随后又问我，他喝醉了的时候，有没有说过什么不该说的话。我本身就性子沉闷，平时都不爱讲话的。他这么紧张地问我，我就什么都不敢说了，只是说把他扶回家，他倒在床上就睡着了。

"国栋大哥虽然将信将疑，但是也没有办法。只是对我凄惨地一笑，叮嘱我说：'王云，要是你听到我说了什么醉话，以后有人问起你来，你千万不要告诉别人。大哥谢谢你了。'"

这个老奶奶叫王云，我们来问事情太顺利，老奶奶一下子就和我们说了这么多。老奶奶给我们倒了点茶水，对我们说道："那件事，我太想说出去了，都忘了给你们倒口水喝了。"

我们谢过老奶奶，想起这些日子受到的攻击，不约而同地把茶水杯都放下了。

老奶奶并没有注意到这些，而是继续沉浸在当年的往事里："我当时还一直以为，国栋大哥知道自己命不长久，所以打算在临死之前，杀死张志华泄愤。没想到，过了几天之后，国栋大哥在家里死了。我当时看到张志华假装悲痛的脸上分明透着轻松。国栋大哥的丧事是我们这些街坊邻居帮忙操办的。可是在操办的时候，居委会的司大姐趁着张志华不在的时候，对我们神秘兮兮地说，国栋大哥在死之前找过她，说要是自己突然死了，肯定是被张志华和曹雄谋害的。她想报警。

"司大姐这句话在帮忙的街坊邻居中很快就引起了公愤，大家觉得国栋大哥人这么好，现在却不明不白死了，再加上我们所有人都清楚张志华和曹雄的事情，也都知道付清根本不是国栋大哥的亲生儿子，而是张志华和曹雄的。

"现在国栋大哥突然死了，我本来想起他喝醉那天说过的话，但是看着街坊邻居群情激愤的样子，就把到了嘴边的话咽了下去。最后司大姐报了警，警方验尸，确定国栋大哥是中毒而死，而中的毒就是张志华学校化学实验室内的一种化学制剂。警察走访我们的时候，我们所有的街坊邻居都把张志华和曹雄的关系告诉了警察。这两个奸夫淫妇很快被逮捕了。当时正是严打，不到两个月，张志华和曹雄，就被判处死刑了。

"那之后，我就再也不敢说这些事情了。但是我觉得这件事有蹊跷，可是我也不知道该怎么办。国栋大哥、张志华、曹雄都死了这么多年了，连付清都被送到孤儿院去了。这件事就一直埋在我心底，我本来以为自己忘了，没想到，二十多年过去，这件案子还是被翻出来了。你们是不是发现了当年那件案子的疑点，所以重新调查来了？"

老周说道："我们奉命了解情况，谢谢您，王奶奶。时候不早了，我们就先去工作了。"

我们和王云老奶奶道谢之后，起身离开。

我们又去和几个老人聊了聊，老人家七嘴八舌地说起当年的事情，基本上都是一致的，那就是居委会的司大姐当时提出，付国栋死前和她说过，要是自己莫名其妙死了，肯定是死在了张志华手里的话。所以她号召大家报警。

而当年的居委会司大姐已经在几年前去世了。

|第四十章| 办案警察

我们在第二机械厂家属区所能获取的资料也就这些了。我们回到酒店，讨论一整天的信息。

多多最先说道："王奶奶说的是不是真的呢？按照她的说法，艾文法律上的父亲付国栋很可能是自杀的，但是他的自杀却被认定为被谋杀。但是这种说法，也只是她的一面之词。"

章玫说道："这么说的话，不就是当接盘侠的老实人反杀了。周叔叔，你是当过刑警的，当年的案子还能翻出来查吗？"

老周说道："我想想办法，看看能不能找到当时办案的警察，或者看到案件的原始卷宗。这种案子，一定是老警察办案。老警察的特点就是不会轻信任何人。特别是这种人命案，没有完备的证据链是不可能把张志华与曹雄两个人都判处死刑的。"

章玫问道："证据链都包括什么呢？"

老周说道："这件投毒杀人案，证据链必然包括以下几点：毒药类型；盛放毒药的器皿，器皿上是否有嫌疑人的痕迹，比如说指纹；嫌疑人是否存在不在场时间证明。如果这三个角度的证据都完整，比如说，毒死付国栋的是米饭，那么米饭碗中残留的毒药，和死者体内的毒药是同一种；碗被张志华接触过，碗上有张志华的指纹；毒药来源与张志华有关系，从案件公布的情况来看，毒药是从张志华学校的实验室偷出来的，那么偷的过程中，是张志华偷的，还是曹雄偷的，还是张志华和曹雄共同偷的，只要有足够证据，证明两个人与丢失的毒药有关系，那么毒药这个证据环节就锁死了；死者付国栋服毒到死亡的这段时间里，张志华是不是在现场，是不是有不在场证明。张志华和曹雄两个人是不是共谋杀死付国栋，这个主要看他们俩的口供了。口供和关键证据完备了，那么就是事实清楚、证据确凿。特别是在发生这件案子的严打时期，很快就判处死刑枪决了。"

多多问我道："老甄，你怎么不说话，你怎么看啊？"

我回答道："我想去查一查，这个王奶奶在遇到我们之前，有没有接触过其他什么人。"

老周奇怪道："为什么要查她？你认为她在说谎吗？"

我回复道："自从我们在这里遇到艾文袭击之后，我对我们遇到的所有人和所有事都不是很相信。"

老周对我笑道："我原以为你的胆子比我还大，没想到，你也是'一朝被蛇咬，十年怕井绳'。"

我摸摸后脑勺，对老周说道："咱们不是办案人，具体的办案细节没法知道，我们得到两方面相反的信息，太过巧合了。"

章玫问我道："甄老师，可是这件案子对我们来说，到底有什么用呢？我们不是为了对付艾文的吗？"

多多附和章玫道："对啊，老甄，艾文父母的案子，两种不同的真相对艾文的影响会很大吗？为什么我们一定要找到真相呢？"

我说道："我们现在只是猜测艾文的血缘父亲是曹雄，不能确定。但大概率是，我相信艾文事后也知道了这点。我们假设，的确是张志华和曹雄合谋杀死付国栋，之后二人被判刑枪毙，艾文成了孤儿，他内心深处所有的仇恨都是针对他母亲张志华的，因为这一切惨剧的根源都是他母亲张志华，那么他之后对女性进行PUA，谋财害命的根本原因就是他要对他的母亲进行报复；至于为什么他会诱导曹洁一家自杀灭门，那么可能就是因为曹洁一家都姓曹。小孩子的仇恨会转移到一切相似或者相关的东西上，包括姓氏。

"如果王奶奶说的都是真话，假设艾文知道了，那么这件惨剧，就不是他母亲张志华造成的，而是他法律上的父亲付国栋有意造成的，那么他对女性谋害的心理动机就不是来自对他母亲张志华的报复，而是由其他的经历造成的。我得弄清楚这点，才能找到艾文的崩溃点，让他自己说出所有的罪行，这样

心
理
师

我们才有可能达到目的。否则，单凭我们去找证据要艾文认罪，这种可能性太低了。"

老周问道："多多，艾文有没有和你说过他之前的感情生活？"

多多回想了一阵子，回答道："艾文连曹洁的事情都没告诉过我。他之前的感情生活根本没和我提过。"

我说道："艾文有意隐藏自己的过往，那至少说明一点，就是艾文本身就是防备多多的，也许他之前所有的女朋友都是意外或者自杀死亡的。所以他不敢让精明强干的多多知道那么多细节。"

老周在努力找当年的办案人员，打了一通电话之后，回来说道："我联系到了当年参与办案的老警察吴建国，我们可以现在就去找他。"

我们找到了约见面的茶馆，进了包厢，一名微胖的老警察正在等着我们。老周快步走过去，对老警察打招呼道："建国老哥，原来当年这件案子是你办的。"

吴建国仔细打量了老周几眼，和老周握了握手，对老周说道："周伟，还真是你，咱们一晃也十多年没见了。我听说你辞职不做警察了。本来我这个做哥哥的，还想劝劝你来着，但是也不知道你发生了什么事情，所以最终也没有说。"

老周转头对我们解释道："我和建国老哥，曾经在全国刑事侦查培训班是同学。我也没想到，打听一圈，遇到了旧相识。"

老周说完，把我们一一介绍给吴建国，吴建国对我还有印象，说道："寒江集团那件案子，其实我们这些干警察的，都能猜到于文泽是被人谋杀，但是没有证据。你的直播也被警察关注过，但是最终出于结案的目的，没有人去找你罢了。你也是公安出身的，对这些自然很明白。"

我点头道："那件案子也是阴差阳错，好在最后天理昭彰，报应不爽。真正的恶人也算是受到了应有的惩罚。"

吴建国招呼我们坐下，点了茶水，转头对老周问道："周伟，我想知道，你们为什么问起20年前的那件旧案，是有什么事情吗？你们也不是警察了，应该不是为了翻案吧。"

老周赶忙回应道："建国大哥，我们对翻案什么的一点兴趣都没有。我们其实是为了当年的付清而来的。"

吴建国讶异道："付清？他那时候是个10岁的小孩子，说起来也挺可怜的。他出了什么事？"

老周给我递了个眼神，我就把我们调查艾文的事情的经过，尽可能简要地对吴建国讲述了一遍。

吴建国听完，脸上浮现出好奇的神色，对我们说道："你们说当年的那个小孩现在通过心理控制制造意外，或者诱导别人自杀犯罪——这种案子的确很难破获。那么按照你们的说法，知道当年的真相，对搞清楚他的心理特征关系重大。虽然我不太理解，但是我很愿意把当年的破案经过告诉你们。"

| 第四十一章 | 汗蒸房聚

吴建国饮了口茶，有条有理地说道："当年付国栋被毒死的案子在我们这个小城，闹得沸沸扬扬，张志华和曹雄被押赴刑场，公开行刑的时候，不少听说此案的群众，还往车上扔了泥块石头，二人到了刑场，身上脸上都是青一块紫一块的。现在法治昌明，这些情况都不会出现了，但是20年前，就是这样的。案发后，第二机械厂公房区居委会的司主任报案称，他们那边有个职工叫作付国栋的，突然死了。付国栋在死亡之前两天，还突然找到过司主任，说要是自己死了，一定是被人害死的。没想到几天后真的死了。所以司主任在付国栋的葬礼上说出了这件事，在场帮忙的群众很是激动，要求司主任报警。

"当时是严打时期，我们接到报警之后，对这种群众反映强烈的案件都会非常重视。立案之后，我们迅速控制了现场，法医对付国栋的尸体验尸之后，确认付国栋是死于碱化物中毒，我们通过调查发现这种碱化物是中学实验室的实验材料。而张志华工作的小学是中小学共用一个校园的学校，就是第二机械厂子弟学校。这所学校的学生涵盖了小学一年级到初中三年级的所有学生。张志华是小学音乐老师，曹雄是初中体育老师。张志华的儿子付清则是这所学校的小学四年级学生。

"从立案开始，我们就迅速控制住了张志华和曹雄，同时也封了付国栋家。法医确定付国栋死于中毒之后，同时也在付国栋家进行了仔细的搜查。最后从付国栋家里找到了沾有同样碱化物的茶杯和茶壶。我们对茶杯、茶壶做了指纹检查，上面有张志华的指纹。同时，我们去第二机械厂子弟学校调查的时候，发现这种碱化物被人偷走了一些，而看管实验室的老师则在前几天，看到了曹雄在实验室附近上厕所。

"那件案子调查到这里，张志华和曹雄的嫌疑就非常大了，因为所有的物证人证都指向了他们。我们剩下的事就是加大审讯力度，张志华和曹雄本来都不承认，但是在铁的证据面前，最终两个人都承认了共谋毒死付国栋。具体共同犯罪的过程就是，曹雄从子弟学校里偷来了剧毒碱化物，张志华则投到了付国栋习惯使用的茶壶中。

"这件案子社会影响很大，我们又走访了第二机械厂的很多群众。群众普遍反映，付国栋是整个第二机械厂有名的老好人，谁家需要帮忙，都会热情帮助。而大家对张志华的评价普遍不好，只不过因为张志华的父亲老张师傅在第二机械厂人缘很好，大家对张志华的评价有惋惜和可怜。对于曹雄，不少群众反映他平日就风流出名，和不少女青年都交往过，而且据说和学校的有夫之妇，也有关系。还有不少群众问我，曹雄是不是被判死刑，并且表示这种人真是该死。

"口供、物证、人证都齐全了，案子就成了铁案，社会影响又很大，所以当时上级指示很明确，就是从重从快宣判处决。两个月后，我们办完所有手续，张志华和曹雄被执行枪决。本来付清是付国栋房子的继承人，但是付国栋在乡下的弟弟付国梁，认为付清不是付国栋的亲生儿子，反而是害死付国栋仇人的野种，所以把付清赶了出去。居委会司主任没办法，请示民政局后，将付清送到了邻省的孤儿院抚养。"

吴建国把整个破案的过程给我们简述了一遍，只不过这个说法和当年的新闻官宣的版本几乎完全一样。

老周端起茶杯，对吴建国敬茶道："建国大哥，我知道你查出肝脏不舒服之后就戒酒了。老弟先给你敬杯茶，以茶代酒。今天和我来的都是自己人，这点你放心。"

我们几人看到老周递过来的眼色，也纷纷举起茶杯，对吴建国敬茶。多多更是表态道："吴警官，当年这件案子对我们来说太重要了。要是判断失误，妹子这条命早晚都没了。"

吴建国见我们这么说，不好意思起来，但也只是低下头去，假装喝茶。场面一时尴尬起来。

老周打破沉默，对吴建国说道："建国大哥，咱们两个也好久没有去桑拿了。我知道你有风湿，桑拿对你身体好。只是不知道这个城里有没有好的桑拿店。"

吴建国这才抬起头来，回应道："这里有家老铺子是正规的，我常去。没想到周伟老弟还记得我这个爱好。"

老周热情赔笑道："哈哈，我们这段时间一直霉运不断，正好去桑拿店洗洗晦气。建国大哥，你说的那家店有女宾部吗？"

吴建国点头确认道："有的。"

我们分别打了两辆车，老周和吴建国在前面带路，我和章玫、多多跟在后面。章玫在车上忍不住好奇问道："甄老师，咱们还要去洗桑拿吗？这多不好意思啊。"

我和多多还没开口，出租车司机已经热心地说道："小妹妹，你自己要保护好自己，现在的男人歪心思多着呢。要是感觉有什么不对，一定要记得立刻报警啊。"

多多把嘴凑到章玫耳边，小声地对章玫说了几句话。章玫满脸通红，看来欲言又止，但是最终又把想说的话咽了下去。

小城很小，我们在路上也就是十几分钟就到达了一个两层楼的汗蒸馆。

吴建国和这里很熟的样子，他一进门，服务生就很热情地过来招呼："吴叔，今天这么早就来汗蒸了啊。"

吴建国指着我们四人对服务生说道："这几个朋友是和我一起来的，回头都记在我的会员卡上就好了。"

我看多多本还想说她请客的，但是被老周悄悄地摇头阻止了。

这家汗蒸馆是分男女宾部的，我们领了手牌和拖鞋，多多和章攻去了女宾部，我和老周、吴建国去了男宾部。

我们在更衣室的更衣柜是挨着的，我们三人脱掉自己的衣服，披着浴巾，进了洗浴房，稍微冲洗一下，就去了一间小的汗蒸室。我们三个男人围着浴巾，坐在汗蒸室内，老周还舀了点水，浇在了桑拿石上。一瞬间，这间桑拿房内蒸汽缭绕，也不知道是身上的汗水还是蒸汽，在皮肤上流动，我用浴巾擦了擦，感觉很是舒服。

我们三人坐好，老周才开口说道："建国大哥，现在您可以和我们说了吧。甄老弟也靠得住，他是心理学方面的专家。"

吴建国嘿嘿笑了一下，这才说道："周伟老弟，你别怪老哥谨慎。因为这件案子早就结了，当年办案的兄弟都立功受奖了。要是因为几个疑点而翻案，我就成了罪人了。话说回来，张志华和曹雄也是死不足惜。"

老周问道："难道张志华和曹雄在临刑前没有喊冤？"

吴建国叹了口气，说道："按照规矩，要是死刑犯临刑前喊冤的话，会暂停行刑，补充侦查的。可是这对野鸳鸯认罪之后，一直到死都没吭过半声，死前二人四目相对，相互点头，随即互相说了句话，就双双赴死了。"

第四十二章 当年疑点

我和老周互相看了一眼，老周问道："张志华和曹雄临刑前相互说了什么？"

吴建国说道："张志华死前对曹雄说：'就是苦了孩子，他无依无靠了。'曹雄回复说：'孩子这么小就这么厉害，就算没有我们，将来也能过得很好的。'两个人说完这两句话就到了行刑时间，先后被枪决而死了。"

我忍不住问道："建国大哥，这些事现场是不是还有其他人看到，他们两个人说的话，现场是不是还有其他人听到？"

吴建国用浴巾擦了擦自己脸上的汗水，又拧开绿茶，喝了两口，回应我道："当时现场有行刑的武警、监刑的检察官、验刑的法医，围着看的群众都被隔在几百米外。听到张志华和曹雄说这几句话的就只有我和监刑的检察官了。不过那个检察官，前两年已经病故了。"

老周问道："事后，城里有没有人议论他们二人临刑前的这两句话呢？"

吴建国说道："这件事，我们也口头给上级汇报过。上级严令，既然案子已经结了，就没必要再起波澜，让群众猜测议论了。这么多年要不是你们问起来，这件事我都打算带进棺材里了。"

老周说道："建国大哥，我知道你的，主要是想找出真相，并不在意那么多影响。"

吴建国听到老周的这句评价，脸上浮现出笑意来，拍着老周的肩膀说道："周伟老弟，在这点上，咱们哥儿俩是一样的，我知道你当年辞职也是因为这样的狗熊脾气，为了追查案子的真相，谁的招呼都不给面子的。我之所以愿意把这些事告诉你们，一是因为信得过周伟老弟和瀚泽老弟，另外也是因为当年那几个疑点，一直在我心底装着。也许那件陈案的真相再也不可能找出来了。"

我听到吴建国这么说，心头一动，但是我们还不能告诉他王奶奶讲的内容。如果吴建国也说出类似的推测，甚至能举出证据的话，就可以基本推定当年的真相了。

我和老周都没有说话，只是默默地等着吴建国继续说下去："那件案子有两个根本的疑点：第一，我调查到，死者付国栋已经得了肝癌晚期，医院给他确诊的医生说，他活不过半年了，那么张志华和曹雄应该只需要等着他病死，就可以光明正大、名正言顺地和付清一家三口团聚了。10年都等了，没道理这半年等不了，非得要铤而走险，毒死付国栋。就算真是张志华下毒毒死付国栋，为什么不及时把沾有毒药的茶杯茶壶洗干净或者丢掉呢，如果真是她下的毒，她不可能还留着证据等着我们查到的。第二，机械厂子弟学校实验室丢失的那种碱化物，在张志华和曹雄被处决后一个月，实验室老师的儿子也中毒死了，死因也是同样的碱化物中毒。我当时去现场确认，在实验室老师家发现的碱化物正是机械厂子弟学校实验室丢失的一部分。经过调查来看，是实验室老师的儿子从实验室内偷出来的碱化物，小孩子是误食死亡的。"

老周问道："那怎么证明碱化物是实验室老师儿子偷出来的，而不是曹雄偷出来的？"

吴建国说道："我们在实验室的碱化物保存器皿上验出了指纹。其中一枚指纹与经常接触器皿的几个老师的指纹对不上。那上面的指纹并不是曹雄和张志华的，而是属于那个同样中毒而死的孩子的。"

老周问道："张志华与曹雄被审讯的过程中是不是因为上了手段，才认罪的。"

吴建国顿了一下，没有直接回答，只是说道："他们两人在案发的关键节点提供不了关键证据证明自己的清白，最后在压力下承认了犯罪过程。"

老周道："当年还不是疑罪从无，而是疑罪从有，更何况那件案子影响那么大，那也难怪了。"

我给老周递了个眼色，老周把我们从王奶奶那里得到的口供，讲给了吴建国听。吴建国听后大吃一惊，对我们说道："这么说的话，那件案子就更复杂了。付国栋的确存在故意毒死自己然后栽赃给张志华与曹雄的动机，因为他本身就命不长久，而且肝癌晚期很痛苦，所以他选择用自杀提前结束自己的生命，同时栽赃给张志华与曹雄，拉着两人陪葬。至于付清，本来也不是他的亲生儿子，他在仇恨之下就根本不在乎了。但是付国栋怎么弄来那种碱化物呢？"

我问道："建国大哥，你是否调查过，实验室老师的儿子在学校里和谁关系比较好？他是否认识付清？"

吴建国点头，回应道："我调查过，那孩子和付清是好朋友。"

老周道："有可能是，付国栋让付清通过那孩子偷一点碱化物出来，然后服毒自杀，嫁祸张志华与曹雄，那么付清就是知情者。"

吴建国思索了一会儿，回答道："这么说就都解释得通了。为什么张志华没有及时处理沾有毒物的茶杯茶壶；为什么我第一次讯问的时候，张志华与曹雄，完全不知情的样子；为什么张志华和曹雄知道付国栋得了肝癌，只剩下半年的命之后，满脸苦笑，认为自己该死。"

我说道："但是解释不通他们两人临刑前的那段对话。"

老周想了一下，说道："对，曹雄死之前，为什么会说付清那么厉害？"

我问道："建国大哥，你还记得张志华、曹雄、付国栋三个人的血型吗？能确定付清就是张志华与曹雄的私生子吗？"

吴建国闭上眼，努力回忆了一阵子，说道："我想起来了，当时我带的徒弟年轻气盛，又是高才生，对付清到底是谁的孩子非常执着。他特意去查过他们的血型。张志华和曹雄都是O型血，付国栋是B型血，而那个付清的血型，没机会查，他对此一直耿耿于怀。"

我们不知不觉间已经在桑拿房里待了半个多小时，每人都喝了两瓶饮料，三个人都蒸得满身是汗。老周又问了吴建国几个细节问题，我们聊完之后，出了汗蒸房。

我们换好衣服之后，老周把我支开，要我先去外面等候多多和章玫。他和吴建国还要再私下聊几句。

我到了等候厅，请服务生帮忙，去女宾部通知多多和章玫，我们要离开了，却没想到服务生回来告知我，她们正在洗牛奶浴，要我们多等一会儿。我心想女人洗澡和男人洗澡还真是不同，男人五分钟，女人五十分钟。

过了几分钟，老周和吴建国也换好衣服出来了，吴建国自己打车先行离开。老周告诉我，吴建国叮嘱他，在桑拿房里说的话，千万不要泄露给媒体，他再三保证。

老周问我道："老甄，你是不是等着问多多，艾文的血型是什么？"

我点头回答道："是的，虽然从我们知道的消息来看，艾文的照片与曹雄有几分相似，从王奶奶那里得知付国栋说自己没有生育能力。但总是要取得直接证据，才能确认这点。"

老周说道："曹雄和张志华临死前说的'孩子这么小，就这么厉害'，必然说的是艾文，我想他们一定是想明白了什么，只是因为孩子，不愿意说出来。"

我和老周边聊边吸烟，这时多多和章玫已经走了出来，两个美女做完牛奶浴容光焕发，在汗蒸房门口走出来，吸引了很多男人的目光。

多多和章玫走到我和老周跟前，问我们道："怎么样，刚才在桑拿房里，你们几个男人赤诚相见，是不是问到了实情？"

我点点头，对多多说道："这些事咱们回到住处再说，但是你要先回答我一个问题，艾文的血型是什么？"

多多："是B型。"

我们回到了酒店，刚进入我的套房，章玫就已经忍不住了，对老周说道："周叔叔，那个吴警官到底说了什么啊？我和多多姐都好奇死了。"

老周坐在沙发上，伸了个懒腰，说道："这种案子，当年牵涉很多人，要是被别有用心的人录了音，回头翻了案，他的退休生活也就毁了。但是，他也是不放弃求索真相的性子，不然也不会用这种方式告诉我们当年他查出的疑点。"

章玫追问道："为什么甄老师见到我们第一句话，就是问多多姐姐艾文的血型？"

我回答道："因为我要确认，艾文到底是付国栋的儿子还是曹雄的儿子。"

多多道："我们不是之前就发现艾文和付国栋没有相像的地方吗？你还要验证艾文的生父到底是谁？那知道了艾文的血

型，验证了吗？"

我说道："张志华和曹雄的血型都是O型，付国栋的血型是B型，艾文的血型是B型。"

章玫睁大眼睛，奇怪道："这样来看的话，张志华和曹雄生出来的孩子只可能是O型血啊，不可能是B型血。艾文的血型和付国栋的血型是一致的。那么艾文就应该是付国栋和张志华亲生的，但是为什么会看起来不像呢？"

老周说道："艾文与付国栋看起来不像，很可能是因为他主要遗传了他的妈妈张志华。有不少这样的例子。"

多多对老周说道："老周，你还是先给我们讲讲，吴警官都和你们说了什么吧。"

老周把吴建国讲的内容对多多和章玫详细地讲述了一遍。

她们听完，多多对我们说道："从当年的办案者吴警官总结的疑点来看，张志华和曹雄应该是被冤枉的。王奶奶所说的，付国栋知道自己命不久矣，怀疑艾文是张志华和曹雄给他戴绿帽子的私生子，所以他才决定服毒自杀并且嫁祸给张志华和曹雄。这就是付国栋对王云所说的，要让别人给他陪葬的意思。"

章玫问道："可是那毒药最有可能是艾文拿回家的。那么艾文究竟是在付国栋的指使下去拿毒药，还是艾文自己拿毒药的呢？"

老周说道："真实情况到底是怎样，那只能去问艾文了。

但是现在可以确定一点，这些话是王奶奶有意说给我们听的。她为什么这么做呢？这得问老甄了。"

我顺着老周的话茬说道："王云是自己故意对我们说谎，还是因为有人给她做了手脚，让她相信这些内容是她自己的记忆，我们可以去验证一下。只需要问她一个问题——肝癌晚期的付国栋烂醉如泥之后，他有什么反应。据我所知，肝癌晚期的病人过度饮酒之后，是会格外痛苦的；就算是平日酗酒的人得了肝病或者肝癌的话，他对酒精的生理反应就已经不是喜好而是厌恶了，强行饮酒会让他的肝部更疼痛，而王云是护士，没道理不知道这些细节。可是从她对付国栋酒后状态的描述中，付国栋完全没有一个肝癌病人饮酒后的不适反应。那么她讲述这些内容的时候，要么就是有主观意识说谎，但是没注意到这个细节；要么就是她自己的记忆出了偏差，是有人对她进行了干预，让她把这些内容当成自己的记忆，说给我们听。"

老周拿出自己的笔记本翻了翻，对我们说道："我记下了王云老太太的电话号码，现在就可以打电话验证。"

我们三人都点了点头，老周用自己的手机给她打电话，还按了免提。铃声响了很久，才有人接听，只不过电话里是一名男子的声音，听声音，应该是40岁左右的中年人，那个男人在电话中问道："喂，是谁？"

老周的声音中立刻就表现出了警察公事公办的语气："你

好，我找一下王云女士。我们是北城警方，有事需要找她了解。"

电话那边的男人沉默了一会儿，对我们说道："我妈前天去爬山的时候，失足从台阶上摔了下来，去世了。"男人说完，就挂断了电话。

我们面面相觑。

我和老周比画了个手势，老周抓起衣服穿在身上。章玫和多多还没反应过来。老周边穿衣服，边对她们解释："要是王云老太太真的是前天过世了，那么现在她家还在办丧事，我们过去还能看到；要是没有丧事的痕迹，那么刚才接电话的男人就有鬼了。咱们过去亲眼验证一下。"

我们第三次来到第二机械厂宿舍区，刚走到艾文小时候那栋家属楼，就看到王云老太太家的门口灵棚高搭，哀乐播放。我们走近看到灵棚中的遗照，正是王云老太太。

我们回到酒店，心情沉重。我们经历过艾文制造的意外，实在不敢相信，王云的死是真的意外，而不是杀人灭口。如果这是杀人灭口的话，可以肯定，王云老太太给我们讲述的内容，就是艾文想让我们听到的内容。

老周对我说道："老甄，艾文这种人的心理还得靠你来解读，我想不明白，为什么他会让一个老太太给我们讲述这么个故事。这故事是真是假，咱们也没法验证了。"

多多和章玫也盯着我。

我虽然还有一些疑点没有想通，但是我想我对艾文的心理构成已基本上掌握了。我对三人说道："有一点可以确定是事实，那就是付国栋在死前是故意对居委会的司主任说，如果他突然死了，肯定是被人谋害的——这直接指向张志华和曹雄。这一点，从王云的说法，还有吴建国的回忆中都可以验证。而且，我们当天在第二机械厂宿舍区询问了其他知情人，也都回忆起居委会司主任的说法了，可以确定付国栋存在这样的动机，但是光有动机，离具体实施还差很多。我更倾向于这种考虑，那就是付国栋还没有实施计划，就被毒死了。"

老周忍不住问我道："你的意思是，付国栋中毒不是自己做的局，而是被人毒死的。可是张志华和曹雄很可能是被冤枉的啊，难道还有别人给他下毒？"

我继续道："对，只不过这个下毒的人，可能目的不是毒死付国栋，而是毒死张志华。"

多多插话道："你的意思是下毒的人，是当时10岁的艾文？"

章玫附和道："一个10岁的孩子怎么可能这么大胆？而且要毒死的还是自己的亲妈！甄老师，你为什么判断他要毒死的是张志华，而不是付国栋呢？"

我示意他们继续听我说："从我们掌握的情况看，付国栋对艾文极好，是个慈父，而张志华则因为经常要和曹雄约会，晚归是家常便饭，对艾文关心不多，平日照顾艾文的就是付国栋。但是艾文从小就从街坊邻居那里，听到不少关于他妈妈的非议。小男孩在性蕾期，张志华并没有给予他足够的母爱和母子亲密度，艾文的所有烦恼来源都是母亲张志华。所以艾文如果想用杀人来解决这种困扰的话，他所想杀死的对象必然是张志华，而不是付国栋。"

|第四十四章| **真相难测**

　　老周说道："老甄，你这么认为，难道只是因为曹雄临刑前说的那句'孩子这么小就这么厉害'？这是不是有点牵强啊。"

　　我回答道："并不牵强。咱们先站在张志华和曹雄的角度来考虑这个问题。他们为什么要认罪，甚至临刑前都不喊冤呢？"

　　老周说道："这样说的话，就是默认付国栋被毒死不是张志华和曹雄下的手了。从吴建国的办案经过来看，付国栋被毒死的案子大概率不是张志华和曹雄做的。"

　　多多说道："如果我是张志华，藏着心思想把付国栋毒死的话，只要我不是傻子，就一定会把罪证毁掉啊，不过就是茶壶和茶杯，洗干净就是了。就算事情败露，付国栋被验尸证明是中毒而死，也没法证明是我造成的啊。我怎么可能留着那么大的物证等着警察找到，给我定罪。"

章玫说道："就算张志华想不到，曹雄也应该能想到啊。毕竟曹雄是男的。这种杀人的事情，想得应该更周到的吧。"

老周说道："假设张志华与曹雄在这件案子中是被冤枉的，他们二人为什么要认罪呢？"

我问老周道："老周，根据你的了解，如果两个人就是不承认，就算上了审讯手段，能不能过关？"

老周摇头道："这种情况下，证据链和口供怎么都会有出入，有经验的法官一眼就看得出来，出于综合考量，判死缓就是了。不少冤案也就是这么翻过来的。

"但是张志华与曹雄，很快就被判处了死刑立即执行，说明他们在口供上已经根据证据链全部招认了，其中可能存在审讯的过程中，有关人员给二人证据上的提示，两个人顺着提示就招了的情况。所以口供和证据就完美地吻合了。所有办案的人全都立功受奖了。这件案子更得办成铁案，证据、口供都得经过推敲审查。付国栋被毒死一案，对于办案人员来说，就是一件完美的铁案。所以吴建国才会那么谨慎，有疑点也不敢去调查。翻案的后果不是他能承担得起的。"

我说道："是的。我们先假设，案件的事情不是公开的情况。付国栋并不是被张志华与曹雄毒死的。张志华和曹雄为什么不喊冤，为什么要认罪？他们认为艾文是他俩的孩子，他们幸福生活的唯一障碍就是付国栋，只要付国栋一死，他们就可以光明正大继续生活了。所以，让他们认罪的可能的原因，就是他们想到下毒的人，可能是艾文。他们出于保护孩子的心思，把所有罪行都揽了下来。"

多多奇怪道："可是艾文那时候只有10岁，还是未成年人，就算查出来是他下毒，也就是去少管所，而不会判刑。张志华他们为什么还要揽罪呢？"

我说道："如果张志华和曹雄能够心甘情愿认罪，就一定是想保护艾文。而毒药被实验室老师的孩子偷出来之后，最有可能给的人，就是艾文。也许曹雄提前知道实验室的毒药被偷走的事情，也知道是实验室老师的孩子偷的。他们两个毕竟是第二机械厂子弟学校的老师，他们也认为艾文是他们的爱情结晶，对艾文的关注肯定更多是在艾文的学校生活中，艾文有什么小伙伴，平日里喜欢玩什么，可能比付国栋更清楚一些。

"还有一种可能是，张志华和曹雄认为，艾文和付国栋的感情没那么深，甚至认为艾文之所以要下毒就是为了毒死付国栋。艾文毒死付国栋，也许是为了和他们两个在一起。或者，张志华在艾文面前表露过，自己和付国栋的感情很糟糕，而艾文也不是付国栋的亲生儿子，依赖母亲的艾文，出于替母亲解决问题的心理，想办法毒死了付国栋。"

老周问道："但是，从艾文的血型来看，他并不是曹雄的儿子，而是付国栋的儿子。可是按照王云的说法，付国栋说过他没有生育能力。这又怎么解释？"

我回答道："王云所说的内容其中有很大一部分应该都是假话，而且她对咱们说了这一切之后就意外死亡。更有可能的就是，有人在幕后不允许我们对她所说的话进行再一次验证。如果说，王云所说的一切都是有人影响她，让她认为是自己的记忆，再转述给我们的话，那么就可以解释得通了。"

多多问道："我还是不明白什么意思。"

老周道："只能是艾文，只有他有动机、有能力、有经历。"

我说道："对。我们每个人对自己记忆深处影响很大的经历，特别是对自己不愿意去面对的经历，我们的记忆出于保护自己的目的，会给自己选择一套最能接受的说法，这种说法反复讲给别人，讲给自己，就会让自己当真了。那么艾文制造出这种说法，本质上就是要证明自己不是付国栋的儿子，是为了掩盖当年的真相和动机。"

老周道："当年的真相和他真实的动机，也只能推测，不可能还原真相了。"

我同意道："是的，其实我们分析出来的真相也不过是我们选择相信的真相，也不一定就是所有的真相。关键是这真相对我们有没有价值。10岁的艾文，弄到了毒药，他可能是出于好奇，也可能是出于故意。如果他出于好奇，比如说用家里的茶壶做了陷阱，为了毒死老鼠之类，但是忘了告诉付国栋，无意间毒死了付国栋，艾文当年也吓傻了，更不敢承认这件事。

这件事在艾文心里压了很久，他需要设计出一个说法，那就是付国栋本来就有死意，他才能减轻内心深处的压力。

"如果艾文是故意毒死付国栋，那么他的动机会是什么呢？除非艾文和付国栋的关系有我们不知道的内情。可是从我们走访的情况来看，付国栋对艾文很好，而且付国栋对艾文很好的前提是，付国栋的街坊邻里都认为艾文不是他的亲生儿子。如果艾文被付国栋虐待甚至侵害过的话，那么艾文长大之后就会对男性产生仇恨，对付的就是男性了。可是艾文明显表现出来的是对女性的仇恨。

"而艾文出于故意的另一种可能是，艾文本质上想杀死张志华。毕竟母亲偷情，对于一个10岁的孩子来说是一种困扰，而且日常照顾艾文的是付国栋，那么如果张志华死掉了，这些困扰就都没有了。但是艾文没想到，本来以为是母亲张志华喝掉毒药，但结果却是付国栋喝了有毒的茶水。而如果想验证这点，那么可以从一点再行验证，就是在付国栋与张志华之间，究竟喜欢喝茶的人是谁？或者说，是不是曹雄和张志华在付国栋的家里约会过，而张志华会拿出茶水来给曹雄喝呢？"

| 第四十五章 | **反击方案**

　　老周迅速联系了吴建国，老周挂断电话之后，对我们说道："我刚才问了吴建国，当年破案的时候是否了解过关于付国栋喝茶水的习惯。他回答说，付国栋是乡下的糙汉子，平时喝水都是直接喝自来水的，或者，桌子上有什么就喝什么，没有专门喝茶水的习惯；而张志华生活比较讲究，有人做客的时候都是给人家泡茶招待。至于曹雄是不是去过付国栋家，走访的时候有群众反映，只要是付国栋上夜班的时候，他们几乎都能看到曹雄在第二机械厂家属楼出现。"

　　多多说道："这么说的话，艾文肯定也很清楚付国栋没有喝茶的习惯，而张志华却有沏茶招待客人的习惯。那么艾文投毒是不是要毒死曹雄呢？"

　　章玫说道："艾文为什么要毒死曹雄呢？"

　　多多说道："刚才老甄说过，艾文当时处在性蕾期，处在恋母仇父阶段，但是张志华的心思明显在曹雄身上，也许艾文认为，只要把曹雄除掉，张志华就会回归家庭，和自己与付国栋好好过日子。"

老周说道："可是艾文当年毕竟只是个10岁的孩子，他的心思能有那么复杂那么深吗？老甄，你有什么结论没有？"

我说道："10岁的艾文到底是打算毒死张志华还是毒死曹雄，除了问艾文本人，真相本身，不可能去验证了。但是我们只要验证了艾文下毒的初衷，不是要毒死付国栋就可以了。艾文下毒，本想毒死张志华或者曹雄，甚至同时毒死两个人，但绝不是想毒死付国栋。也只有张志华和曹雄，因为认为艾文是自己的亲生儿子，会理解自己的私情，才会猜测艾文是为了自己两人下毒。

"艾文没想到，付国栋偏偏那天喝了投毒的茶水，中毒而死。办案人员和热心群众也不可能想到，真正的投毒者是艾文，所以，最有嫌疑和动机的张志华和曹雄就成了替死鬼。而且他们两人还死得心甘情愿，因为是替儿子偿命的。"

章玫问我道："甄老师，这些对艾文的心理形成有什么影响呢？"

我回答道："艾文的所有精神力量本质上都是仇恨，他依靠仇恨，才能支撑他利用PUA心理操控技术，去对女性骗财骗色。调查起来的话，艾文害死的人的数量可能触目惊心。

"想在心理上击溃艾文，就是击溃他的仇恨。击溃仇恨，一种方法是让他发现，他的仇恨的基础根本就不存在，他所做的一切都是虚幻的，支撑他的力量破灭，自己崩溃；另一种方法就是，他渴望的原谅出现，原谅他的人应该就是付国栋；第三种方法，就是他内心深处真正信任和爱的人，出头给他施加影响，替整个世界原谅他。这三种方法中，第三种方法效果最弱；第二种方法效果最强；第一种方法最难实现。"

老周问道："第三种方法，艾文真正相信和爱的人，应该就是他从小长大的孤儿院的院长女儿琪琪了，毕竟两个人青梅竹马，怎么可能让她去原谅艾文呢？

"第二种方法，不管效果好不好，我们怎么找付国栋去原谅艾文？

"第一种方法，找到艾文仇恨的基础，那么他恨的始终是他妈妈张志华，可是张志华出轨偷情，的确有过错在先，怎么可能让艾文的所有仇恨基础崩塌呢？"

多多和章玫也纷纷看着我，我也很清楚，他们并不理解心理操控和暗示的根本到底是什么。

我对他们解释道："用付国栋原谅的方法，其实这个'付国栋'不是死去的那个付国栋，而是一个父亲对做错事的儿子的原谅。你们想想，为什么我会在看到我少年时代所遇到的遗憾事件重演的时候，都忍不住内心波澜再起，要去制止当年的悲剧。"

章玫说道："甄老师，你的意思是，我们要想办法让艾文看到类似的情景，触动他的内心。那么甄老师，你认为最能触动艾文的场景是什么呢？"

我说道："人内心深处记忆最深的事情，就是自己犯错的节点，因为不管这个错误是偶然还是故意，对于这个人来说，他其实都希望这个错误不要出现，因为只要错误不出现，过去就改变了，整个人生就都变了。

"我之所以会对艾文给我重演的场景那么激动，就是因为我本质上特别后悔自己当初的举动给那个孩子带来丧失说话能力的后果。所以在我内心深处一直存在着这样的意识，如果往事重现，那我一定不会那样；我想阻止不好的结果出现，所以能触动我的关键点，就必然是犯错的那一瞬间。

"对于艾文来说，他犯错的那一瞬间就是投毒，或者没能及时阻止付国栋喝下茶水。当时具体的情形我们没法知道了。但是小男孩往茶杯里投毒和喝了茶的人中毒这两个场景，必然会触发艾文内心最大的悔意。而且我们要给艾文制造出来的场景，一定不能出现张志华和曹雄，避免艾文选择将自责心理转化成对母亲张志华的仇恨。"

老周道："这个场景，该怎么做呢？我们雇演员来演吗？还是拍个视频发给他？"

多多道："要是这个场景没有用的话，是不是说明，我们的判断是错的？"

章玫道："对啊，甄老师遇到的就是场景重演，那我们对付艾文该用什么办法呢？是不是找到和付国栋形神相似、和10岁的艾文形神相似的人来重演更好啊？"

我说道："其实也可能没有这么麻烦，也许同样的茶壶茶杯就可以做到。多多，艾文平时喝什么，他喝茶吗？"

多多摇摇头道："艾文不只不喝茶，他甚至只喝瓶装饮料，都不愿意用杯子喝东西的。我们去咖啡店的时候，他也从不点杯装饮料，而是选择塑料杯封口饮料，要是没有，就什么都不喝。"

我说道："我回头设计一个方案，看看怎么实现。"

多多问道："那储力和赵晓东的意外死亡，我们还要调查吗？"

我想了想，说道："调查储力和赵晓东的意外死亡之谜对我们最大的帮助，就是我可以总结艾文进行心理操控和制造意外杀人的手法和规律。但是调查他们两个，反而简单一些了。老周得先找到他们死亡的警方调查记录。然后我们在其中找到突破点。我想，我们已经越来越接近艾文了。"

老周的办事效率很高，用了一天时间就找到了储力和赵晓东二人案件的资料。我们也从艾文小时候待过的小城，悄悄地转移到了艾文与多多所在的城市隐藏下来。

我们先打开储力的案件资料：储力，男，28岁。××公安分局经侦支队民警，轮换去××派出所服务基层的时候，接到莲花街打架斗殴事件出警。打架参与人为三人：梁涵、张一民、田壮。梁涵、张一民因在田壮的麻辣烫店内吃出了虫子，要求赔偿，但店主田壮则认定二人是碰瓷勒索。因此三人发生冲突。梁涵、张一民共同殴打田壮，田壮在回店里拿刀拼命的过程中，储力与××派出所的另两名民警赶到，田壮挥刀出来，储力阻拦，被田壮用尖刀刺中颈动脉抢救无效死亡。

| 第四十六章 |　制造意外

赵晓东的资料显示：赵晓东，于宁波路自驾车（车牌号:X2150），因醉酒失控，撞开护栏，车辆坠入江中，溺水窒息死亡。经检验，赵晓东血液内酒精含量为230mg/100ml，属于严重醉酒状态，因此赵晓东本人负事故全责。

老周见我们看完了储力和赵晓东的死亡资料，对我们说道："调查起来并不容易。这段时间，我也没闲着，找了这边的同行，委托他们调查了储力和赵晓东两人出事之前的行踪与二人出事现场的监控录像。储力的行踪没有可疑之处，他从上班到达派出所开始，到出警现场，都不是自己一个人，中途也没接触过其他人。而赵晓东在醉酒驾车之前，和一个神秘人在酒吧喝过酒。

"不过我委托的同行是个查监控的高手，他通过数据比对找到了这两起案子的一个共同点，那就是在田壮的麻辣烫店和赵晓东所在的酒吧里，有一个人都在现场。这个人虽然经过了简单的化装，但从身高、步态确定是同一个人，这个人很有可能就是艾文。"

多多听到老周说艾文与储力和赵晓东的死具有了重合点，身体稍微晃了一下。多多对我们说道："我原来还老是骗自己，也许储力和赵晓东的死亡都是巧合，艾文没有那么狠辣绝情，现在看来，是我想多了。"

章玫安慰多多道："多多姐姐，还好你反应快，先躲了起来，还找到了周叔叔与甄老师介入这件事。不然的话，可能你早就自杀或者出意外死了。"

老周也附和着安慰多多道："现在也没有直接证据表明，艾文在储力与赵晓东的意外死亡事件中发挥了作用，也许这两件事真是巧合。"

我和章玫都用眼神对老周表示了无奈和鄙夷，因为我们总算知道为什么他单身这么多年了。如果是我，必然会对多多说："你不要怕，有我在，一定会竭尽全力，哪怕拼了性命，也会护你周全。"

老周读懂了我们的鄙夷，在多多看不到的角度，不好意思地对我摊了摊手。老周为了缓解尴尬，对我问道："那我们现在还要不要继续调查储力与赵晓东死亡的真相呢？"

我对老周做了个鬼脸，随后说道："我们不用再深入调查了，只需要验证一下我们的推测就好了。我们先假设这两起死亡事件都是艾文做的手脚。

"储力出警意外之死，艾文并没有直接对储力下手，可能是因为通过调查储力的情况，认为对储力没有下手的机会，但是他对储力的行踪能够掌握，所以选择了制造意外，那就是对田壮下手，刺激田壮的攻击意识，造成惨案。要是可能的话，老周可以去询问一下，田壮当天是不是控制不住自己的脾气。

"赵晓东醉酒驾车，在这之前，赵晓东接触了客户，那么这个客户很可能是艾文，或者艾文的同伙，给赵晓东进行了影响，影响只是外因，是触发赵晓东出问题的诱因，而赵晓东的内心深处肯定有醉酒的深层次原因。艾文成功地勾起了赵晓东醉酒的内心因素，使得赵晓东控制不住自己，再次醉酒。可以让多多想办法去询问赵晓东的妻子或者好友，确定一下赵晓东是否存在着什么往事是他醉酒的根源。"

老周一个小时后传来了消息："我找到了田壮的口供，田壮反复说，自己当天也不知道怎么回事，就是压不住火气。但是后来他模模糊糊地想起来，他小时候被人冤枉过，所以对被冤枉会格外愤怒。那天田壮认为自己被人故意栽赃，所以特别火大。本来还能压制得住，可是他又听人说是他的食物不卫生，就更加恼火。等警察来的时候，有人说，警察会先封他的店，他对警察就开始心怀敌意，所以他才抡起菜刀，对阻拦他的警察动手了。"

多多则问过了赵晓东的妻子："赵晓东有一个深爱的初恋女友，但是那女孩后来跟一个矮胖矮胖的大款跑了。赵晓东在毕业吃散伙饭的时候看到那女孩子和土大款男友在一起，喝得酩酊大醉。从那之后，赵晓东拼命挣钱，很少喝醉酒了。"

我分析道："从这两件事来看，田壮和赵晓东受到外界干扰的可能性非常大。我们也受到了攻击。看来艾文对我们的经历也调查了个底掉，所以我们才会中招，只是我们命大，躲了过去。不然的话，我们也早就成为意外或者自杀而死的冤魂了。我只是有一点想不清楚，为什么艾文对我们的行踪掌握得这么精确，难道艾文一直雇人跟踪我们吗？"

老周说道："其实要想追踪一个人并不难，我们乘坐公共交通工具都会留下记录。只要输入我们的身份证号，就全都能查出来。这个时候，只要安排得力的人在我们所在地方守株待兔地跟踪，就能把我们的行踪掌握得一清二楚了。"

我问章玫道："这次我们入住的民宿，登记的是谁的身份证？"

章玫回答我道："登记的是我自己的身份证。但这种民宿都是自己填写身份证号，并不如同酒店一样需要用和公安局联网的设备查验身份证。"

我说道："换个地方，让老周提供一组和我们完全不相干的身份证号登记入住。"

转移到了新住处，老周还用上了防跟踪技巧。我们一路转移，分别搭乘了公交、出租车，而且上了地铁，还在地铁关门前下车，转到对面方向乘坐。我们感觉我们转移个住处，简直是如同做特工一样。

安顿下来之后，我们制订了一个详细的方案，通过不断地唤醒艾文内心深处的愧疚感让他心理崩溃，让他承认自己犯下的罪责。老周则负责暗中筛选合适的人来进行我们的计划。

一切准备停当，我们根据艾文的活动规律，在他下班后必经的路上做好了准备。根据多多提供的情况，艾文有一个奇怪的习惯，那就是他在进家门之前，一定会去小区不远处的菜市场转一圈再回来。菜市场位于老弄堂拆迁保护区，房子破破烂烂的，充满了市井气息。

我们选择的地点就是艾文必经的这一段路。而我们也选择了三组人，每一组都会在艾文必经的地点，上演小男孩在茶水中投毒，中年父亲无意间喝下茶水中毒的情景。

我为了控制现场方便，选择了一间茶馆的二楼靠窗包间，可以监控整条街。

还有半个小时，艾文就应该出现在这条老街上了。我们在等待的过程中喝了不少的茶水，我看看时间，决定在艾文出现之前，先去上洗手间。我从洗手间出来，就看到一名酷似我前妻的女孩子，正在和自己的男伴发脾气："你好不容易带我出来旅游一次，结果就带我来这种破烂地方。"

|第四十七章| 老甄往事

那男孩子戴着一副黑框眼镜，看起来文文静静的，男孩子辩解道："咱们两个人，就只有我刚工作，还要结婚买房子，总要攒点钱的啊。咱们出来玩，有些不必要的钱该省点就省点吧。"

女孩子环顾了下周围，仿佛男孩子省钱的话题被周围的人听到，让自己感觉很难堪，女孩子抓起桌子上的背包，气呼呼地就要离开，一边离开一边埋怨道："结婚难道要你自己攒钱吗？你爸妈不管你的吗？出来玩这么小气，难怪我妈让我别跟着你呢。我妈说了，男人不舍得给你花钱，就是不爱你。你真的不爱我。"

男孩子眉头皱了一皱，努力把心中的怒火压了下去，还是朝着女孩子追了出去："你别乱跑，等等我，咱们花钱好了。出来玩，你高兴就好了。"

　　人的记忆是一种神奇的存在，自以为封闭的往事，却被类似的场景唤醒。一个简单的场景就让我本来平和的心情乱了。我想起我和前妻谈恋爱的时候，当时感觉不对劲，但是直到离婚后，才明白两个人本质上是多不合适。男女之间最大的痛苦或许就是，因为彼此不同而相互吸引，同时却因为彼此不同而难以相处。前妻从小到大都是父母包办，所以我们在大学校园里遇到时，我的独立品性吸引了她，但我毕竟只是个20岁的毛头小伙，何况我父母也只是普通的国企工人。前妻在和我出去旅游或者日常相处中，会忍不住拿我和她的高干父亲相比。她会对公交出行、吃路边摊很不高兴，但是一开始也会如同体验生活一样，对这样的省钱生活模式有新鲜感。我和前妻的相处往往在矛盾中进行。一会儿我们吵得天崩地裂，片刻后又会和好如初。离婚已经一两年了，但是我每次想起前妻的时候，内心深处还是会忍不住荡起波澜。两个人感情在，但就是不合适。我也想过重新开始，但是却再也找不到当年用力去爱的感觉了，我的朋友同事，也给我介绍过一些女性，其中不乏让我眼前一亮的人，但我就是进入不了状态。

　　我深吸一口气，努力地把思绪收回来，走回包厢，看到多多、章玫、老周正紧张地盯着街口，打算等艾文出现的时候开始行动。

　　章玫全神贯注地盯着街口，老周拿着手机，正准备随时给安排好的人发信号。多多应该是看到了我的脸色不太对，轻手轻脚地挪到我跟前，小声地问我道："老甄，你怎么了，是身体不舒服吗？我看你脸色不太好。"

我对多多摆了摆手，示意我没事，我坐在座位上，先平复一下自己的情绪。多多似乎对我们对付艾文的态度很复杂，就是既希望我们成功，又不想我们成功的状态。我也表示理解，因为毕竟多多对艾文，也曾经喜欢和深爱过。

多多背对着窗户，坐到了我的身旁。

场面一时尴尬起来。

时间已经到了，艾文却还没有出现，老周也明显焦急起来。

我们又等了十几分钟，老周从伏在窗口监视的姿势中起身站起来，一边伸展腰背，一边拿出另一部非智能手机，走到一边打电话去了。我知道，他这部手机都是联系他那些给他承担特殊工作的人的，比如说跟踪盯梢、偷拍录音。

老周在电话里"嗯"了两声，挂掉电话后对我们说道："艾文今天在老街的另一面，进了一家咖啡店，自己独自喝咖啡，他应该是约了人谈事情。我们现在不确定他今天还会不会穿过这条老街了，还要不要继续等待？"

章玫也从窗台处站起来，揉着膝盖说道："我蹲得腿都酸了，艾文还不出现，难道是发觉了什么吗？还是今天真的是他有事情？"

多多没有吭声，老周和章玫都等着我做最后的决断。

我想了想，说道："今天要是不能成功，那我们就得调整方案了，要是艾文有了防备，哪怕只是心理上的防备，我们所做的一切就毫无价值了。"

老周问道："那现在该怎么办？我们是再等一等，还是？"

我说道："我得去咖啡馆观察一下，现场判断艾文发现了什么还是其他什么原因。"

老周说道："那这样吧，我和老甄过去查看情况，多多和章玫留在这里，毕竟艾文已经被我们盯死了，多多和章玫留在这里，应该没什么危险。咱们四个人都去的话，很容易暴露。"

多多和章玫的脸上流露出了害怕且担心的神色，但最终还是同意了这样的分工方案。

我和老周出了茶馆，步行反方向穿过老街，去另一头的咖啡馆，近距离观察艾文。整个路程差不多两公里，本来这两公里的路程，我们安排了三组人，去反复重演艾文当年投毒，无意间毒死付国栋的场景。

老周递给我一个黑色口罩，要我戴上。老周戴上口罩和墨镜，根本就看不出来他是谁，我的近视眼镜本身就是变色的，在太阳光照射下会变成深茶色。结果我们两个人看起来就好像不是好人一样。

我们两个人走在老街上，虽然能确保不被人认出来，但看起来却很是引人注目，很容易让人留下印象。

我和老周走得都很快，再加上我俩这样的装扮，所以一路上遇到的人，都对我们纷纷避让，这让我们的通行速度就更快一些了。

我们走到一家抄手店的时候，店内突然出来两个互相斗殴的男孩子。其中穿蓝色上衣的薅住了穿黑色上衣的领子，而穿黑色上衣的男孩子则揪住了穿蓝色上衣的男孩子的头发。穿黑色上衣的男孩子一边用脚狠狠地踹着蓝色上衣的男孩子，一边大声说着："我拿你当最好的兄弟，你却把我的心上人抢走了，你对得起我吗？我今天打死你。"穿蓝色上衣的男孩子一边反击一边说道："她是爱我的，她根本就不爱你，你自作多情，算什么兄弟！"

我心中还在感慨，还是年轻的时候好，至少还会有冲动为了漂亮姑娘去打架。老周看这场架的时候，却放慢了脚步。

我不得不轻推了下老周，对老周说道："咱们还得去办事呢，你怎么看起热闹来了？"

老周这才回过神来，和我快步往前走去。

我们快走到老街路口的时候，一个女孩子从一家店里跑了出来，一个男孩子拉住了她的手，紧紧地抱着她，对她说道："小蓉，我爱你，我知道这样做对不起阿伟，但是我真的不能对你放手，我知道你也爱我，你和我在一起吧。"女孩子本来还在用力挣脱，但是听到男孩子这么说，反而逐渐停下了。女孩子双手捂着脸，嘤嘤嘤地哭了起来，一边哭一边说道："阿泽，我们这样做，太对不起阿伟了，我们还是不要再错下去了。"

老周的脚步又停了下来，我感觉有点奇怪，我拉着老周快步往前走。我们快走到老街的街口时，老周接到了他那部专用手机的电话，老周对我说道："艾文从咖啡馆出来了，正向老街这边走呢。"

我看到高大俊朗的艾文从咖啡馆出来了。我和老周在艾文面前简直就是猥琐油腻大叔，真是人和人不能比。

我和老周再往前走，就要和艾文撞到了，老周很快拉住我，在街口的一间牛杂汤店门口的座位上坐了下来。

艾文很快就从我们身边走了过去。店主正要问我们吃什么，我和老周起身悄悄地跟着艾文走了过去。老周也给多多和章玫发了消息。

几分钟后，艾文走到了我们埋伏好的地点。那是一家小茶摊，一个40岁左右的父亲带着10岁左右的儿子正坐在茶摊露天的座位上，父亲叫了一壶茶水，随后父亲去给儿子买什么东西了，小男孩从口袋里掏出一个小纸包，从里面倒了些白色粉末放进了茶壶里。父亲很快回来，手里还拿着小男孩想要的糖葫芦，小男孩接过糖葫芦，一口咬住，父亲则从茶壶里倒出水来，一口喝了下去，小男孩见父亲喝了下去，本来想阻止来着，却来不及了。父亲喝完之后，立刻捂住肚子，摔倒在地。周边的人迅速围了过去。

我注意到，艾文也忍不住停下脚步，往人群中看去。

就在这时，我们看到了多多和章玫的身影，奇怪的是，多多走到我和老周跟前，突然对老周说道："对不起，老周，我不能接受你的求爱，我确认，我喜欢的是老甄。"

在我被老周一鞭腿踢晕之前，我看到的是满脸错愕的章玫与因为愤怒而脸涨得通红的老周。

|第四十八章| 老友反目

当我醒来的时候，我感觉全身疼得骨头都要散架了。我费劲地睁开眼，眼睛也已经肿了，即使睁开眼，高度近视的我没有戴眼镜，也看不清楚。当我想伸出手去拿眼镜的时候，却发现手根本抬不起来，我模模糊糊地看到，我的手和脚都绑满了绷带。而且我感觉耳朵里嗡嗡嗡的，好像有几十只苍蝇在我耳朵边一起鸣叫一样。

我缓了好大一会儿，总算听出来，是章玫的声音："甄老师，你终于醒过来了。你想要什么？是喝水吗？"

我张嘴想说话，却发现腮帮子疼，看来整个脸都肿了。我使劲地说出话来："把我的眼镜递给我。"

章玫把耳朵凑到我嘴边，难道我说话的声音小得连章玫都听不到吗？我又用劲说了两遍，章玫总算听懂了，转身从旁边的桌子上拿了副眼镜给我。我感觉这副眼镜好像是我替换下来的那副旧眼镜，因为有磨损，所以不是很清楚，但是勉强能看见。

我感觉脑袋还是晕乎乎的，但是既然醒过来了，就努力地看向周边，我在一间病房套间里。章玫给我戴上眼镜之后，好像按了我床头的一个按钮，这会儿护士和医生已经推门进来了。

医生给我检查了一下，对我说道："甄先生，你的外伤比较严重，你得在医院治疗一个月左右。不过，你的骨头没断，有些脑震荡，可能有后遗症。现在你醒过来，可以吃些流食。"

护士在一旁给我更换了一瓶药水之后，对章玫说道："病人现在输的是葡萄糖和生理盐水，这是今天最后一瓶，快完事的时候，你叫我，我来拔针。病人需要休息，不要让他多说话。"

医生和护士离开之后，章玫坐在病床旁的椅子上，双手托腮，对我说道："甄老师，你想不想看看你现在是什么样子？不知道周叔叔为什么突然就发狂了，还把你打成了'木乃伊'的样子。"

章玫说完，把自己的手机递到我眼前，我看到一张照片，我被包扎得如同个粽子一样，或者如同章玫说的，我被包扎得像具木乃伊。我本来想嘲笑自己两下，结果却因脸上的肿痛呻吟起来。

章玫本来还有一点调皮，立刻就转变成了心疼。章玫从旁边拿起冰袋，敷在我的脸上，对我说道："算了，甄老师，你还是不要说话了。先养伤，等你养好了，我再把事情的经过讲给你听好了。"

冰袋敷在脸上，我感觉没那么疼了，问章玫道："老周怎么样了？"

章玫总算能听懂我说的话了，她耸耸肩对我说道："周叔叔因为把你打成这个样子，在看守所里。对了，把周叔叔带走的警察要我在你醒了后，给他打电话来着。你不说，我还忘了。"

我对章玫点点头，示意她先去打电话。章玫打完电话，对我说道："甄老师，那天到底怎么了啊？周叔叔为什么会打你呢？还有，多多为什么突然说她喜欢你呢？你知不知道，你已经在医院里昏迷了两天，我都要担心死了。艾文也死了，多多去办理什么事情了，她和我说，你醒了之后要我立刻联系她。唉，不知道为什么，她说了她喜欢你的话之后呢，我就不想和她说话了。甄老师，既然她喜欢你，那为什么她不在这里陪着你呢，守着你醒过来，而是我在这里呢？算了，我还是告诉她你醒过来了吧。"

我奇怪道："艾文死了？"

章玫用力点点头道："对，艾文死了，当街自杀的，用一把锋利的手术刀，在大庭广众之下把自己的喉咙割开了，血喷得到处都是，把不少游客都吓傻了。"

我本想多问几句，但是感觉自己精力不济，只好示意章玫我需要休息一会儿，要是有人来了就喊醒我。章玫乖巧地不再说话，只是给我盖了盖被子。

我迷迷糊糊睡了一会儿，感觉到章玫在叫我，我睁开眼，章玫给我戴上眼镜。我看到一名身穿米色夹克、理着小平头的中年男子站在我的病床前，那男子见我醒了，拿出证件在我眼前晃了一下，说道："甄瀚泽，你好。我姓艾。周伟当街殴打你，把你打伤，已经触犯刑法，你如果追究的话，他就会被以故意伤害罪追究刑事责任。你们两个之间有没有过节？我需要和你调查清楚，还有，你可以对他提出民事赔偿。"

我用劲摇摇头，对那名艾警官说道："我和周伟没有过节，这次他殴打我，也是因为受人心理控制，我不追究他的责任，也不索赔，你们把他放了吧。"

那艾警官听到我这么说，脸上先是流露出了奇怪的神色，但是随即又松了口气的样子，他对我说道："甄先生，如果你确定不追究周伟的责任的话，你得提供一份书面的材料给我们，你得签字按手印。"

我对章玫说道："玫子，你手写一份不追责声明，不会写的话，在网上找找模板。"

章玫走出病房，过了一会儿，拿了纸笔进来，然后对着手机，很快就写完了。章玫走到病床边，把我扶起来，随后把笔塞进我的手里，我咬着牙在纸上歪歪扭扭地签上名字，艾警官从包里拿出印泥，章玫拿着我的手指，把我的指纹盖在了不追责声明上。

艾警官拿到声明，对我说道："甄先生，刚才我已经用执法记录仪录下了，你是自愿签下这份不追责声明的。你先好好养伤，我还得回去把这个案子办完。"

艾警官离开后，我感觉想上厕所，却疼得起不来床，最终决定请护士帮忙。

多多是在艾警官离开两个小时后出现在我的病房里的。多多看到我，表情有些奇怪，章玫觉得尴尬，假装出去给我打水。多多坐在我身旁，好像想伸手摸一下我的伤口，但是却又把手缩了回去。她咬了咬嘴唇，像是下定决心，对我说道："老甄，对不起，我也不知道前天，在老街，我为什么会对老周说出那些话来，害你们老友反目，我也没想到老周会把你打成这个样子。当天，要不是章玫拼命护住你，可能老周会把你打成重伤。我这两天也不好意思面对你。我这两天也想了许多，我没道理会喜欢你和老周的。我能确定自己对你的好感比对老周的多，但是肯定不到喜欢的程度，那天的事，我也搞不清楚到底是怎么了。"

我问道："艾文自杀了？"

多多的眼中蒙起了一层水雾，但是转瞬即逝。多多说道：

"对，在你被老周打晕后不久，艾文就在老街上当众自杀了。"

章玫拎着暖瓶走了过来。多多对章玫说道："章玫妹妹，你这两天一直在病房熬着，今天你回去好好休息一晚，我来守着老甄。"

我看着章玫憔悴的小脸，心头泛起一阵暖意，也不忍她如此劳累。章玫对多多说道："没事的，多多姐，这两天甄老师的治疗陪护都是我在弄，我也比较熟悉，所以还是我陪着吧，我熬不住了，再换你。"

多多还要坚持一下，却突然捂住嘴，发出干呕的声音，随后快步走进了洗手间。过了一会儿，多多出来，对我和章玫说道："不好意思，我想，也可能是这几天经历的事情太多太突然，我感觉有点不舒服。"

章玫趁热打铁，对多多劝道："多多姐，这间病房还是你安排的，条件很好，还有独立洗手间，能洗澡，还有陪护沙发床，晚上甄老师睡着了，我也就睡了。既然不舒服，那你回家休息去吧。反正艾文也死了，现在我们大家都安全了。"

心
理
师

|第四十九章| 谜团重重

多多也没有再坚持，转身离开了。

我在医院足足躺了三天之后，老周出现了。老周见到我，脸上露出了不好意思的神情。老周对我说道："老甄，那天我也不知道我怎么了，突然就想起当年的往事来，然后我的愤怒就压不住了，多多走过来对我说她喜欢你之后，我就再也忍不住了，结果就对你出了手，把你打成这样……唉！"

我的脸终于消肿了，说话总算是正常了，而且手也能动了。我摆摆手，对老周说道："那天的事情从一开始就不对劲，其实在你和我出发去艾文所在的咖啡馆之前，我从包间里出去上厕所的时候，就遇到了一对青年情侣，他们在茶馆吵架的内容，与我当年和前妻唯一的一次旅游一模一样，我当时感觉就是心乱了好一阵子。等回到包间的时候，我强行把这种心乱压了下去。后来，咱们两个一起走在老街上，又遇到了两起事件：一件是两个小伙子因为一个姑娘打架；另一件是一个男孩子抢了自己好哥们儿的女朋友。我当时观察到你的注意力已经完全被这些事件吸引过去了。我当时判断这些事情，对你是有巨大的刺激和触动的，我也怀疑，在咱们给艾文设陷阱的同时，艾文其实也在给咱们设陷阱。

"我本来想提醒你，但是艾文却同时出现了，并且往老街走过来，同时咱们给他设置的勾起他悔恨心理的情景也开始上演了。我当时就把关注点转移到了艾文的身上，我也根本没想到，多多居然会出来，对你说她喜欢我那番话。这之后，你一下就把我踢晕了。我只是听章玫和多多说，艾文当街自杀了，但具体情形是什么样的？"

老周抹了把脸，对我说道："老甄，你应该能看出来，我的确对多多动了心，所以才会对她委托的这件事舍生忘死地拼命。所以，当她突然对我说那番话的时候，我就感觉气顶了脑门，再也忍不住了。毕竟，我和你老甄相比，在对女人的吸引力上，你要比我强很多。"

我苦笑道："可是在高大俊朗的艾文面前，你和我都是油腻猥琐大叔的样子。"

老周也不好意思起来，把脸扭了过去，又扭了回来，这才对我说道："我当时把你踢晕之后，还不解气，又冲上去狠狠地打你来着。要不是那个时候章玫拼命护着你，多多阻止我，凭我的身手，可能会把你打死了，那样的话真是铸成大错了。"

我插话道："要是那样的话，制造这一切的人就得偿所愿了。你把我打死，还当街行凶，你是逃不过死刑了。因为不管怎么和别人证明，都不可能让别人相信，你是被人精神操控，把我打死的。但是这件事也说明，上次我给你做防范意识植入的时候，你没有告诉我，你还曾经有男女三角恋的隐痛。这么隐秘的事情，居然都被人挖出来，看来艾文对你我掌握得很彻了。我们对于艾文来说，也是如同透明人一样了。"

老周听我说起"三角恋"三个字来，脸居然红了。老周挠挠头发，对我解释道："那时我转业后不久，还年轻，我和队里的另一个部队转业兄弟关系最好，我们两个人都喜欢上了内勤的一名女警。我先表白的，而且我也告诉了那兄弟，我喜欢那女警，谁都不能和我抢，但是最后我没想到，他们两个好在一起了，只有我被蒙在鼓里。当我知道这一切的时候，我感觉全世界都背叛了我一样。从那之后，我就对恋爱结婚死了心，对女人也死了心。直到我遇到多多，她是那么吸引我。老甄，其实经过这么长时间的相处，我在心底也把你看作是生死兄弟一样，可是在老街上，我却看到，如同当年一样，你在我的眼皮底下把多多夺走了，所以我当年没对那个弟兄打出去的拳，全打在了你身上。老甄，我真是对不起你。"

章玫对老周开玩笑道："周叔叔，没想到，你年轻的时候，还有这样的情感经历呢，并不是平时表现出来的老古董啊！"

我对章玫笑道："玫子，不要逗老周了。这件事，我越想越不对劲。你们还是先给我说说，我晕倒之后发生的事情吧。"

章玫说道："当时，我和多多都收到了周叔叔的消息，说是艾文出现在老街了，多多对我说，她担心你们两个有麻烦，所以拉着我过去找你们。你们离得不远，所以我们很快就找到了你们两个，而这个时候，艾文的注意力则被我们安排的那一对'父子'吸引了过去。只是，我没想到，多多见到你俩突然说出那番话来。我还挨了周叔叔一下呢，疼死了。周叔叔真是狠心。"

章玫几句话把老周说得更是窘迫不堪，老周只好嗫嚅着回应："嗯，我对不起玫子，我自己良心上都过不去。玫子说该怎么罚就怎么罚。"

章玫美目流转，扑哧一笑，说道："哎呀，人家怎么可能那么不讲情面呢，甄老师都原谅你了，我还能不原谅周叔叔嘛。我记得我挡住甄老师之后，周叔叔还拼命踢着甄老师的手和腿，所以甄老师现在才被包成个木乃伊一样。之后，多多也一把抱住了周叔叔，阻拦周叔叔继续殴打甄老师。

"当时，本来围着看那对'父子'的人，都纷纷转过来看周叔叔打甄老师了。很快，我又听到了几个女人的尖叫声，随后人群就都转过去看了——老街的地面上，躺着一个满是鲜血的男人，这时候，多多说，艾文死了。我才看清楚那是艾文。周叔叔听到艾文死了，终于不再殴打甄老师，而是快步地跑到艾文那边查看了。很快，警察就过来了，把周叔叔带走了。应该是有人看到周叔叔打甄老师就报警了。多多叫了救护车，我们先把甄老师送到了这家私立医院，因为多多说，这里的服务特别好，护士很温柔，比公立医院强很多倍。这之后，我就一直在病房陪着甄老师了。"

章玫说完从她的视角看到的经过，老周继续补充道："我当时被多多拦下来，稍微清醒了一点，就听到了一阵阵的尖叫声，还有人群四散跑开的场面。不少群众拿出手机纷纷拍照和录视频，我出于本能，先去保护和查看现场了。随后看到了艾文躺在血泊中，他的右手拿着一把锋利的手术刀，颈动脉被切开了个大口子，血还在汩汩地冒着，从现场来看，艾文是自己把喉咙切开的。我观察四周，发现有三个摄像头，只要调出监控，就能清晰地看到艾文死的过程，所以我也就退了回去。

"很快，警察就赶到了，他们迅速把我控制起来。我知道他们的工作方式，所以提出让他们来找你，我们之间有误会，要是你追究我，我就认罪坐牢。过了几天，办理我案子的警察对我说，你不追究我的责任，所以就把我放了。从监控中也看到，艾文的确是把自己的喉咙切开自杀的。随后我联系了章玫，要了地址，这才找到了这家医院。"

我说道："这么看来，艾文的确是自杀的。难道我们给艾文设下的局，那么有效果，一下子就让艾文心中愧疚，当街自杀？"

第五十章 | 定有内奸

　　我们一讨论起案子来，老周就恢复了私家神探的模样。老周分析道："虽然我不太能完全理解，艾文给我设的局，能让我突然暴怒，去攻击殴打你；也不能理解，你找来那对'父子'重演当年的旧事，就能够击溃艾文的内心，但是从他手中的手术刀来说，如果他是因为看到那对'父子'重演的场景而自杀的话，那么他的手术刀解释不通了，艾文不是医生，为什么会拿着一把手术刀来老街呢？他穿过老街，不过就是回家而已。"

　　我说道："那也就是说，艾文拿着手术刀过来，只有两种可能：第一，就是艾文在看到这场景之前就已经想自杀了，所以准备了手术刀；第二，艾文拿着手术刀出现在老街，是想刺杀别人的，却没想到被我们勾起了当年的回忆，反而羞愧之下杀死了自己。"

老周说道："这把手术刀才是关键，如果是艾文自己准备的，那么他是从哪里购买的手术刀，这一定都得查到；如果是其他人给艾文的呢？"我说道："那间咖啡馆，艾文见的神秘人？"

老周把手机递给我和章玫，手机上的视频正是老周安排跟踪监控艾文的人偷拍下来的视频。视频中，艾文在咖啡馆里和人说着什么，艾文时不时皱眉，随后，和艾文在咖啡馆会面的人递了个信封给艾文。我们听不到视频里的声音，对艾文和神秘人的交谈内容无从判断。

这段视频看完，老周又从手机中找出另一段视频放给我们看，这段视频还是刚才的场景，只不过是从艾文的背面、神秘人的正面拍下来的。老周安排团队跟踪还真是周密严谨，居然还能多角度来监控。这段视频中，神秘人装扮得很严实，在咖啡馆里戴着口罩、墨镜，还戴着帽子，穿着高领风衣，根本没法判断他的年龄、容貌，甚至是性别。

我注意到，神秘人递给艾文信封的手，纤细圆润，我相信这个世界上，没有一个男人的手会如此美丽。

老周也注意到我对神秘人的手的关注，说道："这个神秘人把自己伪装起来，我们没法判断其任何有价值的信息，除了那双手，应该是一双女人的手。"

章玫举起自己的手看了看，叹口气说道："同样是双手，怎么人家的手就那么好看，我的手看起来简直是柴火棍了。"

我笑道，虽然脸还有点疼："男子手如棉，无权也有钱；女子手如柴，无才也有财。所以玫子这双手，还真是不错呢。"

章玫高兴起来，对老周说道："周叔叔，你的追踪小分队有没有跟上这个神秘人啊？"

老周摇摇头道："当时我们所有人的注意力都在艾文身上，所以对和艾文见面的这个神秘人都没有监控。"

我说道："那现在还能通过监控追踪到这个神秘人吗？这个把自己包裹得严严实实的人，还能找到吗？严格来说，她才是艾文最后接触的人，艾文的自杀要说和她没有关系，那是不可能的。"

老周的表情严肃起来，说道："只能去试试，但是太有难度了，得通过天网系统追踪。"

章玫突然问道："可是有个问题啊，为什么咱们的行踪艾文都知道呢？如果周叔叔和甄老师在老街上一路遇到的都是艾文精心安排的，也就是说艾文对咱们的计划都是清楚的，那他怎么可能还会中计自杀呢？"

老周同意道："我安排人跟踪监控艾文的时候也特意叮嘱过，要注意有没有人跟踪监控咱们，但是没有有价值的发现。"

我感觉头有点痛，我知道老周想到的但是不愿意面对的那点了，不过这句话，总得有人说出来。"咱们之中可能有内鬼。"老周和章玫互相看看，又看看我。我知道他们也想到了，只是没法直接说出来。

章玫说道："要是把咱们的行踪和计划都泄露给艾文的是多多，可是周叔叔出车祸那次，她也在车上啊，她也可能和咱们一起丧命啊。"

老周说道："如果这一切都是多多做的，她的目的是什么呢？自从她委托我和你调查及对付艾文之后，她就一直和咱们在一起，如果是她有问题，她又是什么时候有问题的呢？"

我想了想，对老周说道："老周，你原来接受委托的时候，有没有调查委托人？"

老周摇摇头，回答我道："委托人的隐私，我没兴趣知道那么多。"

章玫说道："对了，甄老师、周叔叔，多多许诺给你俩的委托费用尾款，支付了吗？"

我和老周都分别拿出手机查看，钱昨天已经到账了。

章玫站立起来，伸了个懒腰，说道："这件事是不是已经可以结束了啊？艾文死了，多多把钱支付给你们，是不是代表她已经拿回了属于自己的钱？甄老师，这下买套合适的工作室就有资金了，不用在住宅里工作了。"

老周嘿嘿笑道："玫子这么说也有道理，毕竟就是调查神秘人，也要支付成本的。从生意的角度来说，我们的确可以结束这个案子了。这次调查完艾文，我想我也可以去休息一阵子了，其他的案子都没有让我这么劳累过。"

我也闭上眼睛，做休息状："算了，管他什么真相呢，反正这也就是个买卖，我还得先把伤养好。老周，这次度假的钱，你出啊。你得赔我，不能让你白打。"

章玫不怀好意地笑道："甄老师和周叔叔，你们去度假会不会带上我啊？"

我全身疼痛，疲惫不堪，懒得去想案子了，索性对章玫打趣道："我和老周都是光棍，想去释放一下。所以，我们就不带你了，给你钱自己去玩一玩吧。"

章玫哈哈笑道："不，我也要和你们去见见世面。我一个小姑娘自己休假，能干什么啊？甄老师，你不能甩掉我。"

老周依然一副公事公办的机关脸，对我和章玫说的一切都没有什么反应，等我和章玫调笑完了，老周说道："这件事让咱们差点两次丢命，要是查不出真相，我不甘心。算了，咱们还是查案吧。"

章玫捂住嘴，笑道："我就知道，你们两个工作狂不可能就这样放手的。但就算查下去，是不是也要等甄老师把伤彻底养好啊，甄老师现在还被包得像个木乃伊呢。"

我无奈地耸耸肩，即使只是这个动作都疼，说道："我现在的主要任务就是养伤。老周，你要查的话，可以从两点开始查：第一，搞清楚和艾文见面的那个神秘人的线索；第二，把多多说过的所有关于自己的背景经历都重新调查一番。"

| 第五十一章 | 目瞪口呆

老周陪我说了几句闲话，转身离去。章玫这才问我道："甄老师，你为什么不怀疑我，不怀疑周叔叔，却怀疑多多呢？"

我刚才说了半天话，感觉腮帮子又肿了起来，疼得我哼了两声。章玫忙再次用冰袋给我敷上，说道："算了，甄老师，你还是先把伤养好吧。这些事查清楚也好，查不清楚也好，好在咱们都全身而退了，而且钱也赚到手了。"

我的确懒得说话了，但是我心里清楚，我和老周之所以对这件案子还放不下，根本原因是我们感觉被人耍了，被人当枪使了，这感觉就很不爽了。

我躺在病床上回想起，老周曾对我说过这样一句话："这个世界上有两种犯罪者让警察最难受，一种是完美犯罪，让你根本找不到真凶；而另一种则是，明明知道真凶是谁，但却没有证据去逮捕他。"

　　在医院躺了10天，身上的浮肿才算消了大半，我终于可以起来活动了。这段时间多多还来医院看望过我两次。多多看我的眼神依然充满了关怀，但我却总是感觉不自在。我不知道这是疑人偷斧的心理效应，还是我敏锐的直觉在起作用。

　　老周则出于对我的歉意和查出真相的决心，这段时间只是和我电话联系他的调查情况，并没有来医院。

　　我住院两周之后，终于能够自己行走了。虽然走起来的时候还是感觉受伤的部位有些疼，但是我坚决不肯在医院里待了，于是办理了出院手续，回到我们租下的民宿休养。

　　多多自己的房子就在S市，艾文死后，多多回到了自己的房子里。这座四室两厅的复式民宿里就只剩下我、老周和章玫三人了。多多也有这座民宿的房门密码。

　　章玫问过我，既然感觉多多不对劲，出于自己的安全考虑，我们要不要换一个住处。

　　我和老周商量了一下，一致认为，如果我们确定多多有问题的话，那么我们对多多的意义，并不在于我们死亡，而是能成为多多的见证人。而且，多多目前还未必知道，我们对她有了怀疑。如果突然更换了房子，那才是打草惊蛇。我们不但不能搬走，还得通知多多我已经出院了。

　　章玫把我出院的消息发给多多之后，只过了一个小时，多多就来到了民宿。见到我之后，多多满脸轻松地说道："老甄，我要带你们在S市好好逛逛，你今天好好休息一下，明天我请大家吃一顿。艾文死了，我也拿回了钱，我们终于可以松一口气了。而且，我还收获了三个好朋友，特别是你，老甄。认识你是我最好的运气。"

多多对我说完，从包里拿出一个首饰盒，递给章玟，说道："章玟妹子，谢谢你，这段时间照顾老甄真是辛苦了。这是送给你的礼物。我先走了，明天咱们好好放松一下。"

多多离开后，一脸目瞪口呆的章玟打开了首饰盒，盒子里是一条璀璨的钻石项链。女孩子爱美真是天性，章玟还是忍不住把钻石项链拿起来看来看去，挂在脖子上照起镜子来了。

章玟对我说道："甄老师，你知道这项链值多少钱吗？多多对我出手还真是大方。看来我这几天在医院照顾你真是值了。"

我揶揄道："这链子值多少钱啊？我也想知道，多多'感谢'你'照顾'我，愿意付多少心意。"

章玟把链子递给我，指着链子上的品牌说道："我刚才在手机上搜索了，这条链子是蒂芙尼的限量款，专柜价格139800元。"

我吐了吐舌头，对章玟玩笑道："看来接案子比做直播和写作要强多了。特别是接多多这种富婆的案子。"

章玟对我吐了吐舌头，逗我道："人家富婆看来是真看上你了啊。给我这条链子，是不是让我知难而退啊？"

"什么知难而退？"

章玫一下子慌乱起来，对我摇摇头道："没什么……甄老师，你想吃什么呀？我饿了。"

我和章玫正在闲聊，老周打开门，走了进来。两周不见，老周已经胡子拉碴，晒得黝黑，他身上那一套衣服看起来满是尘土，脏兮兮的。

老周进门之后，先拿起我们放在桌子上的瓶装水，咕咚咕咚一口气喝完，这才对我们说道："老甄你没事了吧？伤好了吧？我这几天都没好意思看你。"

我了解老周这个人，是典型的外冷内热。他是军警出身，对一起共过事、冒过险的人，会本能地生出战友情。我这次被老周打伤，他内心深处其实很自责，可是让他表达出自责的话来却不可能。像老周这种性格的人，我要是一本正经地安慰他，反而会给他带来心理负担，所以我故意拍着我受伤最重的右腿膝盖说道："好什么好，都被你打残了，我下半辈子都得你给我推轮椅了。你看，我这么帅一张脸，被你打成了猪头，你让我怎么找媳妇？"

老周听我这么说，紧绷的脸终于露出了笑容："你都残废了，还想着女人呢，这不是坑人吗？你要真是残废了，我把我的腿赔给你，回头咱们哥儿俩一起坐着电动轮椅去大马路上飙轮椅。"

章玫听到"飙轮椅"这三个字，扑哧一笑，在一旁插话道："你们两个老男人怎么这么不正经了，这旁边还有个小女生呢。你们俩也不注意点，赶紧说吃什么，我都要饿死了。"

　　我们吃完了烧鸡烤串，分别回到自己的房间，洗了个热水澡，换上了干净衣服，然后集体出门去江边散步。我们三人走到了江边步道，这时人烟稀少，老周对我们说道："这两周我一直没有闲着，为了避免打草惊蛇，对多多的背景调查，还有对咖啡馆与艾文见面的神秘人，我是自己去调查的。"

　　我对老周竖起大拇指，我知道老周这简单的几句话实际需要付出多少辛苦。

　　老周继续说道："我知道多多这段时间在忙一件事情，并没有在医院陪着你们。我对她的调查得格外小心谨慎，否则一不小心就可能被她感觉到，我在秘密地调查她。"

　　章玫问道："那周叔叔，你调查出什么来了吗？"

　　老周看了看江景，对我们幽幽地说道："这就是我要和你们说的关键：多多所说的自己的一切，所有的知情人，都不存在了。"

第五十二章 | 真假难辨

章玫大吃一惊，继续问老周道："周叔叔，什么叫所有的知情人都不在了，难道他们都死了？"

我掏出烟，递给老周一根，也给自己点上一根。我把一口烟吐出去，问老周道："你是说所有的知情人都不存在，还是都不存在了？"

老周猛吸了两口烟，道："是不存在了，不是不存在的。但也不是都死了，而是根本找不到。"

这下不只是章玫，连我也蒙了。

老周看着我和章玫目瞪口呆的样子，继续解说道："我表达很有问题？我的意思是，多多讲起自己经历的时候，所有的人都是真实的，我通过调查可以确定，但是这些人，不是出国了，就是回老家了，而且联系方式都已经换过了，我根本就没办法当面去验证。"

我说道："也可以这么理解，多多给我们讲述的她的一切过往，所提供的可能验证的人，本来就是让我们没法验证的。老周，我想，你可以通过内部关系查查多多的学校生活还有工作后的真实情况了。"

老周说道："我已经查过了，多多是在W市长大的，高考考上了S市的重点大学，工作履历和多多本人描述的相符。我去调查过江涛，他的确和多多两个人在基金公司里是数年情侣，但是在二人婚期的半年前，江涛突发车祸身亡。至于江涛与多多具体相处的内情，其他人就无从得知了。江涛也的确和多多是同一个大学毕业的，这件事很多人都知道。多多刚上班的时候，的确是江涛的下属，江涛特别护着多多。这件事，我是从那家基金公司已经离职的员工那里得知的。"

听老周说完这些，我感觉多多在我心中的影像，时而清晰，时而模糊。

老周说完这些，对我摊手道："我这些日子调查到的多多的背景资料，也就这些了。另外，我还曾跟踪过多多两天，发现她一直在律师那里办理各种手续。至于具体是什么手续，我没法直接获得，毕竟现在对多多是秘密调查阶段。

"那个在咖啡馆与艾文见面的神秘人，我搞到了咖啡馆的内部监控，随后又通过黑客，找到了神秘人在监控中的行动轨迹，最终确认了这个神秘人的真实身份。你们绝对想不到她是谁。"

我笑道："你这么说，说明这个人，是我们应该知道的一个人，而且这个人必然和多多有关联。多多讲述的人中，她与艾文共同认识的人叫梁太太。难道神秘人就是她？"

老周露出失望的神色："你要不要这样，这都能被你想到，我本来还想卖个关子给你们的。"

章玫说道："什么？那个梁太太？我还以为多多骗我们的。"

我对章玫说道："玫子，你知道撒谎的最高境界是什么吗？"

章玫说道："是让别人分辨不出你说谎。"

我摇摇头，故弄玄虚，说道："是你所说的一切都是真实的，但是所说的一切，却都不是完整的真实。因为别人不管怎么验证，你所说的一切都是真实的，是经得起考验的。这就很考验听故事的人的思维，因为任何人的思维中都存在盲点，而正是思维盲点会让人轻信别人给你讲述的片面的真相。而对于任何事实真相来说，隐藏的部分才是最为关键的。"

老周打断我道："老甄，你说得云山雾罩的，其实就是说，高明的撒谎是用部分事实来让你误入歧途，但是你却没法判定他撒谎。他只是把他想要你知道的真相部分告诉了你，把不想让你知道的部分隐藏起来。你查出来，他也完全可以一脸无辜地对你说，他也不知道那些。"

章玫对我们两个中年男人做个鬼脸，笑着说道："你们两个大叔啊，一本正经地给我讲这些有的没的，但是你们难道不知道，在这个世界上最会骗人的就是女人吗？你们两个大叔被多多这样的漂亮女人骗到，还赚到了一大笔钱，也不亏啊。"

我看着章玫青春的脸，忍不住调笑道："玫子，你也是美女啊，你是不是也有不少事情瞒着我们呢？"

章玫害羞地说道："我还小，还不会，和人家千年的狐狸可比不了。哎呀，跑题了，周叔叔，你继续说，神秘人是那个梁太太的事情。"

老周看看我，又看看章玫，叹口气，继续说道："梁太太，真名梁品茹，模特出身，38岁，老公是某公司高管。她不工作，每日的生活就是逛街购物瑜伽美容，和多多有一个共同的圈子，全是高收入女性和富太太，除了那些女人的事情之外，她们还喜欢在一起讨论星座玄学，还有心理减压。多多和梁品茹交集最多的领域正是心理减压。"

我问道："梁品茹那天和艾文见面到底说了什么？这件事查不出来了吧？"

老周点点头道："这件事是没法直接调查的，除非我们用特殊手段，直接去问梁品茹。但是我调查出了另外一件事，那就是，梁品茹和艾文一直保持两性关系。我调查到了他们两个共同登记的开房记录，从时间上看，他们的关系持续了两年以上，而且还持续到了多多与艾文相处之后。"

章玫问道："周叔叔，你的意思是，艾文早就和多多的闺密梁太太有一腿，而且艾文与多多恋爱期间，继续和梁太太保持那种关系？艾文好渣，梁太太干吗还要介绍多多给艾文认识呢？他们三个人的关系好复杂啊。"

老周笑了笑，说道："还有更复杂的，在多多认识艾文之前，梁品茹还介绍过其他的富太太给艾文认识。我这边一个同行给了我一份资料，这份资料显示，两年多前，S市一个很体面的企业高管，委托他调查自己的妻子出轨的资料。这名妻子也是梁太太圈子里的闺密，而且这名妻子也有和艾文的开房记录，并且这个同行，还拍到了高管妻子、梁品茹、艾文三人夜间共同出入某豪华酒店高级套房的照片。"

老周说完，拿出手机把照片给我们看。照片显然是偷拍的，但是却拍得很清楚，艾文在晚上9点的时候，进入了888房间，晚上10点的时候，两名珠光宝气的熟女也进入了888房间。老周指着照片中的两名女子，对我们解说道："左边这个个子比较高的，就是梁品茹；右边那个，就是被高管怀疑出轨的那名人妻。"

| 第五十三章 | 离开在即

章玫瞪大眼睛，道："艾文是真帅啊，但要说他们三个开房做心理治疗，估计也没人信吧。"

老周摇摇头，说道："我再给你看一组其他偷拍的照片，你就知道，不可能是做心理治疗了。我在S市的同行，在商务调查领域是个行家，他不可能拿着这种可以找理由狡辩的照片给客户交差的。所以，他偷拍到了实锤照片，只不过这些照片，法院也不会随便采信，不过可以让客户心中有数。"

老周从手机里又找出一段视频，背景是一处私人浴场，艾文与两名女子在温泉里，三个人都没穿衣服，艾文左拥右抱，那两个女性一起亲吻着艾文的脸颊。

我们三个人仿佛看了艾文、梁品茹与那名人妻演的色情片。老周对我们说道："我花了好大一笔钱，才从同行手里买到这些资料，他留着这些也是因为这个视频的确太过火辣。不过他的客户就惨了。"

我发现章玫看到这么火辣的视频，居然没有害羞地躲开，而是充满了好奇，继续问道："周叔叔，那名人妻后来怎么样了？"

老周说道："那名人妻后来倒是没怎么样，她丈夫却意外死掉了。现在看来，那名意外死掉的客户大概率是艾文下的手。随后那名人妻继承了所有的财产。"我听完倒吸一口凉气。

我对老周、章玫说道："单凭这个视频，艾文、梁品茹等三人已经犯了聚众淫乱罪，可以判刑了。我们是不是可以用这个视频逼迫梁品茹说出真相来？"

老周说道："我查过梁品茹的家庭背景，她丈夫是一名国企老总，位高权重，她应该不敢让她丈夫知道这件事。可问题是，梁品茹与艾文接触之后，艾文当街自杀而死，如果艾文之死与梁品茹有关系的话，涉嫌谋杀与聚众淫乱相比，必然涉嫌谋杀罪重，所以，就算逼迫她说出这段视频的事情，也未必能得到实情。"

老周不愧是多年刑警，三两句就分析出了梁品茹的取舍，那么我们想获得艾文临死前与梁品茹接触的真相，的确不可能那么容易了。

我们三人一时沉默，思路为之束缚，大家都默不作声，只是默默地在江边溜达。这时章玫的手机响起，章玫看了看来电显示，对我们嘘了一声，说道："是多多打过来的。"随后接听了起来："多多姐姐，你好！我们三个在江边散步呢！你在房子里啊……那好的，我们这就回去啦。嗯嗯，亲爱的，别着急哈。"

从章玫和多多通电话时的亲热度来看，两个人简直是形同姐妹，可是实际上……

章玫挂掉电话，对我们说道："多多来找咱们了，就在民宿里呢。咱们回去吧，只是现在还不能撕破脸皮。"

我们三人到达民宿的时候，多多正坐在沙发上，笑盈盈地对我们说道："S市的江景还是很棒的，你们有没有给章玫妹子拍几张漂亮的照片啊？"

我和老周面面相觑，完全没办法应对这种话题。章玫则露出笑容，回复多多道："多多姐姐，你还不了解他们嘛，他们哪里会给我拍照片，但江边的景色真是漂亮。虽然我也是江边长大的，可是这江头江尾的风景真是不一样。我家乡的江水是汹涌险流，S市的江水则是水面宽阔。"

多多与章玫寒暄完，把目光移向我和老周，说道："这几天我终于把事情都处理完了，我定了明晚的晚宴，咱们大家庆祝一下。这段日子，咱们四个人共同冒险，日常起居都在一起，我感觉心里特别踏实。老甄在医院养伤，我自己在家居然好几晚都睡不着，所以我今天过来找你们了。虽然严格来说，咱们的委托已经完成，尾款我已经付了，可是在我心底，我们已经是很好很好的朋友了。

"我也刚辞职，申请了去加拿大的签证，两周后，我应该就会离开这个城市，去加拿大休养一阵子了。不知道你们想不想一起去呢？"

老周的脸色稍微动了一动，我观察到，老周现在的情绪很复杂。不过我也清楚，老周情绪复杂的时候，基本上都不会说话的。对于老周来说，沉默是最好的保护色。

多多很明显地对我们表达，她最多还有两周就要离开中国，而且加拿大与中国的引渡协议并不完善，即使我们发现什么，也没法怎样她了。

章玫见我和老周都没有说话，走到多多身旁，亲热地挽起多多的胳膊，对多多寒暄："多多姐姐，你真是太好了，我可想出国旅游了，只是老甄小气，不肯付钱。回头咱们去拍美美的照片，让这两个不解风情的老男人，自己在家中发霉吧。哈哈哈！"

老周对多多说道："出国散心也挺好的，毕竟多多经历了好多事情。"

多多对老周说道："反正也没有人舍不得我，我也只好自己去国外调整了。还好有玫子妹妹愿意陪我。"

我稍微思考了一下，对多多开玩笑："其实这段时间相处，咱们还真是一个团队呢。你要是真的远渡重洋，老周可能要好长一段时间都不愿意和人讲话了。"

老周不好意思起来，挠挠后脑勺，对我说道："我为什么不愿意和人讲话？"

我说道："你好不容易心中有了舍不得的人，却马上要相隔万里了，你心中难过，自然是不愿意讲话了。"

多多美目转动，看了看窘迫的老周，又看了看我，扑哧一声笑道："老甄真是会开玩笑。那你会不会舍不得我呢？"

我稍微迟疑了一下，对多多说道："我当然也舍不得了，毕竟多多是我接到的第一单客户，而且委托费还那么高。"

多多做出不高兴的样子道："哼！原来是为了钱，而不是为了我！"

章玫连忙化解尴尬："多多姐姐，我和你说啊，甄老师虽然看起来斯斯文文的，但是他的确很讨厌的，让你恨不得想打他一顿。"

多多绷起的脸这才露出笑意，说道："那咱俩就等老甄睡着了，去把他打成猪头好了。"

我连忙做出害怕的表情道："不要啊，我这么可怜，本来就不帅，要是再被打一顿，下半生就只能孤独终老了。"

老周也反应过来，开玩笑地说道："你们要打人，我可以帮忙啊！"

我连忙故意打个哈欠，伸个懒腰，脱身道："说起来，真是困了，咱们洗洗睡吧。咱们梦中相会啊。"

章玫和老周纷纷响应，多多却突然对我们说道："我问你们一个问题：假如你们路过一个垃圾堆，看到一只刚出生不久的小猫，在里面翻东西吃，你们觉得它可怜吗？"

　　章玫回答道："当然可怜啊！"

　　多多继续说道："那只小猫可能并不觉得自己可怜，它反而会认为自己挺自由的。"

　　我说道："这么说也有道理。"

　　多多又问道："那你们知道，怎样让小猫咪感觉自己可怜吗？"

　　老周接话道："怎么做？"

　　多多说道："就是你走过去，对它柔声细语地抚摸，还给它一瓶美味的猫罐头，然后你就走了。"

|第五十四章| 醉后表白

多多讲完这番话，脸上浮现出了一瞬的心如死灰。我感到一阵心疼，我看到老周的身体稍微颤抖了一下。

章玫忍不住一把抱住多多，说道："多多姐姐，今晚上我要抱着你一起睡，就像在付家村的时候一样。"

章玫一番动情表达，一下子把刚才的气氛扭转过来，我和老周自嘲了几句，大家互道晚安。

白天的时候，多多开车带着我们把S市的几处著名景点都转了一遍。晚上7点，我们来到了晚宴的酒店，多多包下了顶层豪华包间，我们透过窗户能看到江面上的游轮。这顿大餐是顶级的自助餐，我们可以吃到神户牛肉、澳洲龙虾等食物。

美食美酒在前，老周看着多多的眼神已经迷离起来，多多也频频与我和老周喝酒，章玫也喝得小脸红扑扑的，煞是好看。

我本来还打算在酒桌上观察多多的反应，但是喝下的酒精开始上了头，我和老周先是勾肩搭背，又分别干了三瓶啤酒。随后，多多搂着我的脖子，和我干了一杯红酒。老周和章玫喝了一杯酒之后，见到多多搂住我的脖子，踉踉跄跄地挪到多多跟前，伸手拽住多多，拿起两瓶红酒，要和多多一整瓶喝下。章玫还算清醒，毕竟她是喝酒最少的一个了。章玫拿着酒坐到我身旁，对我说道："甄老师，你还能喝吗？还能喝的话，我也和你喝杯大的。"章玫给我的酒杯里倒满红酒，给自己也倒满了。

　　我看着章玫绯红的脸，端起酒杯，却感觉手不太听使唤了。章玫扑哧一笑，对我说道："甄老师，我还真没见过你这样子，你在我的印象里一直是一本正经的。悄悄问你个问题啊，甄老师？"章玫把脸凑到我耳朵边，呼出来的气弄得我耳朵痒痒的，"刚才多多搂着你脖子的时候，你什么感觉啊？有没有感觉啊？"

　　我喘着粗气，用劲地睁开眼睛，看着老周还扯着多多的袖子，絮絮叨叨地说着什么。我也把头凑到了章玫耳边，对章玫小声说道："其实要是多多不搂住我的脖子，我还有点感觉；她刚才搂住我脖子的时候，我反而没感觉了。"

　　章玫喝了一大口酒，也开始眩晕了。章玫突然两手环绕着我的脖子，在我的脸上亲了一下。我不知所措起来，而且酒精已经让我不够清醒。章玫仍然搂着我，又凑到我的耳朵边，悄悄地问我道："甄老师，我搂着你、亲你，你有没有感觉啊？"

我想把章玫的胳膊推开，却发现自己已经抬不起胳膊来了。此刻，章玫的眼中闪烁了一下，松开搂着我脖子的手。我以为章玫要起身，结果她转了个身，直接坐在了我腿上，面对面搂住我的脖子。

我和前妻在一起的时候就不是很亲密，离婚后单身一年多了。我都快要忘了女人靠我这么近是什么感觉了。章玫温润的身子靠过来，我一下子就感觉自己全身热了起来。此时的我已睁不开眼了，努力深呼吸几次，对章玫说道："当然有感觉，你这么漂亮的姑娘，怎么可能没感觉？"

章玫突然把头靠在我的胸膛上，对我呢喃道："甄老师，其实我好喜欢你……否则也不会千里迢迢来找你了。"

我不知道该怎么回答章玫，也不知道是该抱住章玫，还是推开章玫。而且章玫这样火辣大胆地坐在我身上，我感觉很不好意思。我扭过头去，打算看看老周和多多有没有看到我现在的处境。

结果我刚把头扭过去，就看到老周拿起一瓶白酒对瓶喝了下去。这样一整瓶白酒，虽然是低度数的清酒，直接喝下去，我还真不清楚老周能不能扛得住。多多则在一旁，端着酒杯，眯着眼睛，纵声大笑着，好像喊着加油。

老周咕咚咕咚一瓶酒喝下去，再也控制不住，连滚带爬地跑去洗手间吐了，我确认老周的酒量还是很大的，他居然还能自己找到洗手间。

多多瘫坐在沙发上，把头扭过来看向我们，脸上露出奇怪的笑容，对我们大声说道："这包间还有KTV设备，而且这酒店是24小时营业的。看来今天我们谁都不能清醒着离开了。咱们今晚就在这儿狂欢好了，我也好久没这么开心了。有许多话总是得喝醉之后才能说得出来。玫子，麻烦你喊下服务生，让他们收拾一下，把KTV设备打开，给咱们上点水果和饮料。"

章玫本来迷迷糊糊地趴在我的胸膛，听到多多的要求，撑着我的肩膀，从我身上爬起来，走到门口喊服务生过来帮忙。我也清醒了一些，起身去包间的洗手间。

章玫见我晃晃荡荡地扶墙走到门口，连忙扶住我，帮我推开洗手间的门，结果我一进去，就看到老周抱着马桶呕吐。章玫忍俊不禁，对我说道："周叔叔怎么吐成这样？"

我蹲下身去，一边晃着老周的肩膀，一边大着舌头，小声地对章玫说道："我刚才看到老周一口气喝一瓶白酒。我也不知道他今天为什么这样喝酒。"

我把老周扶起来的时候，我们两个差点摔倒在洗手间，还好章玫用力搀住了我。老周用冷水漱了漱口，洗了洗脸，对我醉醺醺地说道："你要用洗手间是吧，那你用，我出去了。"

章玫扶着我不肯走，我不好意思起来，对章玫说道："你在旁边，我吐不出来。"章玫吐了吐舌头，转身出去。

　　我和章玫回到包间的时候，包间已经收拾好了。章玫把我扶到沙发上，递给我一杯酸梅汤，然后点歌去了。

　　多多居然又端着酒走过来，坐在了我和老周中间。多多举杯说道："老甄，老周，谢谢你们两个，陪着我出生入死。这辈子能认识你们两个，真是我最大的幸运，今晚上咱们一定要喝个烂醉。"

　　老周拿起酒杯，继续喝了个干净，我只是喝了一小口。多多笑着对我说道："老甄，你喝酒不如老周啊。你看老周，每次都是整杯干掉。"

　　老周把那杯白酒喝掉之后，再也支撑不住，斜靠在沙发上，睁不开眼，多多又给老周倒满白酒，继续举杯要和老周碰杯。老周闭着眼，把酒杯蹭到嘴边，突然喘着粗气，对多多说道："多多，你……你……为什么要去堕胎？"

第五十五章 继承财产

老周说完这句话，头往沙发上一歪，醉得不省人事了。我还从没见到过老周能醉成这个样子。

多多听到老周的问题，身子稍微停滞了一下，随后多多见老周没有反应，还拿着酒杯不断地碰老周的酒杯，同时说道："老周，老周，刚才的酒还没喝完呢。"

老周手里的酒已经洒到了衣服上，一时之间，包间里酒香扑鼻。

多多和章玫点的歌曲到了，两个美女放下杯子，边唱边跳。我在一旁拼命喝水，好让自己体内的酒精尽快代谢出去，能保持清醒。

章玫和多多一曲唱罢，又轮到了章玫的曲子，章玫拿着麦克风继续飙歌。多多则端着酒杯坐到了我身边，紧挨着我，她举起酒杯和我示意继续喝，我举起酒杯抿了一口，多多也凑到我耳边悄悄问我道："老甄，刚才章玫妹子坐在你身上，和你好亲热啊。你们两个共处一室，是不是早就好上了啊？"

我窘迫道："我已经喝得眼都要睁不开了，什么感觉都没有。"

多多对我莞尔一笑，道："老甄，你居然这么保守啊。"

多多说完，居然起身，也坐在了我腿上，脸对脸地呢喃着："是我坐在你腿上舒服，还是章玫妹子坐在你腿上舒服啊？"

我闭上眼，吐出口气，对多多说道："我觉得都是你们舒服才对，我是被压着的。"

多多本来眼神迷离，但是听到我说这句话后，眼神中闪过一道光，随后多多吐气如兰，媚眼如丝，对我说道："老甄，你比我想象中更深沉嘛。看来你的酒还没有喝到位。来，继续喝酒！"

我故意做出一副迷糊的样子，对多多说道："我的腿麻了，而且，喝酒对身体不好，你也少喝点吧。"

多多对我笑道："老甄，你还真是和一般的男人不太一样。现在我和章玫妹子两个美女都在这里，你希望谁喝醉呢？"

我抬起胳膊，拍拍多多的后背，说道："美女，我的腿真的麻了。对我来说，女人喝醉了的机会，叫乘人之危；而女人清醒的时候，认真地选择我，应该才是我要的。"

多多从我身上起来，幽幽地说道："老甄，要是我最先遇到的是你，该有多好。"

我看着多多复杂的眼神，说道："难道现在不好吗？你的事情都解决了，钱也都追回来了。对了，我一直想问你，艾文死了，你怎么在14天内拿回钱的？我印象中，你和艾文并没有登记结婚，因此你不存在对艾文的继承关系。难道你知道艾文的银行账户密码？"

多多坐回我身旁，看着天花板笑了几下，这才对我说道："老甄，我怎么感觉你完全没有醉啊，喝酒的时候居然问这个问题？"

我笑笑，回答道："我本来想利用艾文内心深处的负罪感击溃他，让他自己忏悔、崩溃，把属于你的钱还给你。但是在老街的时候，情况突变，我被老周打伤，艾文自杀身亡。随后，我在医院里躺了两周，这两周内，你把尾款打了过来，我推测你已经把钱拿了回来。但是我还不确定你是否拿回这笔钱，和我与老周的工作有没有关系。所以拿了你的尾款，我心中不是很踏实啊。"

多多喝了一口果汁，吃了两片西瓜，又用纸巾擦了擦手和嘴，这才对我说道："我的钱肯定是在你和老周的努力下才能拿回来的。要是艾文不死，我估计也很难拿回这笔钱。有件事，我也是刚刚知道，本来也不想和人家说，因为这件事对我的打击非常大。

"但是今天喝酒嘛，老甄你又问起来了，这件事在我心里压了好一阵子了。反正我也要离开这里了，那我就告诉你喽，也许我说出来之后，反而心里会舒服得多。"

章玫已经唱完，坐回到我另一侧，吃着水果。

我温柔地看着多多，用神情示意她说下去。

多多的眼角再一次滑落了泪珠："老甄，你说，如果你同时被你最信任的人背叛，你会是什么感觉？你是不是还记得当初是谁介绍我认识艾文的？"

我点点头，回答道："好像是一个叫梁太太的，是与你关系很好的女士。"

多多道："老甄你记忆力真好。对，就是这个梁太太，她的全名叫作梁品茹。我和她是在一个心理减压班认识的。正是她介绍我认识的艾文，之后的一切事情，也都是在我认识艾文之后发生的。"

章玫说道："梁太太应该也想不到之后发生的事情吧。"

多多看了章玫一眼，露出"章玫，你好幼稚"的表情，说道："章玫妹子，我比你年长几岁，我告诉你，闺密什么的，还真是不能轻信。

"人心才是这个世界上最难看懂的东西。当初梁品茹把艾文介绍给我，我本来感觉自己终于再一次遇到了对的人。直到艾文屡次骗我的钱，我觉得不对劲。可是我还是什么都不知道。

"但是艾文死了，我拿到他的手机，找人破解了密码，我才发现，艾文和梁品茹，一直有一腿，而且有一大腿。也就是说，和我在一起，甚至和我谈婚论嫁的这一年多时间里，艾文和梁品茹一直在时不时地约会开房。而且艾文还打算将我的钱，转给梁品茹。"

我问道："艾文为什么要把钱转给梁品茹？"

多多苦笑一下，对我说道："当我看到艾文和梁品茹的聊天记录的时候，我当时感觉到脊梁骨一阵阵地发凉。

"我想，就算老甄，你再有想象力，你也完全想不到，我居然是艾文和梁品茹的猎物。而艾文要转给梁品茹1000万元，是他们自己的分配方案——也就是五五分成。"

章玫惊讶地问道："猎物？而不只是艾文和那个梁品茹劈腿？"

我对章玫惊讶的表情默默地打了十分，同时看到章玫悄悄地拿起手机点了几下。

多多苦笑了一下，对我们继续说道："对，就是猎物，不是劈腿那么简单，而且我还不是唯一的猎物。在曹洁之后，在我之前，还有12名女性都是他们的猎物。我也了解了艾文的财富究竟是怎么来的。"

我问道："12名？都是有钱的女性？这简直是杀猪盘。"

多多道："杀猪盘，倒是贴切，也许我就是艾文和梁品茹眼中的肉猪。那12名女子，有些我认识，有些我知道。要么是自己有钱的，要么是嫁的老公有钱的，要么是自己娘家有钱的。

"在聊天记录里，梁品茹把我曾经给她说过的悄悄话，包括江涛和我的所有事情、我的心结在哪里、我的爱好都整理成了资料，提供给了艾文。"

章玫说道："难怪艾文能够对多多姐姐那么了解、那么贴心，原来是有人告诉他。"

多多说道："不只这些，艾文还和梁品茹详细探讨过，怎么和我要钱能把钱要来。之前的聊天记录也都大同小异，基本上都是类似的聊天内容。除了这些聊天记录，我还在艾文的手机相册里找到不少不堪入目的照片，都是他和其他女人开房拍下来的照片。其中居然还有三个人一起的，而每次三人一起，都有艾文和梁品茹。"

我继续问道："那你是通过艾文的手机把自己的钱转回来的？"

多多摇摇头，对我说道："艾文每次都把避孕药冒充叶酸片，哄我吃下，但是被我发现之后，我把药悄悄地换成了真的叶酸片。不久，我真的怀孕了，孩子有一个半月了，我通过绒毛亲子鉴定，确定孩子是属于艾文的，通过律师将艾文的遗产代位继承，这才拿到了钱。继承办理完结之后，我没有留下这个孩子，所以才去做了流产手术。"

第五十六章　天高地广

　　我想起老周此前调查过艾文的资产情况，艾文的身家应该是十多亿元。且不管他的这些财富到底是来自正途，还是来自犯罪，在艾文案发之前，这些财富都是艾文合法合理的财富。那么多多通过腹中胎儿代位继承，直接继承了艾文十多亿元的资产，难怪多多要出国了。财富到手，远离是非之地，还真是天高地远任翱翔。

　　但是，多多为什么这么敞亮地把这些事告诉我呢？难道是多多想到我早晚都会查到这些，还不如直接告诉我吗？

　　我正在思索着各种可能性，章玫突然"哇"的一声说道："天哪，多多姐姐，我记得周叔叔说过，艾文身家十多亿元，你现在是亿万富婆，好羡慕你啊！"

　　多多和章玫碰了一杯酒，对章玫说道："这一笔钱，我打算休养一阵子之后好好打理一番，成立一个慈善基金会，资助孤儿院，避免艾文这样的孩子走上歧途。反正我本来也是做基金行业的，做一只慈善基金对我来说也不算难。要是我把基金运营起来，还打算挖老甄的墙脚，把章玫妹子请过来帮我打理呢，说真的，现在除了老周、老甄和章玫妹子，我谁都信不过。"

我端起酒杯，也敬了多多一杯酒，对多多说道："那我得先给多多敬杯酒，提前搞好关系，预祝多多的慈善基金运营顺利，让这个世界少一些内心阴暗的种子。"

章玫也一起举杯，我们三人又喝了不少酒，直到我再也支持不住，也醉倒在了包间里。

我是被包间的服务小姐喊醒的，我睁开眼，已经是上午10点了，章玫抱着我一条腿睡得正香，老周则滚落在了地上，多多却不见了踪迹。

服务小姐见我醒了，对我说道："先生，我们要清扫这里了，单已经埋过，您看是不是能带着您的朋友回家去休息，或者在这栋大厦的酒店里开间房休息。"

我拿起矿泉水抿了两口，清醒了一下，对服务小姐回答道："好的好的，不好意思，我这就叫醒他们，这就离开。"

我们三人回到民宿，大家洗了澡，这才凑在一起，仔细阅读多多在我们四个人的微信群里发的留言：

老甄、老周、章玫妹子：

你们看到我这条消息的时候，我已经在飞往加拿大的国际航班上了。

抱歉，我走得这么匆忙。因为S市已经彻底成了我的伤心地，我在这里度过了大学四年，我的青春年华；也是在这里，我遇到了江涛，收获了刻骨铭心的爱情，体验了生离死别；还是在这里，我遇到了艾文，原以为可以放下一切，重新开始，却没想到这才是我人生最大的梦魇。还好我在关键时刻遇到了你们，是你们把我从噩梦中拯救了出来。我在这个城市生活了12年，结果却发现我只要站在这座熟悉的城市里，心就会忍不住疼得滴血，所以我决定离开了。

还有一件事是我难以取舍的，所以我不想面对。那就是，我发现自己同时喜欢上了老甄和老周。我知道这种情感很不可思议，而且我也知道章玫妹子一直很喜欢老甄。也许是我的情感荒芜了太久，也许是我在深渊中想抓住所有的救命稻草，老周的坚毅勇武和老甄的聪慧严谨的组合，让我成功度过这次生死危机。我想知道他们两个对我的感觉。在昨晚咱们喝醉之后，我终于明白了。醉酒的感觉真好啊，平时不敢面对的事情，可以面对；平时不敢说出来的话，可以说出来。可是人不能总是宿醉不醒，总是要面对现实的。当我醒来之后，我回忆起睡梦中真正的选择，但是这个选择却不可能属于我。

佛说，人有七苦：生老病死，求不得，爱别离，怨憎会。

原来我这几年，基本上都尝过了。父母早死，爱人别离，再一次爱上的却是要害我的人。昨天晚上我确认自己有感觉的那个人，却注定求而不得。

既然不能面对经历的这一切，我还是去一座陌生的城市，整理心情，重新开始吧。希望能如书里所说，时间是最好的良药，时间也会解决一切。

再见，我的朋友们。除了当初委托合同约定的酬金，我还给你们仨每人额外转过去1000万元，相对于感情来说，钱财真的不算什么。

到达新的城市之后，我会弃用之前的一切联系方式，因为我一看到通信录里熟悉的人，就会忍不住心痛。

要是冥冥之中，注定我们还能再见，那一定是我的新生了。

多多亲笔

我们静静地把多多的留言看了再看，心情很是复杂。又把昨天偷偷录下来的多多关于继承的录音重新放了一遍。我们听完，老周打破沉默，说道："昨天晚上，多多疯狂地和我喝酒，我的酒量算是不小了，结果我先醉倒了。"

我对老周说道："你为什么拿着整瓶白酒去喝呢？"

章玫说道："是啊，周叔叔喝酒的样子，简直把我吓到了，居然连续干了三瓶白酒，就算那是低度数的清酒，也很伤身体的吧。"

老周用纸巾抹了一把脸道："我也记不清为什么会那么喝酒了，我得仔细想想。"老周揉了两下太阳穴，对我们说道："我想起来了，我之所以那么喝酒，是因为多多告诉我，她刚堕完胎。"

我和章玫都吃惊不小，但是我明白为什么老周听到多多说自己堕胎会控制不住。

章玫则忍不住说道："周叔叔，多多堕的胎儿是艾文的。虽然我知道你一直爱慕多多，但是也不至于因为这件事就喝那么多酒啊。"

老周闭上眼，不好意思地说道："我以为，那个孩子是你的。"

章玫惊讶道："啊，周叔叔，这段时间咱们四个人一直在一起，甄老师被你打伤后也一直和我在一起，他怎么可能和多多发生关系？"

我稍微思索了一下，说道："这件事可能没我们想的那么简单，也许我们都是多多的棋子，但是我们却无可奈何。多多和老周说自己堕胎，却不告诉老周腹中的胎儿到底是谁的，这明显是在利用老周对自己的爱慕之情刺激老周。我推断，这是多多故意的。那么她为什么要让老周昨晚醉酒，要是我猜得没错的话，她想对我们说的话并不想当场被老周听到，可能是因为忌惮老周的专业知识。所以，老周，你再仔细把多多昨天的录音听几遍，看看有没有什么细节是有问题的。"

老周挺直身体，终于把情绪转移成为敬业。老周听了几遍录音之后，对我们说道："从多多昨晚的描述来说，我感觉只有一个地方不太对劲，那就是绒毛亲子鉴定。我以前带一个强奸案的受害人去做过，这个鉴定需要孕妇在怀孕10～13周的时间段内做，可是多多却说自己怀孕一个半月了，那就是只有6周时间。多多能够继承，说明胎儿亲子鉴定结果肯定是准确的，那么多多的怀孕时间，必然更早，也就是说，多多可能早就开始布局，所有的目的，都是为了获得艾文的财产。"

第五十七章 | **再起波澜**

老周继续说道："但是现在，我们什么都做不了了，我们没有任何证据，证明这一切事件和多多有关系。"

章玫说道："多多好厉害啊，没想到连甄老师和周叔叔都无可奈何。"

我说道："我们还需要继续追查下去吗？就算我们查出所有真相，又如何？"

老周说道："有些罪犯，是不会因为一件案子被抓获的，都是在不断地犯罪中，因为一件案子出了纰漏，最终落了网被抓了。"

章玫道："这难道就是传说中的不是不报，时候未到？还是无可奈何？"

我说道："这是破案的客观规律，不是封建迷信。因为没有真相是能够完全还原的。我们查到的真相，也很可能是我们认定的真相，甚至是别人想让我们相信的真相。"

老周说道："遇到这种案子，通常我们会把案子挂起来，但是会盯紧嫌疑人，直到他们再次犯罪和露出破绽。不过现在我们只能推断这件事的真相到底是什么。"

章玫道："推断？因为没有证据是吗？"

我说道："是的，一个有准备的罪犯，会把大部分关键的证据毁掉，定罪是需要证据的。而破案者所能找到的基本上是罪犯遗漏的证据，而且证据还得形成证据链，才能对犯罪者定罪。"

老周道："艾文知道我对当年在边境执行任务时所遇到的唱经声会非常敏感，所以，他给我打电话播放唱经声让我在开车过程中车辆失控，我们差点在车祸中死掉，但是我们却没有证据证明这一切是艾文做的。我们现在也只是怀疑多多，但是没法证明多多与艾文的当街自杀有关系。或者说，我们无法证明艾文的自杀，与我们在老街上重演他小时候下毒误杀了生父付国栋有关系。"

我说道："暗示杀人，心理控制自杀，间接犯罪，本来就非常难以侦破，更不要说定罪了。艾文正是此道高手，所以他的死亡没那么简单。"

章玫问道："那为什么要怀疑多多呢？"

我说道："因为老街的现场失控了，我曾经设想过失败，那就是对艾文毫无影响，但是却完全没想到，事情的演变超出了我和老周的控制。当然除此之外，还有另外一个很重要的原因，那就是整个事情演变的结果，最大的受益人就是多多，而多多还在这个时候全身而退，出国移民了。"

老周道："多多也应该很清楚，她被我们怀疑了，所以她给了我们额外的钱，而且还离开了。"

章玫问道："那她为什么不把我们也杀死呢，如果艾文之死与她有关系的话？"

我回答道："这真是个难解的谜，也许这个谜，我们再也不可能知道答案了。"

老周道："如果我们还想知道更多的话，还有一个人，肯定是知情的，就看我们能不能从她嘴里知道些实情了。"

章玫说道："梁品茹？最后和艾文见面的神秘女人？"

我和老周点点头。

有些真相是不可能完全还原的。我们虽然不服气不甘心，但是却也毫无办法。我们只有先离开S市，回到B市。就在我们收拾行李的时候，门铃却响了起来。

这里不过是章玫订的民宿而已，除了我们四人之外，并没有其他人知道，难道是保洁提前来收拾房子？章玫本想去开门，但是生性谨慎的老周给章玫递了个眼色，阻止了章玫，自己去开门了。

老周打开门后，说道："是你？你怎么知道这里？"门外传来一个魅惑的成熟女性的声音："是我，周先生，你应该很熟悉我了，毕竟我的照片和视频，你应该早就欣赏过了。我可以进去吗，周先生？"

老周扭头过来，对我和章玫说道："是梁品茹。"

我和章玫都大吃一惊。

老周把梁品茹放了进来，梁品茹清脆的高跟鞋声传了进来。

梁品茹身穿淡粉色休闲外套，内衬连衣长裙，虽然比多多还要年长两岁，女人味却更加扑面而来。

梁品茹踱步到我面前，一张狐媚俏脸透露出难以掩饰的性感。老周默默地关上门，面无表情地跟在梁品茹后面，做戒备状。老周在梁品茹身后给我做了个手势，告诉我梁品茹就自己一个人过来的，并没有其他人跟着她。

梁品茹对我嫣然一笑，说道："邵明婕给了你们多少报酬？邵明婕就是你们口中的多多。你们总不会连多多的真名都不知道吧？"

称呼的确是很重要，当你称呼一个人他的绰号也好，他的小名也好，你已经习惯了他这个称呼，那么他的大名什么的，你反而会一时半会儿反应不过来。我在自己的记忆里搜索了一会儿，才反应过来，多多的名字叫作邵明婕。

我们三人都默默地看着梁品茹，没有说话。梁品茹自己坐在客位沙发上，对我们继续说道："我是梁品茹，也就是多多的闺密梁太太。这位周先生已经调查过我了，所以，虽然我和你们素未谋面，但是你们对我应该也算得上神交已久了。"

我把刚整理好的行李箱推到一边，坐在梁品茹对面；老周拉了把椅子，坐在梁品茹斜角；章玫则拿出本子，坐在几步之隔的餐桌上，准备记录。

我正色对梁品茹说道："梁女士，您专门来找我们是为了什么呢？"

梁品茹笑靥如花，对我说道："我来是给你们讲一个故事，如果你们听了有兴趣的话，再委托你们帮我做件事。"

我也对梁品茹礼貌地微笑了下，对梁品茹说道："梁女士，您请说。"

梁品茹点点头，继续说道："故事要从八年前说起。在东华大学里，有一个孤儿独自一人来上大学，这个孤儿叫作付清。有一个女孩子对他一见钟情，因为他们有着相同的气质，这种气质就叫作孤苦无依、孑然一身。那个女孩子就是当年的我，我也是孤儿。与付清不同的是，我的父母是被竞争对手设计谋杀，死于非命。我家的财产都被亲戚瓜分一空，我在无可奈何之下被居委会送到了孤儿院。

"我在孤儿院的运气就没有付清那么好了，他遇到了一个好院长，一个慈祥的院长奶奶。我遇到的却是一名极为猥琐的男院长，在我15岁的时候，就被他强暴了。当时的我，害怕，却不敢反抗，所以我和孤儿院的另一个也同样被男院长强暴的女孩子，相依为命，抱团取暖。而那个男院长，有时候，还把我们两个一起玩弄。在那个时候，我认为这个世界上，所有的男人都是坏人，而只有同性的女人才能成为我的恋人。"

章玫听到梁品茹说着这些，走到我们跟前，对梁品茹问道："梁姐姐，你到底是同性恋还是双性恋啊？"

我和老周互相递了个眼神，梁品茹对章玫哈哈一笑，浑身颤了几下。如果说多多的举手投足、一颦一笑，如同一幅仕女图一样，是一种高贵清冷的静态美；那么梁品茹就是全身散发着情欲诱惑的动态电影，她的表情神态、肢体动作，每一处都能撩拨男人最原始的欲望。

我都听到老周的喉咙咕咚一声咽口水的声音，我也感觉有些燥热，赶忙对章玫说道："玫子，拿几瓶水过来。"

梁品茹见到我和老周的反应，眼神深处荡过一丝得意，对章玫说道："小妹妹，不用帮我拿，我只喝依云。说起来，还是妹子一下子问到了关键。关于我刚才说的一切，甄先生和周先生已经把我默认成坏女人了吧。"

|第五十八章| 为人所控

　　我对梁品茹笑了下，说道："我也没交往过坏女人，也许坏女人才是真正有趣的女人，梁女士，还是把故事先讲完吧。"

　　梁品茹对我媚眼如波，但是我老觉得这眼神中有什么深意。梁品茹继续说道："15岁到18岁，普通的姑娘正在学校好好学习，争取能考一个好大学，开启自己新的人生。我也在好好努力，因为我得自己想办法离开那个地狱。而我的小姐妹，为了让我能够专心复习，自己忍着恶心，好让那个畜生不来找我。

　　"18岁时，我终于考上大学，离开了那里，而我的那个小姐妹只能离开孤儿院，到社会上去找份工作，因为她还得想方设法供我读书。我们虽在一座城市，却身处两个世界。那个小姐妹最后还是选择成为灯红酒绿中的女人。当然灯红酒绿的报酬远远超过找一份正经工作的报酬。

"你们可能想象不到两个姑娘的相依为命和纠葛。缺钱的日子永远存在，我的小姐妹遇到了一个挺有实力的老板，给她钱，带她脱离苦海。我那个时候也不可救药地爱上了付清，我能感受到付清阳光笑容的背后藏着太多忧郁和无奈。

"但是我当时也只敢远远地看着他，连和他打招呼都不敢。但我没想到的是，付清居然来主动追求我了。就这样，我和付清走到了一起。

"我们在一起之后，首先面对的就是缺钱的问题。我们那时候非常缺钱，所有的学杂费、生活费都得自己来赚。

"付清非常聪敏，他想到了一个非常好的办法搞钱——我们分别去勾引有钱的男女同学，然后从他们身上弄钱。如果付清要出马去搞定有钱的女同学，那我就先去想方设法和这个女生成为闺密，把她的家庭情况、个人喜好都弄清楚，这样付清再制造偶遇，出现在那个女生面前，他们的爱情就浪漫地开始了。

"我那时候对付清是死心塌地的，不管他和哪个女孩子在一起，我都愿意去做那个存在于他阴影中的女人。

"我们当时选的第一个女生就是曹洁。我们都知道曹洁家里非常有钱，所以我先去接触她，成功地成了曹洁信任的闺密。当时我就发现，这些家境良好、娇生惯养长大的女孩子，是非常容易轻信于人的，而且只要你关心她、赞美她，她就会认为你是她最铁的朋友。我和曹洁熟悉之后，知道了曹家的一件隐秘，那就是曹洁家里人要求曹洁不能和姓付的男孩子谈恋爱。付清偏偏姓付，我和付清对这件事很是好奇，因此，在我套出曹洁的家庭背景之后，我们去了曹洁老家，那座位于深山中的付家村。在付家村里，我们听到了当地一个姓付的大地主的后代付子昂一家完全失踪的故事；还听到了付家埋宝的传说；除此之外，还在付家村大部分付姓村民的嘴里，听到了对曹家人突然暴富的怀疑和嫉妒。

"付清大学的时候辅修心理学，我专修的是心理学。我们常常在听课的时候碰面，讨论曹洁家里的事情，最后，付清推断，曹洁家里人之所以对付姓男孩心有余悸，说明传说中的付子昂一家人可能就是被曹洁的祖父曹耀祖害死的，曹家人害怕付家后人回来报仇。

"付清聪明绝顶，他运用心理学中的锚定效应，成功地让曹洁爱上了他，而且将曹洁内心深处被父母压抑的自我释放出来，在大学毕业的时候先和曹洁登记结婚了。结婚之后，曹洁带着付清回到曹家，果然，曹家人听到付清精心设计的模模糊糊的背景资料大吃一惊。付清则利用各种手段从曹家人那里，弄清楚了当年付子昂一家被害的真相。这个真相已经在曹家人心里成了难以卸下的包袱。所以付清再一次假装无意间透露自己就是付子昂后人的时候，曹家人崩溃了。

"付清利用这一点，引诱曹家人先后自杀，随后继承了曹家的全部财产。我们在曹家人身上淘到了第一桶金。随后我们用同样的手法赚了很多钱。直到我们遇到了多多。我没想到的是，付清在对多多的情感上出了问题。原来不管是哪个女人和付清在一起，他的心肯定是属于我的。所以，我曾以为在这个世界上只有我和付清才能灵魂匹配，同生共死。

"但是我没想到，他居然对多多有了感情。他居然一年多都没有对多多动手，而且当他告诉我，多多想给他生个孩子的时候，他居然露出了向往之情。我猛然觉醒，付清和我从来没有规划过生孩子，那么我在他心底深处到底是什么？是工具，还是拍档？

"我要除掉多多，我不能再让这个女人在付清面前出现了。这个时候，我发现多多找人调查付清，我把这些事告诉付清，看他怎么处理。我以为付清出于安全考虑会出手对付多多了，但是却没想到，他只是把多多请来调查自己的人除掉了。

"我确信，付清已经乱了分寸，我用平常的手段没法达成目的了。所以，我给多多留下了付清过往的线索。果然，多多看到这些线索之后惊慌失措，找来你们帮忙。

"这个时候，我假扮成被付清控制并想反抗的女人，和多多结成了同盟，同时也把从多多那里知道的你们的行踪和行动方案都告诉付清，我想看到你们发生冲突，两败俱伤。最好是付清为了自保，把你们都杀死，包括多多也都杀死。付清，就又属于我了。

"但是我没想到，付清却自杀了，而且多多居然真的怀了他的孩子，还继承了付清所有的财产。要知道，那些财产是我和付清一起得来的。"

我问道："梁品茹女士，在付清自杀的那一天，你和他在咖啡馆见面，你和他说了什么，你给他的信封里是什么？"

梁品茹对我们露出了赞赏的眼神，说道："你们居然连这些都能查到，果然有一手。我当时见付清，是给他下最后通牒，要么他把多多一起干掉，要么他就和我决裂，我给他的信封里是我们这些年的猎物名单。"

老周说道："猎物？那些被害人在你们心中都只是猎物？"

梁品茹扭头对老周笑了笑，说道："这个世界本就是弱肉强食，我们大家都是猎物，这有什么奇怪的。周先生，你的问题和你在我心中的人设不相符哦。"

我说道："这份名单对付清意义很大吗？为什么要给他这个名单？"

梁品茹别有深意地看了我一眼："那份名单，就是为了告诉付清，我们谁都上不了岸，谁都不能回头。"

我问道："那付清为什么自杀呢？"

梁品茹道："这也是我要找你们的原因。"

我、老周、章玫都没有吭声，静静地等着梁品茹继续说下去。

梁品茹轻笑一下，对我们说道："我也要委托你们，帮我把多多找回来。至于酬劳，我愿意出5000万元给你们。"

我笑道："可是我不想接受您的委托，太危险了。我还想好好享受生活几年。"

梁品茹拿出手机给我播放了一个视频，说道："甄先生，您先看看这个，我想，你没有拒绝我的委托的理由。"

我接过手机，盯着视频，"爸爸，救我。我好害怕……"

（全文完）